O Caso Elgin

O seqüestro dos maiores tesouros da Antigüidade e as paixões por ele provocadas

Theodore Vrettos

O Caso Elgin

O seqüestro dos maiores tesouros da Antigüidade e as paixões por ele provocadas

Tradução de Roberto Leal Ferreira

ODYSSEUS

Dados Internacionais de Catalogação na Publicação (CIP)
(Câmara Brasileira do Livro, SP, Brasil)

Vrettos, Theodore
O Caso Elgin: o seqüestro dos maiores tesouros da Antigüidade e as paixões por eles provocadas / Theodore Vrettos: tradução Roberto Leal Ferreira. São Paulo: Odysseus Editora, 2004.

Título original : The Elgin affair.
Bibliografia.

1. Elgin, Thomas Bruce, Conde de, 1766 - 1841 – Ética 2. Mármores de Elgin – Opinião Pública 3. Obras de arte - Roubo - Grécia - Atenas
I. Título.

03-4901 CDD-733.309385

Índice para catálogo sistemático:
1. Esculturas gregas antigas: Roubo 733.309385

Editor responsável: Stylianos Tsirakis

Tradução: Roberto Leal Ferreira
Revisão: Maria Suzete Casellato

Projeto Gráfico: Odysseus Editora e Fabiana Martins de Souza
Capa e Diagramação: Odysseus Editora e Fabiana Martins de Souza

Odysseus Editora Ltda.
R. Macunis, 495 – CEP 05444-001 – Tel./fax: (11) 3816-0835
E-mail: editora@odysseus.com.br – www.odysseus.com.br

Edição: 1 – Ano: 2004

ISBN: 85-88023-43-1

SUMÁRIO

Nota do autor

A longa, complexa e bizantina história dos mármores de Elgin fascinou-me e preocupou-me durante anos a fio. Entre meus amigos e colegas escritores, alguns há que diriam que o termo apropriado é "obsessão".

Há quase trinta anos, publiquei um livro, *A Shadow of Magnitude* [Uma sombra de grandeza], em que descrevi a grande aventura de Lord Elgin, com base nas melhores pesquisas então disponíveis. Mais tarde, escrevi um romance chamado *Lord Elgin's Lady* que se baseava na mesma história, mas desta vez contada do ponto de vista de sua noiva escocesa, Mary Nisbet, com quem Elgin se casou quando Mary tinha apenas vinte e um anos de idade.

Duas razões me levaram a tomar os elementos desses velhos livros e recontar a história. Em primeiro lugar, veio novamente à tona a questão da propriedade dos mármores, que estão provavelmente entre as mais preciosas e assombrosas esculturas da Grécia antiga. Cada vez mais, várias vozes, não só da Grécia, mas do mundo inteiro, pedem a volta dos mármores a seu lar de origem. Tão grande foi o clamor, que trinta e três membros do parlamento britânico apresentaram à Câmara dos Comuns – por sua conta e risco, pessoal e político, diga-se de passagem – um esboço de resolução que exigia que o governo britânico tomasse essa medida heróica, citando uma recente pesquisa televisiva que mostrara que 92,5% de cem mil telespectadores eram favoráveis à devolução. As autoridades gregas, por seu lado, ameaçavam levar o caso aos tribunais internacionais. Assim, em meados dos anos de 1990, os mármores de Elgin haviam se transformado em uma questão moral candente, de interesse internacional.

Minha segunda e mais importante razão foi que um considerável material inédito viera à luz nos últimos vinte e cinco anos, oferecendo novas e importantes perspectivas acerca das picarescas aventuras de Lord Elgin, e esse material precisava ser de alguma forma incorporado à história, tanto por sua exatidão quanto por sua atualidade. Além disso, o primeiro livro sobre o assunto estava embaraçosamente recheado de erros de ortografia e de tipografia – até mesmo faltavam-lhe páginas – e durante muito tempo senti a necessidade de corrigi-lo. Assim, embora *O Caso Elgin* tenha grosso modo a mesma estrutura de *A Shadow of Magnitude*, contém pelo menos um terço de material novo e supera-o em todos os aspectos.

Theodore Vrettos
julho de 1997

Agradecimentos

Sou grato à equipe de Antigüidades Greco-romanas do Museu Britânico, e também aos administradores desse museu, pela permissão de reproduzir suas fotografias. Estou em dívida também com os administradores e bibliotecários da Biblioteca Nacional da Escócia por seu paciente auxílio na busca de documentos difíceis, em especial dos registros de corte do processo de adultério contra Lady Elgin e Robert Fergusson em Edimburgo. Devo agradecimentos adicionais à equipe do Scottish Records Office de Edimburgo.

Queria agradecer a John Murray (Publishers) Ltd., em Londres, pela permissão de extrair citações de *The Letters of Mary Nisbet, Countess of Elgin*, e à Oxford University Press pela permissão de extrair citações de *Lord Elgin and the Marbles*, de William St. Clair.

Recebi valiosa ajuda da Biblioteca Gennadios de Atenas, da Biblioteca do Lambeth Palace de Londres e da Biblioteca Widener da Universidade de Harvard. O dr. David Mitten, do Museu de Arte Fogg da Universidade de Harvard, foi especialmente prestativo, assim como as equipes do Victoria and Albert Museum de Londres, do Greater London Council, do Museu Arqueológico Nacional de Atenas e do Museu Arqueológico de Olímpia.

Estou profundamente agradecido a Richard Seaver, presidente e editor da Arcade Publishing, por seu arguto apoio e aconselhamento; e também a Katherine Balch, Timothy Bent e Calvert Barksdale.

Sou grato também ao dr. Michael L. Dertouzos e à sua equipe do Massachusetts Institute of Technology, em especial a Mark Pearrow e a Kyle Pope. Barbara Harrison ofereceu-me sua assistência generosa e cordial, assim como Jeff Snyder e Olga Pelensky.

Acima de tudo, minha maior dívida de gratidão é para com minha esposa, Vas, cujo empenho e amor, inestimáveis, ofereceram o estímulo necessário para que eu completasse este trabalho.

Principais Personagens

Napoleão Bonaparte (1769-1821), imperador da França

Thomas Bruce, sétimo conde de Elgin e décimo primeiro de Kincardine (1766-1841), diplomata britânico, colecionador de arte e embaixador na Turquia sob o rei Jorge III

George Gordon Byron (1788-1824), poeta romântico inglês

Joseph Dacre Carlyle (1760-1804), professor de Árabe em Cambridge e estudioso de Antigüidade Clássica, adjunto à embaixada de Lord Elgin

Visconde François-Auguste-René de Chateaubriand (1768-1848), diplomata, viajante e escritor, um dos primeiros autores românticos franceses

Conde de Choiseul-Gouffier, colecionador e antiquário francês

Edward Daniel Clarke (1769-1822), mineralogista, viajante e escritor inglês

George Cruikshank (1792-1878), artista, caricaturista e ilustrador inglês

Robert Fergusson de Raith, Escócia (1777-1846), segundo marido de Lady Elgin e réu do escandaloso processo por adultério.

John Flaxman (1755-1826), escultor e desenhista inglês

John Galt (1779-1839), romancista e viajante escocês

Rei Jorge III (1738-1820), rei da Grã-Bretanha e Irlanda

William Wyndham Grenville (1759-1834), secretário britânico das relações exteriores no reinado de Jorge III

Lady Emma Hamilton (1765-1815), esposa de Sir William Hamilton e famosa amante de Lord Nelson

Sir William Hamilton (1730-1803), diplomata, arqueólogo e notável colecionador britânico

William Richard Hamilton (1777-1859), primeiro secretário particular de Lord Elgin; estudou em Oxford e Cambridge

Thomas Hardy (1840-1928), romancista e poeta inglês

Benjamin Robert Haydon (1786-1846), pintor e escritor histórico inglês

John Cam Hobhouse (1786-1869), amigo íntimo de Lord Byron e seu companheiro de viagem

Rev. Philip Hunt (1771-1867), capelão da embaixada de Lord Elgin em Constantinopla

John Keats (1795-1821), um dos maiores poetas ingleses

Richard Payne Knight (1750-1824), escritor e protetor das artes inglês

Leônidas Logothétis, cônsul britânico em Atenas

Giovanni Battista Lusieri, pintor de corte do rei de Nápoles e supervisor de todos os artistas empregados por Lord Elgin em Atenas

Hector McLean (1762-1801), médico da embaixada de Lord Elgin em Constantinopla

John Philip Morier (1777-1857), segundo secretário particular de Lord Elgin

Visconde Horatio Nelson (1758-1805), comandante naval britânico

Mary Nisbet (1777-1855), esposa de Lord Elgin

William Nisbet, pai de Lady Elgin

Sra. William Nisbet, mãe de Lady Elgin

Joseph Nollekens (1737-1823), escultor neoclássico cuja obra o transformou no escultor retratista mais em voga na Inglaterra

William Pitt, o Jovem (1759-1806), primeiro-ministro britânico no reinado de Jorge III

Sir Joshua Reynolds (1723-1792), a mais preeminente figura da escola inglesa de pintura e seu principal pintor retratista; o primeiro presidente da Royal Academy

Conde Horace François Sébastiani (1772-1851), marechal de França e embaixador na Turquia e no Egito sob Napoleão

Selim III (1761-1808), sultão da Turquia

Joseph Severn (1793-1879), pintor temático e de retratos inglês

Percy Bysshe Shelley (1792-1822), poeta inglês

Charles Maurice de Talleyrand-Périgord (1754-1838), diplomata e estadista francês, ministro das relações exteriores de Napoleão

J. M. W. Turner (1775-1851), um dos maiores pintores ingleses

John Tweddell (1769-1799), estudioso da Antigüidade Clássica, viajante e escritor

Benjamin West (1738-1820), pintor histórico e retratista americano sob patrocínio especial do rei Jorge III

Datas significativas

1766	20 de julho. Nasce Lord Elgin em Dunfermline, Escócia.
1792	Elgin é nomeado ministro plenipotenciário em Bruxelas.
1795	Elgin serve como enviado extraordinário em Berlim.
1798	1º de agosto. Napoleão e a esquadra francesa são derrotados de modo esmagador por Lord Nelson na batalha do Nilo.
1799	11 de março. Elgin casa-se com Mary Nisbet de Dirleton, Escócia.
1799	3 de setembro. Lord e Lady Elgin partem de Portsmouth.
1799-1802	Lord Elgin serve como embaixador extraordinário em Constantinopla.
1800-1802	Sob a supervisão de Lusieri, carregamentos inteiros de esculturas, frisos e métopes são retirados da Acrópole de Atenas e despachados para a Inglaterra.
1803	16 de janeiro. Lord Elgin encerra a embaixada em Constantinopla.
1803	28 de agosto. Detido pelos franceses em Barèges, Lord Elgin é mandado para a prisão em Lourdes.
1805	2 de fevereiro. Lady Elgin recebe permissão para deixar a França enquanto seu marido ainda está preso. Durante a viagem à Inglaterra, é acompanhada por Robert Fergusson.
1808	11 de março. O julgamento de R. J. Fergusson por adultério com Lady Elgin tem lugar em Edimburgo. Elgin vence o processo.

1816 15 de agosto. A coleção de mármores do Partenon pertencente a Lord Elgin é vendida e transferida para o Museu Britânico.

1821 15 de maio. Lord Elgin casa-se com Elizabeth Oswald de Dunnikeir e deixa a Escócia para viver em Paris, onde falece a 14 de novembro de 1841.

1821 8 de julho. Lady Elgin casa-se com Robert Fergusson. Após a morte deste, em 1846, ela volta à casa de sua família em Dirleton, ali permanecendo até a morte, em 1855.

Prólogo

No início de 1798, o governo da França nomeou o brilhante e jovem general Napoleão Bonaparte comandante-em-chefe do "Exército da Inglaterra", a maior força militar já reunida na costa francesa do Canal da Mancha para a invasão da Grã-Bretanha. Depois de deliberar por algum tempo, Bonaparte sugeriu que essas forças deveriam ser usadas para invadir o Egito, e não a Inglaterra, e essa decisão foi imediatamente acatada.

Em maio desse mesmo ano, uma poderosa armada sob o comando de Bonaparte zarpou de Toulon e conseguiu escapar à frota britânica no Mediterrâneo, capturando Malta e incorporando a ilha à República Francesa.

Por volta de meados de junho, a armada zarpou de Malta e, após escapar novamente dos navios de guerra britânicos no Mediterrâneo, chegou em segurança ao Egito.

Nessa época, o Egito estava sob o domínio do Império Otomano, juntamente com os países dos Bálcãs, o Oriente Médio e a costa do Norte da África. Mas isso era apenas uma presunção da autoridade turca, pois o controle real do Egito estava nas mãos dos mamelucos. No entanto, a nebulosa autoridade dos turcos era de certa forma preservada, e quando um novo paxá do Egito era nomeado pela Sublime Porta,* era recebido pelos mamelucos com uma cerimônia formal impressionante e em seguida escoltado à cidadela, onde passava a viver virtualmente como prisioneiro, até expirar o cargo.

É compreensível que o governo turco odiasse profundamente os mamelucos, e embora a França fosse até essa época o mais antigo e mais firme aliado da Turquia, a invasão do Egito por Napoleão surgiu como uma grande surpresa. De fato, quase no mesmo momento em que Bonaparte tomava o Egito, o ministro francês das Relações Exteriores, Talleyrand, estava em Constantinopla persuadindo os turcos de que a França ocupava o Egito apenas no interesse da Turquia.

No dia 6 de agosto, Henri Ruffin, o *chargé d'affaires* francês em Constantinopla, foi chamado ao palácio pelo ministro turco e repreendido

---

*Porta monumental de Istambul, construída em 1478, que permitia entrar no palácio do sultão e que, por extensão, designava também o governo do Império Otomano (N.E.).

duramente: "A Sublime Porta vê com profundo pesar uma potência aliada tomar sem aviso prévio a província mais preciosa da Turquia, o umbigo do Islã".[1] Antes que Ruffin pudesse responder, foi rapidamente escoltado para fora do palácio por uma guarda militar e levado à prisão das Sete Torres. No dia seguinte, o sultão Selim III fez uma declaração formal de guerra à França.

Enquanto Ruffin era levado à prisão, o almirante britânico Horatio Nelson já havia destruído a frota francesa na Batalha do Nilo. A vitória, com a subseqüente declaração de guerra à França pela Turquia, deu ao governo britânico a oportunidade não apenas de garantir a Turquia como um aliado na guerra contra a França, como também de conquistar relações privilegiadas com o Império Otomano.

Foi a esses tumultuosos acontecimentos que Thomas Bruce, sétimo conde de Elgin, foi lançado quando aceitou o cargo de embaixador extraordinário junto à Sublime Porta e zarpou em 1799 para Constantinopla com sua linda e jovem esposa. Até então, a Inglaterra considerara a Turquia um país remoto e de pouca importância e nem se preocupara em manter uma embaixada oficial em Constantinopla, deixando todas as relações com a Turquia nas mãos da Companhia do Levante, uma firma concessionária inglesa a que haviam sido concedidos direitos exclusivos sobre todo o comércio britânico com o Mediterrâneo oriental. Seu nome oficial, constituído por concessão real, era Governor and Merchants of England Trading to the Levant Seas. Além disso, detinha o direito estatutário de indicar todos os embaixadores, cônsules e representantes ingleses no Levante e de cobrar taxas de seus próprios membros. Tinha também o poder de impor multas e de expulsar qualquer membro que discordasse publicamente da companhia. Em diferentes épocas, chegou até a manter sua própria frota de guerra.

A nomeação de Lord Elgin como embaixador junto à Porta foi primeiramente apresentada pelo rei Jorge III ao governador e aos administradores da Companhia do Levante, antes de ser aprovada. O último membro da Companhia do Levante a assumir o cargo de embaixador foi Robert Liston. Ele deixou o cargo em 1794, e Sir William Sidney Smith, que tomou seu lugar, relutou em deixá-lo, mesmo depois da chegada de Lord Elgin a Constantinopla.

---

[1] William St. Clair, *Lord Elgin and the Marbles, 16.*

Primeira parte

Sicília

O céu siciliano ardia em fogo quando o HMS *Phaeton,* Navio de Sua Majestade, lançou âncora em Palermo, ao meio-dia. No interior sufocante do único camarote particular da fragata, a jovem esposa derramou mais vinagre em seu lencinho de seda e passou-o, com pancadinhas leves, pelo rosto e pelos pulsos. Um copo de vinho do porto permanecia intacto sobre a mesinha de carvalho ao lado do beliche, onde seu marido o havia deixado antes de sair da cabine, pela manhã bem cedo. O mar causara-lhe indisposição assim que entrou a bordo do *Phaeton,* em Portsmouth. "De nada adiantaram duas semanas em Lisboa, nem este vinagre agora."[1] De fato, esses vapores irritantes aumentavam seu mal-estar e, desesperada, ela mais uma vez se refugiou nas lembranças de seu bem-amado Archerfield, obrigando seu cérebro torturado a evocar a imagem dos pacíficos bosques escoceses que protegiam a casa de seu pai dos ventos de Oeste, enquanto campos de relva outonal brincavam ao longo das areias douradas de Aberlady Bay. Em seus sonhos mais desvairados, ela ainda achava difícil acreditar que era a esposa de Thomas Bruce, sétimo conde de Elgin e décimo primeiro de Kincardine.

Lord Elgin nasceu a 20 de julho de 1766, de linhagem nobre e antiga. O nome Bruce de Culross, no reino de Fife, vinha diretamente de Robert de Brus, cavaleiro normando que acompanhou Guilherme, o Conquistador, até a Inglaterra. Dessa mesma linhagem nasceu o famoso Robert the Bruce, primeiro rei da Escócia (1306-1329), cujo coração jaz sepultado na Abadia de Melrose e cuja espada ainda pende em Broomhall, a propriedade palaciana da família Elgin. A mãe de Lord Elgin gozava de favores especiais na corte como a condessa de Elgin, e ao mesmo tempo era preceptora da jovem princesa Charlotte de Gales, filha única de Jorge IV.

Elgin herdou o condado ainda criança. Depois de estudar em Harrow, Westminster, Saint Andrew's e Paris, ganhou a patente de alferes na Infantaria de Guarda, passando rapidamente pelos postos inferiores e obtendo por fim o comando de seu próprio regimento, o Elgin Highland Fencibles. Foi eleito

---

[1]Mary Nisbet, *The Letters of Mary Nisbet, Countess of Elgin*, 7.

para a Câmara dos Lordes em 1790, e no ano seguinte, com 25 anos de idade, recebeu sua primeira missão diplomática das mãos do primeiro-ministro britânico, William Pitt. Isso se dera de forma repentina, e em 24 horas Elgin estava de partida para Viena como ministro plenipotenciário extraordinário junto ao recém-coroado imperador Leopoldo II.

Por quase um ano, ele acompanhou Leopoldo em longas viagens pelos territórios austríacos na Itália, tentando insistentemente persuadir o imperador a fazer da Áustria uma aliada da Inglaterra. Embora seus longos meses de empenho e dedicação tenham obtido pouco sucesso, Elgin conseguiu adquirir uma sólida reputação diplomática e foi em seguida recompensado por Lord William Wyndham Grenville, secretário britânico de assuntos exteriores, com uma segunda missão: enviado plenipotenciário em Bruxelas, onde permaneceu durante dois anos, sobretudo como oficial de ligação entre os exércitos da Bélgica e da Áustria. Henry Dundas, que durante muitos anos supervisionou as eleições parlamentares na Escócia e foi fundamental na eleição de Elgin para a Câmara dos Lordes, mais uma vez veio em auxílio de Elgin e escreveu uma enfática carta de recomendação a Lord Grenville:

> Embora não seja muito rico, é pessoa abastada em seu meio e não pediria o cargo visando apenas os estipêndios. Mas se tiver oportunidade de ser empregado no serviço público, será para ele um prazer. Quanto a isso, tem perfeita confiança no atual governo. Nunca exigirá nada de V. Sa., tampouco é dado a reclamações, mas a qualquer momento estará pronto para obedecer a qualquer chamado feito com base no que afirmei.[2]

Elgin foi enviado à corte da Prússia em Berlim e, como ministro britânico plenipotenciário, viu-se envolvido pela primeira vez na vida com muitas intrigas diplomáticas, o que não lhe agradou. Além disso, como um cavalheiro da velha escola, estava firmemente entrincheirado em princípios ultrapassados e em conceitos fora de moda sobre a honra e a tradição. Não era nem um pouco ingênuo, porém, e embora tenha permanecido em Berlim até os 32 anos de idade sem se casar, estava longe de ser um homem que as mulheres desprezassem. Uma visitante assídua da embaixada de Berlim era certa "linda favorita, sra. Ferchenbeck",[3] mas o relacionamento não vingou, e Elgin voltou à Inglaterra em 1798, parando primeiro no escritório do secretário de assuntos exteriores antes de prosseguir até Brighton para umas merecidas férias.

---

[2]Historical Manuscripts Commission, "Report on the Manuscripts of J. B. Fortescue", vol. 2: 603.
[3]Lord Greenville Leveson Gower, *Private Correspondence*, vol. 1: 262.

Poucos dias depois, enquanto dançava com a princesa Augusta em um baile oferecido pela frota em Weymouth, Elgin foi chamado à parte pelo rei Jorge III, que o aconselhou a candidatar-se imediatamente ao cargo de embaixador na Turquia, mas com a condição de casar-se, pois seu prolongado celibato era considerado uma grande desvantagem para um embaixador, sobretudo no Levante.

Havia um sem-número de belas jovens dos dois lados do estuário, atraentes e de sólida fortuna familiar, mas a escolha de Elgin recaiu sobre Mary Nisbet, que vivia em Dirleton, um vilarejo dez milhas a leste de Edimburgo. As propriedades de William Nisbet rendiam 18 mil libras por ano, e Elgin certamente estava ciente disso quando fez sua anunciada visita a Archerfield, o solar dos Nisbets, na fria manhã de 11 de março. Não foi para ele uma vitória fácil. William Nisbet não gostou da diferença de idade; sua filha tinha apenas 21 anos e Elgin, 33. Além disso, alguns dos jovens mais ricos de Edimburgo já haviam expressado o desejo de casar-se com sua única filha. Ademais, sabia também que Elgin contraíra pesadas dívidas ao reformar Broomhall. Contudo, a idéia de casar a filha com um membro da nobreza o atraía, e ele deu seu consentimento.

Uma vez aceito no cargo de embaixador, Elgin selecionou uma equipe considerável para a embaixada. Eram todos jovens, bem qualificados e dedicados. O primeiro deles era o professor Joseph Dacre Carlyle, que anteriormente ocupara a cadeira de Árabe em Cambridge. Acabara de completar 39 anos e já publicara diversos livros importantes. Tinha também um fraco por poesia e "não parava de importunar a todos da equipe com seus maus versos".[4] Seu propósito principal ao juntar-se à embaixada era o de satisfazer um desejo sincero de converter os nativos da Ásia e da África, distribuindo-lhes uma tradução árabe da Bíblia, na qual trabalhara arduamente durante longos anos. Lord Elgin nada tinha a opor, uma vez que Carlyle podia reforçar a embaixada com seus conhecimentos e competência acadêmica.

O reverendo Philip Hunt tinha 28 anos e durante um curto espaço de tempo atuara como clérigo sob o patrocínio de Lord Upper Ossory. Erudito meticuloso, analisara minuciosamente a história de muitos sítios arqueológicos da Europa e da Ásia e tinha sólidos conhecimentos da língua grega. A oportunidade de juntar-se à embaixada de Lord Elgin o entusiasmou:

> Como os turcos se aliaram a nós para obstar o progresso dos franceses, nossa corte considerou útil enviar uma esplêndida embaixada a

[4]Robert Walpole, *Memoirs Relating to European and Asiatic Turkey*, sec. 15: 82ss.

> Constantinopla, para firmar certos tratados de proveito mútuo para ambos os países. O Conde de Elgin foi nomeado Embaixador Extraordinário etc., junto à Porta, e graças ao meu valioso e excelente amigo, o reverendo sr. Brand, Reitor de Maulden, o cargo de capelão e secretário particular do Embaixador será muito provavelmente ocupado por mim. Consultei Lord Ossory e meus outros amigos daqui, e todos eles concordam que esta é uma excelente oportunidade de aprendizado e para estabelecer as bases de uma esplêndida fortuna. É desnecessário dizer que se trata de um cargo digno da aspiração de um jovem da nobreza, que será acompanhado de grandes vantagens no presente e com toda a probabilidade levará à independência financeira.[5]

Os dois outros secretários-assistentes de Elgin tinham 22 anos. John Morier estava familiarizado com o Oriente Médio, pois nascera em Esmirna, onde seu pai era cônsul. Este era seu primeiro cargo diplomático, e ele preencheu religiosamente seu diário com muitos pormenores da viagem, em especial sobre as maneiras frias e a frugalidade de Lord Elgin. Já em seu primeiro dia no mar, Morier registrou

> uma grande indiferença da parte de Lord Elgin para com aqueles de contato mais direto com ele. Parte disso, porém, pode ser atribuída à crônica indisposição de Sua Senhoria. Ele sofre constantemente de reumatismo e é propenso a apanhar resfriados, o que é causa de profundo aborrecimento para sua esposa. Todos os empregados logo descobriram que Sua Senhoria não pretende pagar um vintém do salário combinado até que a missão se encerre por ordem do governo. Chegou até a concordar e permitir que cada um pagasse suas próprias despesas e evita cuidadosamente qualquer menção a dinheiro.[6]

Aquele era também o primeiro cargo diplomático do primeiro-secretário particular de Elgin, William Richard Hamilton. Ele havia estudado em Oxford e Cambridge, e quando seu orientador escreveu a Elgin, a carta estava repleta de hipérboles:

> Tem muito bom-senso e uma inteligência muito ativa. É diligente e tem o máximo desejo de se tornar útil. Suas maneiras são muito agradáveis e seus princípios, perfeitamente bons. Assim, poderá tê-lo imediatamente como companheiro e confidente.[7]

---

[5]Arthur Hamilton Smith, "Lord Elgin and His Collection", *Journal of Hellenic Studies* (1916): 180.

[6]St. Clair, *Marbles*, 24.

[7]Ibid., 6.

O dr. Hector McLean era o médico da embaixada. "Uma respeitável autoridade médica",[8] já não sabia o que fazer para curar Lady Elgin de seu *mal de mer*, e, exasperado, decidiu finalmente que o *Phaeton* deveria fazer breves paradas em alguns portos escolhidos, para lhe proporcionar certo alívio. McLean tinha predisposição para beber e passou trancado em sua cabine a maior parte da viagem.

Lady Elgin considerava declaradamente vão e absurdo o desejo de seu marido pelo cargo de Constantinopla. O mundo já caminhava para o século XIX e a Turquia continuava a viver na barbárie, com cidades infestadas de doenças e cheias de haréns e de antros de haxixe. Correr atrás dessa embaixada no momento em que a Inglaterra estava em guerra contra Bonaparte parecia algo ainda mais absurdo, mas Elgin, recusando-se a ser dissuadido, lembrava-lhe continuamente a antiga fama e beleza de Constantinopla, o esplendor incomparável de Hághia Sophia,* os Jardins de Pera, o Bósforo, o palácio do sultão.

Mas, acima de tudo, Elgin tinha uma razão mais profunda para querer o posto de Constantinopla. Desde os tempos de jovem estudante em Westminster, ele desenvolvera um grande gosto pelas artes, em especial pela escultura. Fortemente influenciado por Thomas Harrison, o arquiteto que contratara para restaurar Broomhall, Elgin aprendera que os melhores modelos de arte clássica se encontravam na Grécia, e não em Roma. Além disso, Harrison sugeriu que, enquanto Elgin estivesse em Constantinopla, poderia visitar Atenas de tempos em tempos, onde sempre haveria excelentes oportunidades de melhorar seus conhecimentos sobre a escultura e a arquitetura gregas. Embora muitas publicações tivessem sido recentemente escritas por estudiosos ingleses e alemães, Harrison insistia em que os livros não podiam servir de autêntica inspiração. Muito mais importantes eram os moldes em gesso de objetos reais, bem como as pinturas e desenhos feitos *in situ*, sob o esplendor do céu grego.

As palavras de Harrison mexeram com Lord Elgin. Aquela era a oportunidade que sempre buscara, a ocasião de recuperar a glória das belas-artes na Grã-Bretanha e de melhorar a arquitetura, a pintura e a escultura britânicas. Além disso, os desenhos clássicos poderiam ser usados em toda parte, até mesmo no mobiliário e nos artigos de casa, e com isso a embaixada poderia ser útil para o avanço das artes em geral na Inglaterra. Era um plano grandioso, e imediatamente após saber que havia sido aceito para

[8]Nisbet, *Letters*, 7.

* A igreja de Santa Sofia foi a maior realização do imperador Justiniano. Iniciada em 532, assinala o mais alto desenvolvimento da arquitetura bizantina.

esse cargo tão desejado, expôs suas idéias a Lord Grenville. Depois de pedir o dinheiro suficiente para financiar um empreendimento tão importante, Elgin também pediu pintores, artistas, arquitetos, desenhistas e *formatori*. Essas exigências, porém, ultrapassavam a autoridade de Grenville, e este sugeriu a Elgin que as apresentasse pessoalmente ao primeiro-ministro, William Pitt. A resposta de Pitt foi desanimadora: "O Governo de Sua Majestade não pode arcar com tão grandes idéias para sua embaixada. Se quiser embarcar nessa aventura, terá de fazê-lo às próprias custas".[9]

O salário de Elgin já havia sido fixado em apenas seis mil libras por ano. No entanto, ele estava decidido a levar adiante o plano, e logo os melhores pintores da Inglaterra vieram oferecer-se em Broomhall. O primeiro a chegar foi o pintor de aquarelas Thomas Girtin. Esperou durante duas horas no grande saguão antes de ser recebido, só para ser informado de que Elgin poderia lhe oferecer apenas trinta libras por ano, a metade do salário de um criado inglês. Além de seu trabalho principal como artista da embaixada, Girtin "também deveria ajudar Lady Elgin na decoração de guarda-fogos, mesas de costura e outras tarefas domésticas que demandassem conhecimentos artísticos".[10]

Em seguida vieram Richard e Robert Smirke. Robert era o mais famoso dos dois irmãos. Aos treze anos, fora aprendiz de um pintor heráldico em Londres, e sete anos depois ingressara nas escolas da Royal Academy. Seus trabalhos costumavam ser pequenos, cheios de humor e graça e executados com talento artístico. Foi o autor também de inúmeras ilustrações de livros, engenhosas e populares. Com cada um dos irmãos, Elgin foi obrigado a ajustar seu preço, mas os termos iniciais eram inaceitáveis, e as negociações posteriores fracassaram.

William Daniell, outro artista entrevistado, era sobrinho do grande pintor inglês Thomas Daniell. William acompanhara o tio em uma viagem à Índia quando tinha apenas 14 anos, e logo depois disso viu publicados seus muitos esboços gravados em aquatinta. Também ele, no entanto, mostrou-se desapontado com os termos apresentados por Elgin e, ainda que com relutância, recusou a proposta.

Nas semanas seguintes, Elgin teve os mesmos resultados com os demais artistas que se apresentaram em Broomhall. Pouco antes de embarcar no *Phaeton* com sua jovem esposa, pediu conselhos a Benjamin West,* e o

---

[9]Historical Manuscripts Commission, "Fortescue", vol. 5: 91.
[10]Joseph Farington, *Farington Diary*, 21 de abril de 1799.

venerável pintor sugeriu-lhe o nome de J. M. Turner, de apenas 24 anos, mas já respeitado nos círculos de arte de Londres.

Inicialmente, Turner pareceu muito interessado, mas quando Elgin lhe exigiu a posse exclusiva de todas as pinturas e acrescentou que todas as horas ociosas de Turner deveriam ser dedicadas às aulas de desenho de Lady Elgin, "o jovem artista replicou com um pedido salarial de quatrocentas libras, e nesse ponto a entrevista foi bruscamente interrompida por Elgin".[11]

O HMS *Phaeton* já havia percorrido mais da metade de seu percurso e Elgin ainda não tinha um artista para supervisionar seu grandioso esquema. Acometido de profunda melancolia, tornou-se ainda mais irritadiço com os membros de sua equipe, e embora Lady Elgin procurasse elevar seu ânimo abatido, tinha seus próprios problemas para resolver.

Enquanto o *Phaeton* lançava âncora, o mensageiro do navio, Charles Duff, era enviado a Palermo para reservar os alojamentos. Voltou com notícias desanimadoras: era impossível desembarcar aquela noite. Logo em seguida, porém, Duff revelou que Sir William Hamilton soubera de sua chegada e oferecia-lhe sua própria casa.

Inicialmente, Lady Elgin não gostou da idéia de viver sob o mesmo teto com a notória amante de Lord Nelson, Emma Hamilton, mas estivera um mês inteiro em alto-mar, confinada em uma cabine úmida, dividida em seis insuportáveis compartimentos por uma horrenda cortina verde. Para piorar a situação, não se passara um só dia sem que se ouvissem as constantes queixas do reverendo Philip Hunt:

> Como podem querer que eu divida este compartimento minúsculo com outros quatro cavalheiros? Ele tem três metros e meio de comprimento por dois de largura e dois de altura. Tem seis camas, treze baús, seis bacias, chapéus, roupões, capas, um criado de camarote que engraxa nossos sapatos, outros criados que preparam nossos instrumentos de barbear, cinco sacos de roupa suja, quatro valises, vassouras, cobertores, edredons, um canhão de nove quilos com equipamento de carro, um corvo de ferro, bolas de canhão e metralha! [12]

[11]Ibid., 22 de abril de 1799.

*Benjamin West (1738-1820) nasceu em Springfield, Pensilvânia. Fez sua primeira pintura aos sete anos, sentado junto ao berço do filho de sua irmã. O bebê sorriu enquanto dormia, e o jovem Benjamin desenhou seu retrato. West estabeleceu-se na Filadélfia como pintor de retratos com dezoito anos de idade, e dois anos depois mudou-se para Nova York. Em 1760, viajou para a Europa, visitando a Itália durante três anos, antes de se estabelecer em Londres. O rei Jorge III recebeu-o sob patrocínio especial, o que lhe proporcionou muitas encomendas. Morreu em Londres e foi sepultado na Catedral de Saint Paul.

Apesar desses aborrecimentos, Hunt conseguiu cumprir seus deveres ministeriais a bordo do *Phaeton* e também realizar o serviço religioso no tombadilho todos os domingos pela manhã, mesmo sob mau tempo.

Felizmente, o problema de alojamento foi resolvido na manhã seguinte, quando Duff teve sucesso em sua busca de um *palazzo* particular. Não ficava longe da residência de Sir William Hamilton e dava para a baía de Palermo. A sala de estar era tão vasta que Hunt a mediu a passo: "vinte e dois metros de comprimento e sete e meio de largura!".[13] O teto era generosamente decorado com uma cena pastoral que fez Lady Elgin lembrar-se com saudades de Archerfield. Uma enorme janela de batente levava a um balcão do qual se podia avistar cada barco ancorado no porto. Seu *mal de mer* logo passou e durante o almoço ela até trocou frases espirituosas com o capitão Morris, do *Phaeton*. À tarde, receberam um convite para jantar na casa de Sir William, e, surpreendentemente, ela nada objetou.

O grupo inteiro decidiu ir a pé até a casa de Hamilton, subindo tranqüilamente a estreita rua de paralelepípedos que se estendia assimetricamente através de fileiras de casas brancas de estuque, cobertas com telhas de ardósia. Elgin, desanimado por não ter ainda conseguido um pintor para supervisionar seu projeto ateniense, evitava conversar, mas Duff logo encontrou remédio para isso, com uma animada narrativa sobre o que lhe acontecera no dia anterior, quando mencionou o nome de Lord Nelson na casa de Sir William:

> Fui recebido na porta por uma velhinha de camisola branca e anágua preta. "O que o senhor quer?", perguntou ela. "Lord Nelson", respondi. "E o que o senhor quer com Sua Senhoria?" perguntou ela de novo. Eu a repreendi imediatamente e lhe dizia que cuidasse de seus afazeres, quando um criado apareceu e me levou até o saguão. "Vocês têm criados curiosos", disse a ele. Ele pigarreou e respondeu: "Mas não se trata de uma criada, senhor. Aquela é a mãe de Lady Hamilton!"[14]

É uma pena que o mundo conheça Sir William Hamilton apenas como o marido idoso da famosa Emma. Elgin, porém, tinha plena consciência de que Sir William alcançara uma merecida reputação como antiquário.

> Enquanto serviu como embaixador em Nápoles, Sir William desenvolveu a paixão por colecionar muitas obras de arte, em especial vasos, e foi um dos primeiros a reconhecer a verdadeira origem dos vasos

[12]Papéis de Hunt, 17 de julho de 1799.
[13]Nisbet, *Letters*, 30.
[14]Ibid., 20.

gregos, que até então eram erroneamente chamados etruscos por serem encontrados no Sul da Itália.[15]

Eram incontáveis os seus tesouros: centenas de vasos e jóias inestimáveis, um esplêndido tesouro de moedas preciosas e inúmeras belíssimas peças de escultura. Muitas vezes ele teve de pagar preços exorbitantes e, mais tarde, vendo-se à beira da ruína financeira, foi obrigado a vender toda a coleção, com grande prejuízo. A maior parte dos tesouros foi comprada pelo Museu Britânico.

Dois criados escoltaram o grupo de Elgin até a sala da frente, cujas paredes e piso eram de mármore. Na parede da lareira ficava um amplo mural que Elgin considerou um exemplo medíocre de arte italiana: anjinhos rechonchudos fazendo beicinho, pairando ao redor de um jovem igualmente rechonchudo, enquanto acima deles avultava a enorme e musculosa figura de Deus.

Na sala de estar, foram recebidos por Lady Hamilton e Sir William. Um oficial naval de meia-idade, trajando uniforme, permanecia hirto ao lado da janela ogival, o braço direito cortado na altura do cotovelo e um tapa-olho sobre o olho direito: o visconde Horatio Nelson! almirante britânico e herói naval cuja genialidade atingira seu ápice na Batalha do Nilo, uma das mais brilhantes batalhas navais da história. Logo depois dessa grande vitória, Nelson chegou a Nápoles e mergulhou de corpo inteiro em um caso com Lady Hamilton, esposa do embaixador britânico em Nápoles. De rara beleza e alvo de muitos mexericos por toda a Europa, Lady Hamilton rapidamente gastou a maior parte do dinheiro de Lord Nelson, arrastou-o por toda parte "como um urso",[16] e o obrigou a incorrer em pesadas dívidas de jogo. Nelson não tinha filhos de sua esposa, Frances, filha de um médico das Índias Ocidentais, mas Lady Hamilton deu-lhe uma filha, Horatia.

Durante todo o jantar, Elgin ficou inebriado com a beleza de Lady Hamilton. "Aí está uma linda mulher", sussurrou para a esposa, "bela de corpo e de espírito. Um cisne!"[17]

Lady Elgin permaneceu imersa em seus pensamentos. Não conseguia entender por que um cavalheiro refinado como Sir William permitia que um "sujeito doente vivesse livremente em sua casa durante

---

[15]A. Michaelis, *Ancient Marbles in Great Britain*, 109.

[16]Nisbet, *Letters*, 24.

[17]Ibid., 22.

mais de um ano. Nelson já não tinha os dentes superiores e apresentava uma feia cicatriz na testa. Na verdade, parecia estar à beira da morte".[18]

Sir William fez um brinde amável à saúde dos convidados e em seguida desejou a Elgin sucesso em Constantinopla. O anisete abriu o apetite de Lady Elgin para o jantar: carneiro em espesso molho de tomate, abóbora, quiabo, brócolis, torta de queijo, bolinhos de carne fritos e uma ampla variedade de vinhos. Mais tarde, durante o chá, todos se divertiram com as observações de Nelson sobre "o homenzinho magro e amarelado cujas botas eram grandes demais para ele". Mas logo em seguida Nelson admitiu sem hesitar a genialidade de Napoleão.

Antes de deixar a Inglaterra, Elgin fora bem informado sobre Napoleão e a invasão do Egito pelos franceses. Suas instruções contavam vinte e seis páginas e terminavam com o aviso severo de que

> não só devia manter-se alerta quanto aos interesses de Sua Majestade, promover o comércio, proteger os privilégios britânicos, persuadir os turcos a abrirem o Mar Negro ao comércio inglês e estabelecer uma estação postal em Suez, mas, acima de tudo, devia empenhar-se ao máximo em expulsar os franceses do Egito e, assim, manter o Império Otomano em bons termos com a Grã-Bretanha.[19]

Alguns meses antes de aceitar a embaixada em 1799, Elgin fora informado de que Napoleão reunira uma poderosa força junto ao Canal da Mancha com o propósito de invadir a Inglaterra, mas à última hora mudou de idéia e relatou ao seu governo que o plano era impossível e, em vez disso, sugeriu que aquelas mesmas forças, que somavam cinqüenta e quatro mil homens, fossem usadas em uma invasão ao Egito. Como ele mesmo observou, "a Europa é minúscula. É tudo tão aborrecido! Devemos ir para o Oriente, onde sempre foram conquistadas as maiores glórias".[20]

Quando a armada francesa levantou âncoras em Toulon, "o mar tornou-se agitado e, quase sem exceção, os homens ficaram mareados".[21] Mas Napoleão rapidamente os animou, lembrando que quando assumiu o comando das forças na costa da Ligúria estavam em péssimas condições, com carência de tudo, tendo vendido até os bens de família para arcar

---

[18]Ibid., 23.

[19]Foreign Office, *British Foreign and State Papers*, 78/22.

[20]J. Christopher Herold, *The Age of Napoleon*, 67.

[21]Ibid., 68.

com as necessidades do dia-a-dia. Prometeu-lhes o fim das privações e em seguida os conduziu com êxito à Itália, onde tudo lhes foi dado em abundância. Imediatamente depois, prometeu solenemente que se o seguissem agora até o Egito, todos receberiam dinheiro suficiente para comprar seis acres de terra quando voltassem à França. E assim, em maio de 1799, essa grande força zarpou de Toulon. O Almirantado, e em especial Lord Nelson, jamais teria suspeitado de uma manobra como essa. Além disso, os egípcios, que tinham estado sob o domínio dos mamelucos* durante cinco séculos, logo perceberam que não eram páreo para os franceses e ofereceram pouca resistência.

Bonaparte gabava-se de que "a Batalha do Nilo fora um sonho de general: vitória decisiva, poucas mortes, enorme butim e raros prisioneiros".[22] Elgin, porém, discordava profundamente. A vitória de Napoleão estava longe de ser decisiva, pois grande parte da força inimiga escapara intacta com seus comandantes; e era a essa força que Elgin teria de dirigir a atenção tão logo chegasse a Constantinopla.

O jantar na casa de Sir William já quase chegara ao fim quando Lady Hamilton se aproximou das portas de vidro da sala de estar e bateu palmas. Apareceram então vários músicos, com violoncelos e violinos. Sentaram-se silenciosamente no centro da sala e aguardavam um sinal de Lady Hamilton. Ela interpretou um *pot-pourri* de canções com voz forte e melódica, e embora Lady Elgin ouvisse atentamente, no fundo ela teve uma reação de repulsa diante dos maneirismos pretensiosos de Lady Hamilton.

Ao meio-dia em ponto do dia seguinte, um criado de Lady Hamilton veio ao *palazzo* com um convite para o almoço, às duas da tarde, após o qual deveriam assistir a uma competição de remo, a que estariam presentes o rei e a rainha de Nápoles; em seguida, à noite, haveria um grande baile: uma festa de gala para comemorar o aniversário do delfim e herdeiro do trono. Lady Elgin vestiu seu melhor vestido cor-de-rosa, com uma capa de renda branca.

Depois do chá, Sir William sugeriu um passeio pelas ruas de Palermo. Lady Hamilton correu para o quarto e voltou trajando um vestido de seda branca, chapéu e luvas combinando. Boa parte de seus seios ficava

---

* Introduzidos no Egito pelos sultões no século XIII, esses ferozes guerreiros do Cáucaso em poucos anos assumiram o controle do país. Renovavam continuamente suas forças, mantendo um fluxo constante de jovens soldados do Cáucaso. Quando Napoleão invadiu o Egito, os mamelucos, embora dispusessem de um poderoso exército de dez mil homens, foram totalmente derrotados pelo moderno armamento dos franceses.

[22]Ibid., 69.

exposta, o que só aborreceu a Lady Elgin, que estava decidida a não entrar em degradante competição "com uma mulher leviana, que trocava de roupas e de jóias como quem bebe água". [23]

Enquanto desciam despreocupadamente a íngreme colina que leva à baía, Sir William discorreu longamente sobre a história de Palermo: como havia sido erguida originalmente sobre uma estreita faixa de terra entre dois braços de mar, o que propiciou a criação de dois excelentes portos que mais tarde se reuniriam em um só e formariam a pequena baía voltada inteiramente para Leste, onde hoje fica Palermo. Alguns metros adiante, encontraram-se diante do pórtico da antiga catedral. Sir William observou que ela fora erguida pelo arcebispo inglês Walter, enviado à Sicília por Henrique II, como tutor real. Nesse momento, Lady Hamilton se queixou de um súbito cansaço e se despediu do grupo, garantindo que se recuperaria para a competição de remo, mais tarde.

O porto estava estranhamente deserto. O museu de Palermo ficava perto dali e os olhos de Elgin logo brilharam ao ver a rica coleção de sarcófagos etruscos, as urnas sepulcrais, os inúmeros baixos-relevos e a grande quantidade de vasos gregos. Juntamente com eles, havia inúmeras pinturas a óleo e uma grande coleção de maiólica siciliana.

Sir William ficou realmente contente por encontrar alguém que compartilhasse seu amor pelas antigüidades, e Elgin aproveitou a oportunidade para dizer que o livro de gravuras de Sir William não só o havia inspirado quando estava em Westminster, como de fato provocara muitas discussões com um colega de classe que se recusava a aceitar que "Josiah Wedgwood, o ceramista, fora totalmente influenciado pelo texto inspirador de Sir William".[24]

Esta era uma excelente oportunidade para Elgin contar a Sir William o real motivo pelo qual procurara o posto de Constantinopla e lhe dizer como tivera de abandonar seus planos por não ter conseguido encontrar um artista competente para supervisionar o projeto. Sir William mostrou-se simpático aos apuros de Elgin e lamentou não lhe poder ser de muita ajuda, sobretudo porque Palermo não estava à altura de Nápoles. Havia também a desagradável situação em sua casa. Lady Hamilton chegara àquela altura da vida em que a mulher exige total atenção. Além disso, a saúde de Sir William começara a se deteriorar, e ele sofria constantemente de febres biliosas. Era essa rápida aproximação da velhice que explicava sua devoção por Lady Hamilton e sua complacência por seu relacionamento com Nelson.

---

[23]Nisbet, *Letters*, 20.

[24]Michaelis, *Ancient Marbles*, 111.

Poucos minutos depois, Lady Elgin chamou o marido à parte. "Nunca vi três pessoas fazerem-se tanto de tolas, umas às outras, como Lady Hamilton, Sir William e Lord Nelson!",[25] disse ela, com calma mas também com firmeza.

Antes de saírem do museu, Sir William mencionou com um suspiro abafado que soubera que Nelson estava planejando zarpar para Minorca dentro de poucos dias. A meia voz, Elgin repetiu a informação à esposa, acrescentando em um sussurro: "Mas muita gente aposta que Nelson não irá".[26]

Durante a longa escalada de outra colina, Elgin reiterou seu ardente desejo de enviar artistas, arquitetos e moldadores profissionais a Atenas. Sir William instou-o a persistir, e de repente parou de caminhar e exclamou:

> Eu tenho o homem que você procura, a pessoa ideal para o seu projeto ateniense. É o melhor pintor da Itália: Giovanni Battista Lusieri. Vive em Messina e é carinhosamente chamado de Don Tita. Ouvi falar dele pela primeira vez quando ele trabalhava como pintor de corte para o rei de Nápoles. [27]

O interesse de Elgin ficou ainda mais atiçado quando soube que Lusieri não era homem de chicanear com dinheiro. Sir William passou a explicar que Don Tita se dedicava quase exclusivamente a amplos panoramas:

> São de um comprimento de escala considerável, nada menos de dois ou dois metros e meio, e geralmente abarcam um oitavo de círculo. Há até um, uma vista de Constantinopla, de cinco e meio metros por um de altura, que compreende um quarto de panorama. Esses desenhos são apenas esboços meticulosos feitos com lápis duro ou bico de pena. Não há tentativas de transpor luz ou sombra. Ele demora um tempo enorme para fazê-los; só o esboço de Constantinopla demorou três meses. Examinando os objetos a partir dos quais vários desses esboços foram feitos, confesso que não consegui perceber as minúcias neles descritas, e por isso fui levado a supor que ele deve ter usado um telescópio.[28]

A competição de remo mostrou-se enfadonha e, ao final, os Elgins foram levados de volta ao *palazzo* na carruagem de Sir William. Lady Elgin estava em um dilema sobre o que vestir no baile à noite, pois Lady Hamilton,

---

[25]Nisbet, *Letters*, 23.
[26]Ibid., 25.
[27]Smith, *Elgin*, 169.
[28]H. W. Williams, *Travels in Italy and Greece*, vol. 2: 331.

várias vezes durante a competição de remo, tentara lançar certa luz sobre o problema chamando o baile de "uma festinha boba de aniversário"[29] e aconselhando Lady Elgin a vestir um traje comum. Depois de ser avisada de que Lady Hamilton sempre se valia do truque de "fazer o possível para todos irem mal vestidos",[30] Lady Elgin escolheu um vestido azul e prata, ao qual acrescentou um colar de pérolas e um bracelete de diamantes. Às sete e quinze, foram chamados à entrada do *palazzo*, onde a carruagem de Sir William estava mais uma vez à espera deles. Sentaram-se no banco dianteiro, enquanto Lady Hamilton se colocara entre o marido e Nelson no banco de trás. Trajava um vestido de seda dourada com jóias e uma tiara de diamantes resplandecentes!

Logo após a chegada ao palácio, houve uma ensurdecedora exibição de fogos de artifício, e enquanto a fumaça ainda pesava no ar, abriu-se uma ampla plataforma e a dança começou. Enquanto os homens lançavam demorados olhares a Lady Hamilton e as mulheres cochichavam nos ouvidos umas das outras, criados vestidos com trajes chineses passavam através da multidão, servindo vinho e bocados de carne frita. Só alguns casais optaram por dançar. Lady Hamilton aproveitou o momento para proclamar que "Sua Majestade gastara mais de seis mil libras naquela festa, o que Elgin considerou um extravagante desperdício".[31]

A mesa deles ficava ao lado de uma ponte em estilo japonês que se estendia sobre um lago artificial. Um bando de patos nadava tranqüilamente a um canto, enquanto fileiras de lâmpadas brilhantes lançavam seu reflexo sobre a água. Em seu devido tempo, foi servida a comida, e, sob o brilho suave das lâmpadas a balançar, Nelson pigarreou e perguntou a Elgin se percebia exatamente o que o aguardava em Constantinopla. Elgin lhe garantiu que estava perfeitamente ciente de que Sir Sidney Smith nunca se recuperaria de sua súbita destituição do cargo de embaixador em Constantinopla.

Smith obteve o grau de capitão aos dezesseis anos e lutou em diversas batalhas da Guerra Revolucionária Americana, mas logo depois, achando a vida um tanto aborrecida, desobedeceu a ordens do Almirantado e "aceitou um convite do rei da Suécia para ser seu conselheiro naval na guerra contra a Rússia e comandou as operações navais a bordo do iate do rei".[32]

O Almirantado, por fim, o enviou em uma viagem de inspeção pela Turquia, mas logo que irrompeu a guerra contra a França, Sir Sydney comprou um barco com seu próprio dinheiro, reuniu uma tripulação de marinheiros desem-

---

[29]Nisbet, *Letters*, 23.
[30]Ibid., 25.
[31]Ibid., 26.
[32]John Barrow, *Life and Correspondence of Admiral Sir William Sydney Smith*, vol. 1: 378.

pregados em Esmirna e partiu para se juntar à frota inglesa do Mediterrâneo. Para mostrar gratidão, o governo de Sua Majestade premiou-o com o posto em Constantinopla, no qual ele deveria servir juntamente com seu irmão, John Spencer Smith. Nelson combateu energicamente essa nomeação, alegando que era arriscado atribuir uma missão política a um oficial de serviço na ativa, para não mencionar o fato de se fazer isso com um homem que alcançara a fama pela desobediência. Irritava-o imaginar Sir Sydney na ponte do seu navio, o *Tigre*, fazendo o cerco de Acre com a espada desembainhada e o peito estufado, enquanto os turcos traiçoeiros louvavam Alá por ele.

Embora Elgin já tivesse sido informado de tudo isso, as palavras de Nelson o perturbaram. Nunca esperara deparar-se com uma confusão dessas: "um dos Smiths é funcionário da Companhia do Levante, encarregado dos negócios britânicos em Constantinopla; o outro, um herói nacional, com uma situação tanto no campo diplomático quanto no naval, cruzando a costa do Egito em seu navio, o *Tigre*".[33] Com Nelson prestes a embarcar para Minorca, Bonaparte estava firmemente ancorado no Egito, desafiando tanto britânicos quanto turcos a expulsarem-no dali.

Após o jantar, Sir William apresentou-os ao rei e à rainha de Nápoles. Suas Majestades só falaram francês. Ao lado do marido obeso e profusamente ornamentado, a rainha parecia miúda e frágil. Seu traje púrpura estava adornado de jóias, e dois dedos de cada mão arqueavam sob o peso de enormes anéis de diamante enquanto explicava, com voz suave e encantadora, ser irmã de Maria Antonieta. Com lágrimas nos olhos, reviveu cada um dos momentos terríveis da conquista francesa de Nápoles, terminando com o triste anúncio de que metade do reino fora perdido para Bonaparte.

O rei (Ferdinando I, um Bourbon espanhol) de repente se calou, mas seu rosto se animou quando Lady Elgin gentilmente lhe garantiu que aquele era sem dúvida o dia mais pomposo de sua vida – com a competição de remo, os fogos de artifício, a música e a comida absolutamente deliciosa. Elgin concordou e, erguendo o copo de vinho, brindou a Lord Nelson, o que fez "Lady Hamilton chorar de emoção!".

Três dias depois, os Elgins viajaram de carruagem até Messina para um encontro com Giovanni Battista Lusieri. Foi uma viagem entediante, por más estradas de montanha, que exigiu muitas paradas e, embora o guia dissesse conhecer o caminho de olhos fechados, demoraram quase uma semana até finalmente chegar a Messina, onde foram conduzidos por uma estreita rua de calçamento de pedra até o centro da cidade velha. A casa de

[33] St. Clair, *Marbles*, 21.

Lusieri era um edifício de dois andares, cujos muros de estuque branco estavam rachados em vários pontos. A escada interna oscilou sob o peso deles.

Lady Elgin ficou surpresa ao ver que Lusieri era tão alto. Tinha olhos castanhos e fundos, um bigode totalmente negro e barba preta em ponta. Elgin impacientou-se ao descobrir que Lusieri não falava inglês. Entendia bem o francês, porém, e Elgin explicou-lhe cuidadosamente o propósito da visita: "Lusieri devia supervisionar uma missão artística, que contaria com um arquiteto para tomar notas de edifícios e templos; deveria também empregar vários *formatori* que fariam moldes dessas esculturas e de obras de arte que estivessem acessíveis. Todos os desenhos, pinturas e esboços ficariam sob posse e propriedade exclusivas de Lord Elgin".[34]

Essa não era uma prática incomum no século XIX. Muita gente da nobreza e da alta sociedade não raro se fazia acompanhar nas viagens por pintores famosos: Jacques Carrey pertencia ao séquito do Marquês de Nointel, Lord Charlemont levou Richard Dalton em uma viagem pelo Egito, e o antecessor de Lord Elgin em Constantinopla, Sir Robert Ainslie, contratou Ludwig Mayer com objetivos semelhantes.

O salário de Lusieri foi fixado em duzentas libras esterlinas por ano, e quando insistiu para que tudo fosse posto por escrito, Elgin foi obrigado a redigir o contrato em francês:

> Fica acordado entre Lord Elgin e o *signor* Lusieri que este último deve acompanhar Sua Senhoria em sua embaixada na Turquia como pintor e, sobretudo, deve empregar seu tempo e sua arte sob a direção de Sua Excelência. Fica entendido que todas as obras que o *signor* Lusieri executar nesse período ficarão à disposição de Sua Excelência, pelas quais receberá duzentas libras esterlinas por ano, sempre vivendo às custas de Sua Excelência.
>
> Se o *signor* Lusieri desejar fazer cópias de algumas obras compostas durante o trabalho para uso próprio, fica acordado que a escolha será feita por consideração de ambas as partes. O *signor* Lusieri também estará livre para voltar ao país antes do término de seu emprego, se circunstâncias excepcionais o obrigarem a isso.
>
> Acordado em Messina,
> na presença de Lord e Lady Elgin[35]

Depois que ambas as partes assinaram o documento, Elgin logo informou a Lusieri que este deveria viajar imediatamente com o secretário de Elgin,

---

[34]Smith, *Elgin*, 168.
[35]Ibid., 169.

William Hamilton, até Roma e Nápoles, com as seguintes instruções:

(1) Contratar um homem para fazer moldes. Um pintor de figuras para trabalhar com Lusieri. Todas as obras sendo inteiramente de propriedade de Elgin, e os salários fixados de acordo com a segunda tabela (cinqüenta libras por ano);

(2) Adquirir também todo o material necessário aos pintores e aos moldadores.[36]

Nesse momento, Lady Elgin fez um pedido em seu próprio nome: "Um Caro de Vertioso",* [37] semelhante ao utilizado por Lady Hamilton – um ou dois violoncelistas, um violinista e alguém para acompanhar ao pianoforte. Elgin, é claro, não estava muito inclinado a onerar sua embaixada com tal luxo, e só consentiu depois de Lady Elgin insinuar que na Itália se podiam contratar bons músicos pelo salário da segunda tabela, pelo qual poderiam até ser obrigados a vestir libré e trabalhar ocasionalmente como criados.

Em qualquer outra época, tal extravagância teria aborrecido Elgin, mas naquele dia quente de outubro ele sentira uma alegria nova ao saber que dera finalmente o primeiro passo na direção do mais desejado objetivo de sua vida. Hamilton e Lusieri já estavam há um mês em Roma quando Elgin finalmente recebeu uma mensagem deles:

> Meu caro Lord,
>
> Queira inteirar-se de que muitos artistas italianos houveram por bem deixar Roma por causa dos franceses. Os que permaneceram são em geral de natureza suspeita, e fomos obrigados a investigar seus princípios políticos, assim como suas capacidades profissionais. Além disso, os que se ofereceram para se juntar a nós apresentavam vários defeitos no que se refere ao caráter, idade, modo de vida e talento. Mas, depois de várias semanas de intensa busca, e em boa medida graças à influência das relações que o *signor* Lusieri tem aqui, posso informar-lhe que concluí todos os arranjos de acordo com as instruções de Vossa Senhoria.
>
> O primeiro a ser contratado foi um desenhista de figuras e esculturas. Disseram-nos que estudou em Karlsruhe. Tem muita habilidade e seus

---

[36]Robert Tweddell, *Remains of John Tweddell*, 49ss.

[37]Nisbet, *Letters*, 75.

* Lady Elgin deveria ter escrito "Carro di Virtuosi" (um carro de músicos).

desenhos concisos denotam gosto e inteligência. Acreditamos que ele seja o único homem de cultura já produzido por seu país, pois ele é tártaro e nasceu em Astracã! Fixamos seu salário em cem libras *per annum*.

Por insistência do *signor* Lusieri, contratamos os serviços de dois arquitetos, pois é impossível para um só homem dar conta de um grande empreendimento como este. O primeiro arquiteto é um corcunda totalmente deformado, mas Vossa Senhoria deve lembrar-se de que apenas sua cabeça e suas mãos eram objeto de nossa busca. Ele levará consigo um rapaz que estuda com ele como aprendiz. Fixamos o salário total dos dois em quinhentas piastras romanas, ou cento e vinte e cinco libras.

Também recrutamos dois homens para fazer moldes de gesso. Cada um receberá cem libras por ano. Não é necessário lembrar a Vossa Senhoria que tivemos muita sorte de poder contar com o serviço deles, pois há apenas seis moldadores em toda a Roma, tendo todos os demais ido para a França. Sua Senhoria, Lady Elgin, ficará contente em ouvir que tive a boa sorte de conseguir em Nápoles um *Maître de Chapelle* com todas as qualidades que Sua Senhoria desejava, salvo a inclinação para trabalhar ocasionalmente como criado de quarto. Como é um rapaz de muito boas maneiras, não julgo apropriado dar-lhe esse encargo a mais, sobretudo depois de ouvir de muita gente que as pessoas da sua profissão, com sua vaidade natural, preferem passar fome a rebaixar-se a tal degradação imaginária.

Ele vai levar consigo dois outros músicos: um toca clarinete e o outro, violoncelo. Creio que será possível, embora difícil, fazer com que estes últimos vistam libré, ou pelo menos um uniforme diferente, o que satisfaria plenamente o pedido de Sua Senhoria.

Por causa da guerra, perdemos toda comunicação com o resto do mundo, e embora estejamos a uma pequena distância um do outro, temo que esta mensagem não chegue a Palermo antes da partida de Vossa Senhoria para Constantinopla; neste caso, aguardarei as instruções de Vossa Senhoria.

Seu mais humilde servo etc.
William Richard Hamilton[38]

Surpreendentemente, a generosa distribuição de dinheiro feita por Hamilton não irritou a Elgin. Na manhã seguinte, bem cedo, ele foi

[38]William Richard Hamilton a Lord Elgin, 4 de fevereiro de 1800, Smith, *Elgin*, 174.

acordado pelo reverendo Hunt e pelo professor Carlyle, que queriam que ele os acompanhasse "em uma exploração das ruínas de Taormina; também para satisfazer o grande desejo que Elgin tinha de investigar a explicação dada por Homero ao fenômeno de Cila e Caríbdis* e talvez escalar o Etna também".[39]

A expedição durou cinco dias, e durante a ausência do marido, Lady Elgin manteve-se ocupada com chás da tarde e *soirées* noturnas. Uma noite, ela assistiu à ópera com a rainha de Nápoles e foi a convidada de honra na recepção que se seguiu. Lady Hamilton lá estava, e Lady Elgin fez diversas tentativas de conversar com ela, mas Emma parecia ausente. Sem dúvida, Nelson devia ter partido para Minorca!

Elgin voltou parecendo descansado e maravilhado com a visita a Cila e Caríbdis. À noite, no jantar, o capitão Morris anunciou que era necessário zarpar imediatamente para o Egeu, pois o mar e o vento estavam favoráveis. Elgin, eufórico, enviou uma mensagem ao secretário Hamilton, em Roma, ordenando-lhe que embarcasse imediatamente para Constantinopla com Lusieri e o grupo de artistas. Os Elgins, então, foram visitar Sir William e Lady Hamilton pela última vez. Sir William ficou triste ao saber que estavam de partida e lhes garantiu que estaria no porto pela manhã, para as despedidas. Emma ainda parecia abatida, provavelmente pela ausência de Lord Nelson.

No dia seguinte, 19 de outubro, ao nascer do sol, eles foram levados ao porto, onde trocaram tristes despedidas e inúmeras saudações com Sir William e Emma. O mar podia estar favorável, como dissera o capitão Morris, mas fortes ventos varreram o *Phaeton* no Egeu e no arquipélago. "O balanço do navio era terrível", queixou-se Lady Elgin. "Quase morri com os ventos contrários e as grandes ondas."[40]

No último dia de outubro, o vento amainou e eles tiveram de lançar âncora na ilha de Tenedos, na entrada dos Dardanelos. Em uma hora, foram abordados por um navio turco e, após uma ruidosa troca de saudações, foram convidados a bordo e levados à presença de um jovem oficial turco pomposamente trajado, cuja barba negra e brilhante e sobrancelhas espessas ocupavam-lhe a maior parte do rosto. Um turbante vermelho cobria orgulhosamente sua cabeça. Apresentou-se como capitão Pasha, e em seguida tomou a

---

[39]Foreign Office, *British Foreign and State Papers*, 78/22.
[40]Nisbet, *Letters*, 45.
* Cila é o rochedo do lado italiano do estreito de Messina, que se opõe ao sorvedouro Caríbdis, personificado por Homero (*Odisséia*, XII, 104) como um monstro do mar, feminino, que devorava os marinheiros.

mão de Lady Elgin e a beijou. Voltando-se para Elgin, declarou com alegria que a Turquia acabara de assinar um tratado de aliança com a Inglaterra e que o tratado fora negociado com Sir Sydney e seu irmão, Sir John Spencer Smith. Elgin ficou furioso ao ouvir que "também foram tomadas medidas para abrir o Mar Negro à navegação inglesa, o que constituíra seu principal objetivo".[41]

Quando voltaram ao *Phaeton*, o capitão Morris temia que fossem obrigados a permanecer ancorados em Tenedos por tempo indeterminado, pois os ventos geralmente se mostravam contrários naquela época do ano. Elgin não concordou, insistindo em que chegassem a Constantinopla naquela mesma quinta-feira. Para sorte de Lady Elgin, o mar acalmou-se no fim da tarde e ela conseguiu dormir algumas horas. Foi despertada pelo som de vozes no tombadilho, e, ao subir, viu o capitão Morris conversando com o capitão Pasha. Elgin não estava à vista. O capitão Morris tranqüilizou-a, dizendo que Elgin fora para terra firme com o reverendo Hunt logo depois do almoço, mas não informara o seu destino. Antes de deixar o *Phaeton*, capitão Pasha beijou a mão de Lady Elgin e lhe estendeu o convite para aquela noite a bordo de seu navio, o *Selim III*.

Durante o resto da tarde, Lady Elgin e a criada Masterman reviraram as malas que estavam no *Phaeton* em busca de um traje adequado para vestir, além de jóias, sapatilhas e chapéu. Logo depois de anoitecer, Elgin voltou ao navio com Hunt. A princípio ele fez objeções quanto a jantar com o turco, mas como a esposa já estava vestida, acabou cedendo. Enquanto vestia o uniforme branco com espada, explicou que Hunt quis que ele fosse ver algo em Yenicher, uma pequena aldeia perto de Tenedos. Lady Elgin não quis saber maiores detalhes.

Eles tomaram o bote do paxá e subiram a bordo do *Selim III*, onde o capitão Pasha, junto com a tripulação uniformizada, com fez vermelho e pluma branca, permaneceu em posição de sentido. Ouviu-se um ensurdecedor troar de canhões, e, enquanto passavam pelo tombadilho, a tripulação turca os saudou.

Foi um jantar suntuoso. Elgin ainda estava irritado com as notícias do tratado entre os irmãos Smith e os turcos, mas depois de alguns copos de vinho de Samos acalmou-se e aceitou o convite feito pelo capitão para sentarem-se em almofadas dispostas no chão enquanto era servido café turco em frágeis xícaras *demi-tasse*. Por fim, foi trazido o narguilé, uma espécie de cachimbo turco com um recipiente de água perfumada, que foi passado de mão em mão. Elgin, desejoso de agradar o jovem oficial turco,

[41]Barrow, *Life and Correspondence*, vol. 1: 381.

deu várias tragadas, tossiu e teve de recorrer a mais café. Durante um silêncio momentâneo, pôs a mão no bolso do casaco e retirou uma mensagem oficial que lhe fora entregue pelo capitão Pasha no momento em que adentrava o *Selim III*. Era do grão-vizir e trazia informações inquietantes, relativas à nomeação de Elgin para o cargo de embaixador junto à Sublime Porta:

> Quando Sir Sydney Smith anunciou pela primeira vez a nomeação de Vossa Senhoria, fiquei triste por meu amigo ser destituído e lhe perguntei: "Mas por que deve haver mudanças? Nós nos damos muito bem; as coisas estão indo otimamente". Sir Sydney disse que Vossa Senhoria é um grande proprietário de terras na Escócia, com muita influência por lá, e que o governo inglês tem o hábito de conquistar o apoio de gente como Vossa Senhoria com nomeações para altos cargos. Voltei-me para Sir Sydney e disse-lhe: "Ah, agora vejo que seu governo também tem de conquistar o apoio dos chefes montanheses, exatamente como acontece conosco na Turquia". Nesse momento, perguntei como se chamava o novo embaixador, qual era o nome de Vossa Senhoria. Quando Sir Sydney pronunciou o nome, exclamei: "Ah, mas Elkin é péssimo! Significa gênio mau, o Diabo! Como pôde o governo inglês nos enviar uma tal pessoa!".[42]

Na manhã seguinte bem cedo, Elgin, ainda excitado com o que vira no dia anterior, sugeriu que todos fossem em piquenique ao local que os nativos diziam ser a localização real de Tróia.

O dia estava muito quente para a época do ano, e os criados prepararam uma cesta de carnes frias, laranjas, uvas, pão, queijo e vinho. O cap. Morris e o dr. McLean preferiram permanecer a bordo, mas todos os demais se juntaram ao grupo, inclusive Masterman, que inicialmente ficou apreensiva com a travessia agitada na barcaça do capitão. Enquanto atravessavam o canal, depararam-se com uma correnteza e não puderam desembarcar na costa da Ásia Menor até o meio-dia. Os homens da tripulação foram mandados de volta ao *Phaeton* e Elgin combinou com eles que retornassem para apanhá-los ao cair do dia. Hunt ofereceu-se para carregar a cesta de comida, enquanto o professor Carlyle trazia consigo apenas seu exemplar bastante surrado da *Ilíada*, decidido a provar ao reticente Hunt sua teoria acerca da localização exata de Tróia. Lady Elgin levou sua própria leitura: a *República* de Platão.

Foram caminhando a passos lentos e acabaram chegando a um vilarejo, onde Elgin negociou os serviços de um guia e meia dúzia de jumentos.

---

[42]Nisbet, *Letters*, 39.

Deixando seu livro de lado, Lady Elgin sentiu-se desconfortável montada em um jumento, mas logo se acostumou com seu passo balanceado, e em uma hora chegaram ao desolado vilarejo de Sigeu. Pararam debaixo de um grande plátano para comer e descansar, e mais uma vez ela abriu seu livro e continuou a ler até que Elgin ordenou que partissem de novo por um planalto árido, onde cáfilas de camelos pastavam sob o olhar atento de pastores de aspecto feroz, sob grandes mantos de linho cru. "Pelo caminho, Carlyle consultava com freqüência seu Homero, para consternação de Hunt, que tinha suas próprias teorias sobre a real localização de Tróia."[43]

Os jumentos galgaram uma longa encosta até finalmente chegarem ao topo. Abaixo deles, Yenicher se estendia contra a areia esbranquiçada, como um cobertor branco amarrotado. O guia rapidamente conduziu os animais até o poço para que bebessem enquanto corria até uma igrejinha branca ao longo da rua empoeirada. Só se via um punhado de habitantes. Na entrada da igreja, e a cada lado da porta, havia dois bancos de mármore. Um deles era um relevo esculpido, representando mães com seus filhos; o outro trazia uma inscrição grega antiga que deixou Hunt momentaneamente perplexo, até descobrir que ela deveria ser lida da direita para a esquerda, para evitar qualquer tentativa de alteração ou corrupção.

Elgin sabia desses bancos há muitos anos. "Foram descobertos pela primeira vez por Lady Montagu* em 1718, e ela poderia tê-los comprado por uma ninharia, mas o capitão do navio não dispunha dos apetrechos necessários para transportá-los."[44] Quando ela propôs a compra dos bancos ao povo da cidade, este se opôs com veemência, pois, como declarou Hunt, consideravam aqueles bancos um remédio eficaz contra todas as formas de doença. E acrescentou:

> Para explicar isso, é preciso dizer que no inverno e na primavera boa parte da planície adjacente é inundada, o que provoca acessos de febre nos habitantes; e é tal a superstição entre os cristãos gregos de hoje que, quando uma doença se torna crônica ou fica além do alcance dos remédios comuns, é atribuída a uma possessão demoníaca.

---

[43]Smith, *Elgin*, 182.

* Lady Mary Wortley Montagu (c. 1689-1762), escritora, viajante e colecionadora, cuja inteligência e beleza lhe deram um lugar de destaque na corte, era uma voraz epistológrafa que se correspondeu com gente famosa, como Alexander Pope, Horace Walpole e o pintor George Romney, entre outros. Uma de suas cartas a Pope continha uma paródia de seu "Epitáfio aos amantes atingidos por um raio".

[44]William Wittman, *Travels in Turkey, Asia Minor, and Syria*, 65.

> O padre é então chamado para exorcizar o paciente, o que em geral é feito no pórtico da igreja, com a leitura de longos trechos das Escrituras por sobre o corpo do doente, às vezes os quatro evangelhos inteiros. Além disso, é costume rolar o paciente sobre a pedra de mármore que contém a inscrição de Sigeu, cujos caracteres nunca decifrados por nenhum de seus professores tinham supostamente um forte poder encantatório. Essa prática, que se manteve por um longo tempo, quase obliterara completamente a inscrição.[45]

Uma vez que não havia mais nada que lhes despertasse o interesse em Yenicher, o grupo resolveu voltar para Sigeu, chegando um pouco antes do anoitecer. Os marinheiros do *Phaeton* ainda não haviam retornado, e os viajantes foram obrigados a buscar abrigo contra a umidade da noite dentro de uma gruta profunda, onde Hunt acendeu uma fogueira e o resto da comida foi consumido.

Aconchegada ao marido sob o mesmo cobertor na fria noite de ventania, Lady Elgin comunicou a ele, com voz hesitante, que estava grávida. Elgin não coube em si de contentamento e imediatamente proclamou que haveria de ser um menino: "Lord Bruce, o oitavo conde de Elgin e décimo segundo de Kincardine!".[46]

Quando os marinheiros finalmente chegaram, Elgin não os repreendeu pelo atraso, e em vez disso deu um tapinha nas costas de cada um deles e foi o primeiro a saltar a bordo da barcaça do capitão.

Na manhã seguinte, Lady Elgin despertou de um sono profundo e encontrou um bilhete sobre a mesa, ao lado do seu beliche, dizendo que Elgin saíra com o cap. Morris e a tripulação e estaria de volta antes do anoitecer. Depois de um café da manhã leve, ela e Masterman novamente se viram às voltas com as malas, pondo tudo em ordem para a chegada a Constantinopla. Pouco antes do almoço, Hunt foi para terra firme com Carlyle e voltou carregado com cestas de pães, frutas e barris de vinho. Lady Elgin passou o resto da tarde passeando despreocupada pelo tombadilho e jogando pedacinhos de pão às barulhentas gaivotas do canal.

Elgin e os demais voltaram ao *Phaeton* por volta de três da tarde. Estava com um olhar selvagem nos olhos e com palavras apaixonadas declarou que fora ter com o capitão Pasha e lhe perguntara se podia obter os dois bancos de mármore da igreja de Yenicher. Exclamou:

---

[45]Ibid., 65.

[46]Nisbet, *Letters*, 45.

A permissão foi obtida e mandei a tripulação inteira do *Phaeton* para Yenicher. A princípio, os padres gregos protestaram e tentaram impedir que os marinheiros retirassem os bancos, mas quando perceberam que eu havia recebido uma autorização do capitão Pasha, derreteram-se em lágrimas.[47]

---

[47]Smith, *Elgin*, 182.

Turquia

Mil minaretes riscavam o céu sem nuvens, e no alvoroçado porto de Constantinopla embarcações de todos os tamanhos e tipos rodeavam o *Phaeton* e o saudavam com um disparar contínuo de canhões. O grupo de Elgin recebia saudações oficiais dos mais altos dignitários da Porta, além de flores, frutas e doces oferecidos por uma longa fila de servos reunidos em trajes brilhantes em ambos os lados do cais. Houve discursos, após os quais Elgin distribuiu relógios e correntes de ouro aos jovens oficiais turcos. Aos oficiais mais velhos, ofereceu pistolas inglesas e anéis de diamante. Até mesmo os criados receberam algum tipo de presente ou lembrança. Ao término da cerimônia formal, Elgin e sua esposa foram levados em cadeiras douradas ao Palácio Britânico, uma velha construção de pedras brancas, cuja fachada estava coberta de buracos e de feias rachaduras. Uma multidão de turcos em roupas coloridas e brilhantes juntou-se à volta deles, bloqueando o caminho, e eles tiveram de pedir ajuda aos janízaros, a guarda de elite do sultão, para poderem entrar.

Enquanto Elgin era conduzido ao palácio para uma audiência com o sultão, Masterman preparou um banho quente para Lady Elgin, e mais tarde, enquanto ela cochilava, Elgin voltou para anunciar que haviam sido convidados pelo sultão em pessoa para a cerimônia oficial de boas-vindas. Uma vez que os costumes turcos proíbem a presença de mulheres nessas ocasiões, o sultão, com grande relutância, concordou em permitir que Lady Elgin comparecesse, contanto que se vestisse como homem.

A idéia a deixou fascinada. Imediatamente mandou Duff obter o traje necessário: blusa, colete, pantalonas e fez. As sapatilhas de cetim vermelho ficaram grandes demais em seus pés, e ela teve de enrolar os dedos em algodão. Elgin vestiu seu uniforme de gala e botas reluzentes, e quando saíram do Palácio Britânico, deram com centenas de janízaros postados em ambos os lados da rua. Entraram nas carruagens e foram rapidamente escoltados aos cais de Tofana, de onde atravessaram o Corno de Ouro de barco, rumo ao palácio.

De repente, Lady Elgin começou a sentir-se mal. As pantalonas eram quentes e pegajosas e, para piorar, os janízaros paravam a todo momento, sem nenhuma razão aparente, o que tornava interminável o longo trajeto. O cortejo durou duas horas, e quando finalmente foram apresentados ao sultão, este os conduziu pessoalmente até a sala de audiências, protegida por fileiras de eunucos e guardas.

O trono de ouro do sultão reluzia de pedras cintilantes de vários talhes e tamanhos. Sobre uma mesa coberta de damasco havia uma caixa de vidro contendo um grande conjunto de diamantes, e no turbante ele trazia a famosa egrete enfeitada de jóias. Seu traje era de cetim amarelo, com ornamentos de zibelina preta. Em um armário próximo, havia mais dois turbantes cravejados de diamantes.

Selim III, o sultão, não olhou para Lady Elgin uma única vez durante a audiência formal. Quando esta terminou, Elgin adiantou-se e o presenteou com um candelabro de ouro, uma pedra de egragopilo e diversas centenas de metros de cetim e damasco. Mais tarde, durante as apresentações protocolares, mais uma vez os olhos do sultão evitaram Lady Elgin quando ela lhe foi apresentada como "Lord Bruce, um jovem cavalheiro". O peso de suas pantalonas tornara-se insuportável, e um suor quente começou a escorrer por seu rosto. Elgin, com pena dela, acorreu em sua ajuda, dando rápidas desculpas ao sultão e levando-a para fora da sala. Assim que chegaram à carruagem, ela arrancou o colete e o fez e estava pronta para fazer o mesmo com as pantalonas quando Elgin a deteve, prevenindo-a de que os janízaros já haviam rodeado a carruagem e formavam fileiras para a marcha de volta ao barco que os esperava no Corno de Ouro e para a subida íngreme até o Palácio Britânico.

Por fim, já a caminho das docas pela estreita rua de pedras, Elgin deixou escapar uma longa série de adjetivos contra o governo de Sua Majestade, que se recusava a lhe dar um tostão em prol das belas-artes de todo um país, enquanto "jogava fora sete mil libras em presentes idiotas para os turcos traiçoeiros!".

Nos meses felizes que se seguiram, as idéias preconceituosas que Lady Elgin formara acerca de Constantinopla logo se esvaíram. Da janela de seu quarto, no segundo andar do palácio, ela podia ver quase todos os recantos da cidade. As cúpulas e as mesquitas pareciam erguer-se do mar, enquanto casas multicoloridas se entrechocavam sob os raios agudos do sol de inverno e enviavam ao céu um borrifo de beleza. Elgin era um professor paciente e chamou a atenção dela para muitas coisas, como para o fato de que "as residências dos turcos eram pintadas de cores as mais brilhantes, ao passo que as dos gregos, armênios e judeus estavam presas às sombras mórbidas do preto e do castanho".[1] Um enorme jardim cercava o palácio, e através dele se estendia uma teia de caminhos, que levavam todos a um alto portão que dava para o Bósforo.

O que mais a impressionava, porém, era a vestimenta elegante dos turcos. Cada classe tinha seu próprio traje: os janízaros usavam um boné vertical de feltro branco, com uma aba larga que pendia até a metade das costas; os oficiais usavam sobre a cabeça longos rolos de linho cru, que eram cuidadosamente entrelaçados até fazer as cabeças parecerem mais largas que os ombros; os comerciantes usavam grossos turbantes brancos com túnicas vermelhas, longas e delicadas; e os hamals que trabalhavam nas docas de Tophana, embora descamisados e indigentes, exibiam com orgulho suas pantalonas brancas, largas e sujas. Para Lady Elgin, "os jovens turcos eram extraordinariamente belos e se vestiam da mesma maneira que seus pais". Cada esquina da cidade tinha seus dervixes mendicantes. De aspecto selvagem, seminus, com a cabeça coroada de grinaldas de flores, eles se insinuavam na multidão, estendendo suas taças de estanho a todos os estranhos e clamando freneticamente por esmolas, em nome de Alá.

Os Jardins de Pera eram o lugar favorito das mulheres turcas, e toda tarde elas ali se reuniam, vestidas de mantas brancas informes e véus pretos de seda, que escondiam tudo, menos os olhos negros e brilhantes. Pareciam ter um andar cativante, com um delicado arrastar dos pés. Aquelas que não queriam caminhar vinham em pequenas carroças inclinadas, puxadas por quatro bois alegremente ornamentados da cabeça aos pés. Lady Elgin nunca antes vira tal alegria e descontração entre mulheres. Esse bom humor a contagiava, e com a jubilosa consciência de trazer uma nova vida em seu ventre, seus dias transbordavam de prazer e satisfação.

As frias chuvas de inverno faziam com que Elgin se queixasse constantemente, acusando o mau tempo por seus persistentes ataques de reumatismo, embora sua mulher suspeitasse de que sua agitação tivesse uma causa mais profunda. Durante muitos meses, não recebera notícias de seu secretário, William Hamilton, e estava a ponto de lhe enviar uma carta severa, quando finalmente o longo silêncio foi quebrado. Hamilton postara a carta em Palermo:

[1]Nisbet, *Letters*, 56.

Meu caro Lord,

A longa espera por notícias de Vossa Senhoria em Constantinopla finalmente terminou com a chegada de sua carta de 15 de janeiro de 1800, embora o prazer que tive ao lê-la tenha sido diminuído pela triste narrativa de seus problemas de saúde. O mau tempo que tivemos por aqui reduz minhas esperanças de que tenha sido mais favorável com Vossa Senhoria. Fiquei muito surpreso ao ler que Vossa Senhoria não recebeu nenhuma de minhas cartas de Messina, Nápoles e Roma. Espero que a carta que escrevi de Messina a 1° de janeiro (o primeiro dia do novo século) tenha tido mais sorte. Estou confiante de que Vossa Senhoria atribuirá a falta de notícias mais a uma falha dos correios do que a uma negligência de minha parte. Desde que cheguei a Messina, em 30 de dezembro, tenho sido continuamente impedido de prosseguir viagem pelas mais enervantes circunstâncias: comerciantes e capitães dilatórios, ventos contrários e mau tempo. Em Messina, o único navio em que podia esperar ir a Constantinopla era uma polaca [embarcação mercante de três mastros] grega carregada de milho para Malta. Para me acomodar, o capitão ofereceu-se para dirigir o navio (após deixar a carga na Ilha de Malta) até Girgenti e ali pegar uma carga de enxofre para Constantinopla – mas isto com a condição de que eu lhe adiantasse o equivalente à metade do carregamento, pois não embarcaria em uma nova especulação por uma quantia menor. Pela urgência, aceitei a oferta e adiantei a soma necessária de meu próprio bolso – mas depois de partirmos de Messina em quatro dias, ficamos detidos durante três semanas pelos fortes ventos que continuaram a nos perseguir em uma viagem de nove dias a Malta, e de lá a Girgenti, de mais oito dias. Aqui, o bom tempo nos teria permitido carregar o navio e zarpar em quatro dias, mas os ventos ainda contrários e violentos, e mais três feriados em que nenhum siciliano trabalha, mesmo para ganhar o pão, nos proporcionaram novo atraso. Assim, resolvi voltar a Palermo por alguns dias, onde vou adquirir uma coleção de antigüidades que espero oferecer a Vossa Senhoria em segurança, em Constantinopla. Nesse ínterim, deixei trabalhando junto aos templos e sarcófagos de Girgenti os nossos arquitetos e pintores. Tenho confiança de que seu trabalho suprirá de certa forma a inconveniência que Vossa Senhoria não pode deixar de sentir pela ausência deles em Constantinopla.

Sou

Seu mais humilde servo,

William Richard Hamilton[2]

---

[2]William Richard Hamilton a Lord Elgin, 1° de março de 1800, Smith, *Elgin*, 172.

As boas novas mandadas por Hamilton só aliviaram em parte a melancolia de Elgin. Havia ainda o problema não resolvido dos irmãos Smith. Sir Sydney continuava a se comportar como se ainda fosse o embaixador junto à Porta, recusando-se a manter um arquivo de papéis oficiais, tratando com os diplomatas turcos sem nada comunicar a Elgin e até mesmo ordenando aos representantes britânicos no Levante que não se correspondessem com Elgin. Cada uma dessas irregularidades provocou uma dura repreensão da parte de Elgin, e embora Sir John Spencer prometesse não mais permitir que tais incidentes se repetissem, tornara-se agora mais do que evidente que Smith estava tentando sabotar delibe-radamente os esforços de Elgin e restaurar o velho monopólio da Companhia do Levante, responsável por todo o comércio no Mediterrâneo oriental.

Logo após a capitulação do Egito, Bonaparte fora obrigado a fazer aos turcos várias propostas de paz. Naquela época, Sir Sydney navegava pelas costas do Egito a bordo do *Tigre*. Aproveitando-se da oportunidade de estabelecer sozinho um acordo de paz, convidou os representantes franceses para bordo de seu navio, sem comunicar a Elgin, e chegou a levar os franceses a acreditarem que estava negociando em nome tanto da Turquia quanto da Inglaterra. Isso enfureceu os turcos, que responsabilizaram Elgin por esse tratado inaceitável, assim que este chegou a Constantinopla.

Por fim, e o que era mais desagradável, Elgin tinha de lidar com o problema cada vez mais grave do general George Frederic Koehler, comandante das operações militares britânicas no Levante. A primeira tarefa de Elgin em Constantinopla era a de reunir as pequenas forças de Koehler que reparavam os fortes dos Dardanelos e destiná-las a operações mais ativas. Koehler tinha um ego infatuado, notou Elgin, acrescentando que Koehler sempre se apresentava como "Oficial General no Comando das Forças de Terra de Sua Majestade no Império Otomano".[3] Essas pretensas forças contavam apenas setenta e seis homens, a maior parte dos quais já havia dado baixa por doença.

De qualquer forma, Elgin enviou um relatório completo sobre suas dificuldades a Lord Grenville, instando-o a destituir Sir John Spencer Smith e a repreender Sir Sydney, mas o secretário de negócios exteriores, em resposta lacônica, lembrou a Elgin que a Inglaterra estava em guerra e que havia matérias mais importantes a exigir sua atenção.

Veio então El Arish.

---

[3]Historical Manuscripts Commission, "Fortescue", vol. 6 : 89.

Nessa cidadezinha da Síria, Sir Sydney Smith, sem o conhecimento de Elgin, concluiu o tratado de paz, pelo qual os franceses deveriam deixar o Egito, nem como vencedores nem como conquistadores, e ser transportados para a França em navios de guerra ingleses, contanto que nunca mais entrassem em guerra com a Inglaterra ou a Turquia. O fato de Sir Sydney ter negociado esse acordo era mais uma humilhação para Elgin; no entanto, ele deixou a raiva de lado e imediatamente escreveu a Lord Grenville: "Tenho a infinita satisfação de informar a Vossa Senhoria que no último dia 24 foi assinada uma capitulação no campo de El Arish, do Grão-Vizir, em conseqüência da qual os franceses devem evacuar o Egito no prazo de três meses".[4]

Mais decidido do que nunca a não deixar que Sir Sydney recebesse os créditos pelo Tratado de El Arish, Elgin escreveu então a Lord Nelson e lhe ordenou que "fornecesse navios para a evacuação das tropas francesas capturadas".[5] Por fim, assumiu a longa e árdua tarefa de emitir passaportes para o salvo-conduto de cada soldado francês do Egito até a França.

A resposta de Grenville veio rapidamente, instruindo Elgin a não entrar em acordo com Bonaparte de maneira nenhuma, a menos que este se rendesse com suas tropas, como prisioneiros de guerra. O Tratado de El Arish foi assim considerado nulo e não válido, e Elgin teve o desagradável trabalho de invalidar os passaportes. Esmagado pela humilhação, ele chamou o sultão e sugeriu enfaticamente que os turcos arranjassem uma retratação elegante do tratado. Selim III se recusou a isso: "Para a Turquia, Sir Sydney Smith agiu como ministro plenipotenciário e o Tratado de El Arish foi válido!".[6]

Duas semanas depois, Elgin recebeu outra mensagem de Grenville: "O Governo Britânico foi informado do Tratado de El Arish, e embora seja totalmente contrário à política ditada em nosso último despacho a você, decidimos afinal aceitar seus termos".[7] A essa altura, porém, o grão-vizir estava no Egito com seu triste bando de soldados e se preparava para retomar o Cairo, de acordo com o tratado. Bonaparte, por seu lado, fora devidamente informado por Elgin de que os ingleses só aceitariam a rendição incondicional. Era uma grande confusão. Anulando todas as ordens anteriores de evacuação, Bonaparte informou ao grão-vizir que o armistício estava encerrado e, poucos dias depois, atacou os turcos em Heliópolis e derrotou-os completamente. Elgin sentiu certo alívio quando os brios

[4]Lord Elgin a Lord Grenville, 16 de fevereiro de 1800, Foreign Office, *British Foreign and State Papers*, 78/28.

[5]Ibid. 78/25.

[6]Ibid., 78/24.

[7]Ibid., 78/20.

feridos dos turcos se apaziguaram, mas havia um homem que não o perdoaria jamais. Napoleão Bonaparte estava convencido de que o Tratado de El Arish e sua subseqüente revogação tinham sido um elaborado complô urdido por Elgin para enganar os franceses e capturá-los na viagem de volta à França. Corria até um boato de que os franceses seriam massacrados assim que caíssem sob o domínio britânico. Bonaparte passou a nutrir um ódio feroz por Elgin, a quem mais tarde descreveria como um dos piores inimigos da nação. Estava convicto de que fora Elgin o causador dos maus-tratos infligidos aos prisioneiros franceses em Constantinopla, e acusava-o por todos os reveses de sua política egípcia.

Nas semanas seguintes, os franceses se recuperaram da dura derrota na Batalha do Nilo, e a seu tempo obtiveram o domínio total do Egito. Apesar de tudo isso, Elgin conseguiu recuperar prestígio junto aos turcos, que agora o consideravam seu verdadeiro defensor, ao passo que os irmãos Smith, únicos responsáveis pelo fiasco de El Arish, logo perderam todo o prestígio e foram oficialmente ignorados pela Porta.

De ânimo renovado, Elgin escreveu mais uma vez a Lord Grenville, implorando-lhe que retirasse imediatamente Sir John Spencer Smith de Constantinopla e encerrasse a ligação de Sir Sydney Smith com a Companhia do Levante. Desta vez seu pedido foi atendido. Foi convocada uma reunião do gabinete britânico, e sua decisão foi unânime: "Sir John Spencer Smith foi destituído, e Sir Sydney Smith exonerado de todo cargo diplomático!".[8]

Lady Elgin, que tivera de suportar dia e noite esses acontecimentos inquietantes, podia agora retomar seu antigo modo de vida, voltando aos passeios diários pelos Jardins de Pera e às leituras antes do jantar. Também aceitava convites para chás e concertos. Uma vez que os Smiths haviam minado a energia de Elgin, ela decidiu que era necessário outro assistente à embaixada, e até se ofereceu para fazer ela mesma a escolha: "Um sujeito muito agradável e animado, chamado Alexander Stratton, que é além disso um ótimo jogador de uíste!".[9]

Com os Smiths finalmente fora do Levante, Elgin pôde dar plena atenção ao primeiro objetivo de sua missão, especialmente depois que Hamilton lhe enviou mais notícias de Ilha de Míconos e informou que "esperava apresentar-se a Elgin dentro de poucos dias com seus companheiros artistas".[10] Quase imediatamente, Elgin tornou-se um outro homem. Chegou até a gozar de um período de alívio do reumatismo

---

[8]Ibid., 78/29.
[9]Nisbet, *Letters*, 147
[10]Smith, *Elgin*, 176.

que o afligira durante todo o inverno, o que era notável, embora o dr. McLean dissesse que seu tratamento é que efetuara a cura: "sete sanguessugas nas têmporas, todas as noites, durante duas semanas".[11]

Como logo ficou claro, porém, a euforia de Elgin teve vida curta. Nos últimos dias da primavera, uma terrível doença varreu Constantinopla e, estando ainda fraco, ele contraiu uma febre misteriosa que provocou um efeito desastroso em seu rosto, principalmente no nariz. O dr. McLean deu tudo de si para deter a infecção, mas em vão. Em seis semanas, a maior parte do nariz foi carcomida e por volta do fim de maio, nada mais restava dele além de uma pústula de pele em carne viva, cujas feridas abertas se negavam a responder ao tratamento. McLean sustentava que a doença de Elgin fora provocada por um acesso de febre caracterizado por ataques sucessivos de frio e calor, muita sudorese e calafrios, juntamente com dor intensa nos ossos e nas juntas. McLean, porém, não era capaz de explicar por que a doença se limitara ao nariz, de maneira tão catastrófica.

Mais tarde, George Gordon, Lord Byron, atribuiria com crueldade a deformação de Elgin a doenças venéreas:

Noseless himself, he brings here noseless blocks
*To show what time has done and what the pox.** [12]

Lady Elgin ficou muito abalada com aquilo. Esforçou-se por ignorar o caso, embora às vezes não suportasse olhar diretamente para o rosto do marido. Uma manhã, no esforço de livrá-lo do desespero, ela sugeriu que dessem uma volta pela cidade. Carlyle e Hunt aprovaram a idéia e pediram a Elgin que aceitasse. Ele concordou, mas só depois que Hunt acrescentou ter travado amizade com o jardineiro do sultão, um alemão que diversas vezes se oferecera para guiar Hunt através dos mais profundos segredos do palácio. O seu cargo era único. Embora trabalhasse principalmente nos jardins do sultão, com freqüência comparecia às muitas recepções oferecidas aos diversos ministros estrangeiros, por meio dos quais veio a conhecer muita gente influente.

Encontraram-no em seu chalé, tirando o cochilo do meio-dia. Ficou contrariado e foi descortês quando o acordaram. Hunt pediu desculpas pela intrusão, e em seguida convenceu o jardineiro a levá-los a um passeio pessoal pelos jardins. Lady Elgin recebeu permissão para acompanhá-los, mais uma vez sob o disfarce de "Lord Bruce".

---

[11]Nisbet, *Letters*, 59.

[12]John Soane, *Notebooks*, 13 de agosto de 1816.

Saíram do chalé, subiram à carruagem especial do jardineiro e após chegarem a Pera, foram escoltados até uma gôndola que os levou a Tofana, onde outra carruagem os conduziu a um portão do palácio que dava para o lado sul do Bósforo. Um contingente de janízaros fazia a guarda junto ao portão principal, mas a um breve aceno do jardineiro, abriram espaço e permitiram a entrada do grupo. Era a época do Ramadã, o mês sagrado muçulmano, e não se via vivalma nos jardins. Hunt explicou que nessa época os turcos se impunham rigorosas privações, do amanhecer até o pôr-do-sol, o que se estendia até ao uso de tabaco, mas na noite do último dia de Ramadã se empanturravam de comida e de vinho e caíam na farra.

Nesse ponto, e depois de muita insistência da parte de Hunt, o jardineiro concordou em correr um risco ainda maior, mostrando-lhes o harém. Dirigiu-se até uma longa e sombria aléia que partia do portão do pátio e corria paralela aos altos muros duplos do palácio. Com voz trêmula, descreveu como as sultanas passavam por ali todas as manhãs, para tomar ar. Com um sorriso comedido, apontou à direita um jardim de inverno onde em dias nublados se escondia e observava as mulheres, mesmo sendo estritamente proibido, sob pena de morte. Ele prosseguiu em suas explicações.

> Os primeiros a aparecer são os eunucos negros. Examinam o jardim inteiro, correndo à frente das sultanas e avisando a todas as pessoas nas proximidades que evitem aproximar-se delas ou olhar para elas. Três das quatro sultanas são georgianas, de pele escura e lisa e cabelos negros muito longos. A quarta é clara e de cabelos cor de linho. Nenhuma delas pinta de negro os dentes, como as outras mulheres turcas. Suas roupas são inimaginavelmente ricas: longas túnicas cintilantes, abertas na frente, com pantalonas de seda bordadas em ouro e prata e ornamentadas com grandes pérolas e pedras preciosas, tão pesadas que atrapalham seus movimentos. Os cabelos pendem soltos e em tranças bem grossas de ambos os lados do rosto, cobrindo completamente os ombros e chegando até a cintura. Também as tranças são salpicadas de diamantes, mas de forma aleatória, como se tivessem sido espalhados ao acaso. No alto da cabeça, e inclinado para um lado, usam um pequeno diadema circular. Os rostos e os pescoços, e mesmo os seios, ficam bastante expostos.

---

* Literalmente: "Ele próprio sem nariz, traz para cá blocos sem nariz/ Para mostrar o que o tempo e a sífilis fizeram". Talvez Byron estivesse na pista certa. Em seu *Treatise on venereal disease* [Tratado sobre doenças venéreas] editado em Londres em 1786, o renomado fisiologista e cirurgião John Hunter descobriu provas conclusivas de que as formas mais características de uma infecção particular eram depósitos chamados *gummata*, de aparência firme, ulcerosos e úmidos, com secreção, que atacavam especificamente um único órgão do corpo: o nariz. Segundo Hunter, a doença constituía uma manifestação terciária da sífilis.

Um sem-número de fileiras de treliças carregadas de jasmim e de outras trepadeiras em flor enfileiravam-se ao longo do caminho, enquanto pardais brincavam nas fontes das cercanias. Após descerem o longo caminho de cascalho, passado um pequeno bosque de laranjeiras em plena floração, subiram uma íngreme escadaria de mármore e finalmente adentraram os jardins superiores do palácio. Daquela altura, podiam ver uma longa extensão da costa da Ásia Menor e a embocadura de um canal tortuoso, através do qual passava um fluxo contínuo de gôndolas, barcos pesqueiros e navios mercantes.

Nesse momento, Lady Elgin sentiu cólicas e dobrou-se sobre si mesma. Seu marido imediatamente ficou alarmado.

"Lord Bruce!" sussurrou ela, de modo tranqüilizador.

Bouyouk Dere*

Minhã mãe muito querida:

Tenho de lhe falar sobre a sublime alegria que sinto aqui sentada no sofá da sala de estar, enquanto a *paramana*+ grega está fazendo Bruce dormir. Ainda é difícil para mim acreditar que já se passaram quase dois anos desde que dei meu último abraço carinhoso na senhora e em meu querido pai.

Terça-feira pretendemos ir a Belgrado.++ Elgin ali esteve diversas vezes e conseguiu certo alívio para o reumatismo. Diz ele que a estação de águas fica no meio de uma floresta e é formada por muitas árvores frutíferas e um grande número de fontes. As nascentes são famosas

---

\+ A babá grega.

++ Um lugar de veraneio a pouco mais de vinte e seis quilômetros de Constantinopla. Lady Mary Montagu, numa carta de 17 de junho de 1717, descreveu Belgrado como uma aldeia que merecia plenamente a descrição dos campos elíseos. "Estou", escreveu ela, "no meio de um bosque composto sobretudo por árvores frutíferas regadas por um grande número de fontes, famosas pela excelência de suas águas, e dividido em muitos caminhos sombreados de grama curta, todos com vista para o Mar Negro, nos quais gozamos sempre do frescor de brisas frias que nos tornam insensíveis ao calor do verão. A aldeia só é habitada pelos cristãos mais ricos, que se encontram toda noite junto à fonte, a menos de quarenta passos de minha casa, para cantar e dançar." (*The Letters of Mary Nisbet*, p. 70.)

* Um subúrbio nos arredores de Constantinopla.

pelo valor terapêutico e centenas de visitantes vão para lá. Tem muitos passeios elegantes e um sem-número de jardins de flores, todos com vista para o Mar Negro. Elgin ficou muito impressionado com a beleza e a elegância das mulheres de lá, e diz atrevidamente que se parecem com as ninfas da Grécia antiga. Arre!

O sr. Hamilton e seu séqüito de artistas têm trabalhado duro em Atenas durante várias semanas. Os músicos, porém, permanecem conosco, e posso dizer sem mentir que nunca ouvi nada que se comparasse ao primeiro violino. Você ficará contente em saber que os artistas estão em Atenas sob a supervisão do *signor* Lusieri, que é um bom sujeito, mas um tanto temperamental.

E agora algumas más notícias: o dr. Hector McLean faleceu. Foi acometido de paralisia e embora nos escondesse a gravidade da doença, o pobre homem nunca se recuperou. Era um erudito, um médico competente e um bom amigo. Todos nós sentiremos muita falta dele. Só ontem fiquei sabendo, por intermédio de Elgin, que McLean recebera a aprovação do Duque de York para embarcar conosco para o Oriente, a fim de investigar e estudar mais aprofundadamente as epidemias [locais].

A estranha enfermidade que devorou a maior parte do nariz de Elgin não dá sinais de esmorecer. Tenho um grande receio de que seja lepra, embora o dr. McLean tenha muitas vezes me assegurado do contrário. Na verdade, estas foram as suas últimas palavras. Enquanto isso, aguardamos para breve o dr. Scott, seu substituto. Espero que esteja mais bem preparado para ajudar o pobre Elgin.

A propósito, você se divertiria se pudesse ver Elgin jogando uíste. Eu me divirto muito quando ele joga duas ou três mãos. Ele joga extraordinariamente bem! Convidei também o jovem Stratton, o novo assistente de nossa embaixada. Ele vem todas as noites, então tudo parece uma festa. Nossas despesas aqui são astronômicas. Imagine ter de alimentar sessenta pessoas todos os dias, fora os convidados de nossa mesa! A cada mês, as coisas parecem piorar.

Mal posso esperar nossa ida a Belgrado, para me ver livre deles.

Sua Mary,

Embaixatriz muito extraordinária![13]

---

[13]Nisbet, *Letters*, 119.

Em fevereiro de 1801, Elgin persuadiu os turcos a permitir que o general Koehler se juntasse ao exército do grão-vizir na Síria. Carlyle solicitou permissão para acompanhar Koehler, na esperança de que isso lhe desse a tão esperada oportunidade de visitar os mosteiros da Terra Santa. Inicialmente, Elgin não gostou da idéia, mas quando Carlyle lhe lembrou seu sincero desejo de procurar manuscritos antigos e seu objetivo de publicá-los mais tarde, com o que esperava obter uma satisfatória fonte de renda, Elgin deu-lhe de bom grado a aprovação. Era necessário, porém, fazer com que o grupo deixasse Constantinopla secretamente. Koehler devia levar umas poucas pessoas de sua equipe e fazer a viagem a pé até onde fosse possível, e depois disso ela poderia ser concluída muito mais facilmente por mar. Além de Koehler e Carlyle, o grupo era composto por dois oficiais, um desenhista militar e três ajudantes. Vestidos como turcos e bem armados, eles traçaram um plano, pelo qual deveriam seguir direto através da Ásia Menor, algo que nenhum europeu fizera em mais de cem anos, uma vez que o itinerário passava pelos territórios de vários paxás ferozes. Havia notícias, porém, de que alguns deles eram amigos, dependendo de suas atuais relações com a Porta. Para segurança do grupo, Elgin impôs certas regras, e, para certificar-se de que não seriam esquecidas, insistiu em que Hunt as pusesse por escrito:

Preparativos para uma viagem de Constantinopla

Os melhores abrigos noturnos ficam nos mosteiros gregos, que podem ser encontrados quase em toda parte. Ao saírem, paguem o valor total do que tiverem consumido, e deixem algumas piastras como doação à igreja. Na ausência de um mosteiro, as casas de camponeses, bem varridas, são infinitamente preferíveis aos *konaks* turcos, pois nas primeiras pode-se ficar ao abrigo do ar noturno e não se é atacado pelas pulgas; nos segundos, fica-se exposto ao vento e é-se devorado por percevejos.

Logo ao chegarem a uma nova aldeia, visitem o chefe, seja ele turco ou grego, e apresentem seu firmã. Com isso, ele se tornará responsável pela segurança e pelo bom tratamento dispensado a vocês. Uma guarda turca é um estorvo que custa muito caro, embora com freqüência seja útil para a proteção contra injúrias e roubos.

Presentes em dinheiro são sempre esperados pelos empregados das pessoas que visitarem. Constituem, na verdade, o salário deles. É melhor que vocês mesmos distribuam o dinheiro, sem usarem de intermediários. Em cada casa, vocês serão tratados à moda do país, com cachimbos e café; e quando saírem, os empregados estarão à porta esperando a gorjeta.

Quando atravessarem uma aldeia suspeita de peste, façam tudo para saírem dela imediatamente. Dirão a vocês, é claro, que não há peste nenhuma, mas a verdade e os turcos raramente andam juntos. Na maioria dos casos, admitirão que há uma doença febril na aldeia, mas lhes garantirão que não é uma peste. Não é necessário dizer que isso torna suspeito o lugar e que não devem ter nenhum contato com essa gente.

Quanto à vestimenta, o traje tártaro ou polonês será o mais conveniente. Neste caso, será necessária uma proteção para os olhos; e a melhor é feita com um pedaço de papelão cortado em forma de crescente, coberto de seda verde e preso à frente do boné com uma fita de seda. O melhor traje europeu é composto por um chapéu branco de aba larga, um sobretudo pesado de fina lã de cor clara, colete de seda e lã, calças ou pantalonas largas de Manchester ou Nanquim e grandes e fortes meias-botas. Uma manta veneziana grande ou uma capa alemã serão companheiras úteis e salutares à noite. Além disso, um quadro de cama portátil trará muito conforto em um país tão cheio de parasitas, sobretudo se vier com cortinado contra mosquitos.

Sobre o modo de transporte por terra, há cavalos de aluguel na maioria dos lugares, mas se a região for muito rochosa e montanhosa, será preferível usar mulas. Nas ilhas do Arquipélago, terão de se contentar com jumentos. A velocidade de viagem costuma ser de três milhas geográficas por hora. O aluguel de cavalos varia de duas a três piastras por dia, por animal, com todas as despesas incluídas. Normalmente, cada dois cavalos são acompanhados por um homem, que os segue a pé e recebe uma gorjeta de vinte *paras* por dia.

Por fim, se forem questionados sobre os motivos da viagem, respondam que é costume em nosso país e que leram muito sobre a Grécia nos livros antigos, assim como sobre o Egito e a Terra Santa. A idéia mais comum é que vocês estejam à cata de tesouros escondidos, pois é impossível passar pela cabeça de turcos e egípcios que vocês estejam simplesmente viajando para examinar as ruínas calcificadas de cidades e templos antigos.[14]

---

[14]Smith, *Elgin*, 184.

O grupo partira há pouco mais de uma semana quando Elgin recebeu as primeiras notícias de Carlyle. Diversas vezes durante a viagem, o general Koehler se aborrecera com as muitas escapadas de Carlyle para junto de ruínas antigas, mas este não era homem de se deixar desanimar e continuou tomando inúmeras notas. Fez o desenhista retratar todas as ruínas interessantes e templos destruídos, e também fez um mapa rudimentar de todo o itinerário, anotando os pontos de interesse geográfico e identificando os vilarejos modernos com seus nomes antigos. Depois de outras duas semanas, Carlyle enviou muitos novos despachos, dando a Elgin muitas informações sobre os usos e costumes e até mesmo sobre as idéias políticas de cada aldeia encontrada no caminho. Do mosteiro de São Saba em Jerusalém, escreveu: "A biblioteca daqui não contém nada de valioso, com exceção de vinte e nove cópias dos Evangelhos e uma das Epístolas. Recebi autorização do superior para trazer comigo seis dos que considerei os manuscritos mais antigos. Entre eles, duas cópias dos Evangelhos, uma das Epístolas, dois livros de Homilias e Cartas Apostólicas, e uma cópia do sofista Libânio. Espero que o Patriarca me permita levá-las para a Inglaterra".[15]

Carlyle também importunou o general Koehler e os demais do grupo com estes maus versos:

Nicaea hail! Renow'd for fierce debate,
For synods bustling o'er yon silent spot,
For zealous ardour – for polemic hate –
For truth preserv'd, and charity forgot,
Those scenes are fled – those domes are swept away –
Succeeding domes now totter to their fall,
And mouldering mosques on moulder'd fanes decay,
While desolation bends to grasp them all.[16]*

[15]Walpole, *Memoirs*, 162.
[16]Joseph Dacre Carlyle, *Poems*, 13.
* Literalmente: Salve Nicéia! Famosa pelo debate feroz,/ Pelos sínodos animados no seu lugar silencioso,/ Pelo ardor zeloso – pelo ódio polêmico –/ Pela verdade preservada e pela caridade esquecida,/ Essas cenas desapareceram – essas cúpulas foram varridas –/ As cúpulas subseqüentes agora cambaleiam até à queda,/ E mesquitas em ruínas apodrecem sobre igrejas em ruínas,/ Enquanto a desolação se curva para apanhar todas elas.

A paciência de Elgin foi finalmente recompensada pelo que mais queria ouvir de Carlyle: um minucioso relatório militar vindo do quartel-general do grão-vizir em Jaffa:

> Bonaparte não está ocioso. Tem dado toda a atenção às forças francesas no Egito e decidiu enviar um exército de Toulon para reforçá-las. Enquanto isso, seu comandante no Egito** está mais interessado na colonização do país do que nos aspectos militares de sua missão. Foi seguidamente advertido por Bonaparte da iminência de uma invasão, e mesmo assim nada fez para reforçar suas unidades estacionadas perto da costa. As forças auxiliares vindas de Toulon sob o comando do almirante Gauteaume comportaram-se igualmente mal. Assim que zarparam para o Egito, deram bruscamente meia-volta e retornaram ao porto, sem fazer nenhum contato com Nelson. Furioso, Bonaparte ordenou que Gauteaume voltasse ao mar, mas o almirante, com mais medo de Nelson do que de Bonaparte, voltou correndo a Toulon. Sorte nossa. A Força Expedicionária Britânica, sob o comando do bom amigo de Vossa Senhoria, o general Abercrombie, desembarcou na baía de Abuquir e, embora encontrasse uma vigorosa oposição por parte da artilharia costeira e de fogo de mosquete, o bom treinamento recebido em Marmoris, que se deve em boa medida aos esforços de Vossa Senhoria, permitiu-lhes saírem-se bem. Os homens da Força Expedicionária dizem com admiração que Vossa Senhoria se empenhou, e com seus próprios recursos, em fornecer grandes quantidades de munição para a Força, esquadrinhando a Ásia Menor inteira em busca de cavalos, construindo estaleiros especiais, enviando navios de grãos para cada porto do Mediterrâneo e muitas outras coisas. Quando foi finalmente estabelecida nossa cabeça-de-ponte, o comandante francês mostrou-se incompetente em assuntos militares. Ele procrastinou as ações enquanto consolidávamos nossas forças no litoral, e quando enfim resolveu atacar, os resultados foram desastrosos. Foi inapelavelmente derrotado e teve de fugir para Alexandria.
>
> O general Abercrombie pôde, então, trazer mais reforços por mar; pôde também consolidar os planos com o exército do Grão-Vizir, estacionado perto do Cairo. Foi então que os velhos diques ao redor de Alexandria foram rompidos e o mar invadiu os arredores da cidade, e nossas forças puderam cercá-la. Assim, bloqueamos os franceses em dois pontos. Do lado dos turcos, resistiram surpreendentemente mil

** O general Menou, que sucedeu ao general Kleber.

e quinhentos mamelucos, o que tanto chocou o comandante francês do Cairo, que se rendeu imediatamente. Quando as forças francesas de Alexandria, porém, foram informadas disso, declararam que lutariam até o último homem, pela honra da República. Mas não foi o que aconteceu. Sete dias depois, eles também se renderam.

Assim, é meu agradável prazer informar a Vossa Senhoria que terminou a última resistência francesa no Egito, e a Expedição Britânica, sob supervisão de Vossa Senhoria, será lembrada pela história como uma grande vitória militar.

Infelizmente, devo acrescentar uma observação triste a este despacho; o general Abercrombie faleceu em razão dos ferimentos sofridos durante o assalto da baía de Abuquir. Koehler também faleceu, mas não em batalha. Morreu de uma grave doença contagiosa que vem se espalhando rapidamente pelo Egito.

Espero chegar a Constantinopla dentro de trinta dias, dependendo, é claro, de uma travessia tranqüila por mar. Se for obrigado a viajar por terra, talvez demore mais.

Creia-me
Seu mais humilde servo,
Joseph Dacre Carlyle[17]

Durante toda uma semana, Constantinopla delirou de alegria, e cada comemoração se estendia até às primeiras horas da manhã. Houve exibições de fogos de artifício, música, dança nas ruas e um sem-número de salvas de canhão. No porto, navios de guerra turcos reencenaram momentos da vitória da baía de Abuquir. Elgin juntou-se entusiasticamente à festa, alugando um barco especial, sobre o qual devia ser suspensa uma gigantesca estrela com o crescente, mas as comemorações provocaram uma falta completa de lâmpadas na cidade, e ele foi obrigado a cancelar seus planos. Lady Elgin o acompanhou até o Ponto do Palácio na primeira noite de festejos. Chovia, mas isso não impediu que os turcos prosseguissem com suas festividades. Os fogos de artifício não estouraram direito, e o encarregado foi imediatamente substituído por outro, que teve mais sorte, pois dessa vez as nuvens de tempestade sumiram e o céu da Turquia deu à luz uma nova Lua cheia e milhões de estrelas, o que evidentemente os turcos consideraram um bom presságio vindo de Alá. Mocinhas fantasiadas dançavam à frente de Elgin em longas fileiras, gritando alegremente: "Elkin! Elkin!",

[17]Ibid., 14ss.

enquanto ambas as margens do Bósforo reverberavam com o estrondo contínuo de foguetes, armas e canhões. No dia seguinte, Lady Elgin escreveu à mãe: "Sem dúvida, os turcos poderiam ter conquistado o Egito sem a ajuda de Elgin, se tivessem usado a sério metade dos canhões que agora estão usando de brincadeira!".[18]

Na manhã seguinte, foram levados na carruagem do sultão ao palácio, onde foi concedida a Elgin a mais alta condecoração da Porta: uma egrete do turbante do sultão, presenteada a Elgin por Selim III em pessoa. Também foi-lhe concedida a Ordem do Crescente, feita de diamantes, uma peliça completa (uma capa de pele oferecida pelos turcos como um símbolo honorífico especial) e um cavalo magnificamente equipado. Também a Lady Elgin foi outorgada uma honraria sem precedentes: "Ela foi carregada em uma cadeira de ouro por uma escolta de eunucos negros e levada até Valida, a mãe do sultão".[19] Dali todos seguiram até o Quiosque Grego do Palácio, onde o sultão apareceu para o povo. Os sacerdotes muçulmanos imediatamente exclamaram: "Selim, o Conquistador!" e todas as mulheres turcas presentes na multidão replicaram desejando-lhe um filho, aos gritos.

Horas depois, à tarde, enquanto Elgin conferenciava com os ministros turcos, Lady Elgin foi de gôndola até o Ponto do Palácio, enquanto o sultão, debaixo de seu toldo, na praia, a observava. Quando a gôndola passou ao lado do sultão, ele não deu mostras de reconhecê-la, mas tão logo ela começou a se distanciar, Lady Elgin olhou para trás e o surpreendeu apontando para ela o telescópio. Ela também notou as sultanas que acenavam da janela do harém, desafiando os olhares alertas dos eunucos negros que estavam logo abaixo, no jardim.

À noite, no jantar, Elgin contou não serem eles os únicos a gozar do súbito amor dos turcos.

> Todos os navios de guerra britânicos devem ser aprovisionados gratuitamente e receber imediatos privilégios em relação a reparos, em qualquer porto turco; e todo oficial inglês que tomou parte da campanha do Egito, 1.800 no total, deve receber uma medalha de ouro e uma peliça.[20]

Enquanto os turcos mostravam esse humor benévolo, Elgin os convenceu a soltarem os súditos franceses presos em todo o Império Otomano, inculcando-lhes a noção de que é contrário aos costumes das nações civilizadas

---

[18]Nisbet, *Letters*, 119.
[19]Foreign Office, *British Foreign and State Papers*, 78/33.
[20]Ibid., 78/32.

manter civis como prisioneiros. Em seguida, fez mais um pedido: um novo prédio para abrigar sua embaixada. Surpreendentemente, os turcos aceitaram, concedendo-lhe um terreno não muito longe do palácio. "Sem perder tempo, Elgin contratou um arquiteto para começar a trabalhar em uma planta que se parecesse de perto com sua amada Broomhall escocesa."[21]

A concessão final da parte dos turcos foi completamente inesperada: a libertação de todos os escravos malteses, que durante séculos haviam sido subjugados e maltratados pela Porta, acorrentados na terrível prisão de Bagnio. Essas expressões de gratidão da parte dos turcos elevaram Elgin a uma posição de alta envergadura diplomática, coroada um mês depois por uma carta oficial de recomendação: "Sua Majestade está satisfeita. Todos os objetivos de sua embaixada foram atingidos, e a Grã-Bretanha é mais uma vez o poder dominante no Mediterrâneo Oriental".[22]

A mensagem trazia a assinatura de um novo secretário de negócios exteriores: Lord Hawkesbury. Naquela noite, antes de dormir, Elgin sentou-se e escreveu uma longa resposta, intitulando-a "Memorial ao Rei",[23] em que redigiu uma narrativa completa de sua carreira até então, enumerando seus muitos bons êxitos e, o que era mais importante, as enormes despesas pessoais que tivera para financiar a campanha do Egito. Concluiu com um pedido direto de um sinal de aprovação real, talvez um título de cavaleiro ou um pariato no Reino Unido, o que lhe pouparia o problema de ser eleito à Câmara dos Lordes como um par escocês.

O pedido foi negado.

Ao longo de todas essas manobras diplomáticas, Lady Elgin tornou-se nostálgica da Escócia. Cansara-se da vida da embaixada, de suas exigências rígidas, das recepções infindáveis, de ser simpática com quem detestava, de dar ouvidos a mexericos turcos idiotas e de alimentar um exército de gente todos os dias. Parecia que ela não tinha mais tempo para si mesma, ainda mais com o pequeno Bruce, depois com Mary Christopher e agora com uma terceira criança já em gestação. Não havia descanso. Não suportava olhar-se no espelho e ver essa outra Mary Nisbet, cansada e acabada, exaurida pelo incansável fluir do tempo em suas veias. Uma noite, tentou expressar estes sentimentos ao marido, mas Elgin estava imerso em seu próprio mundo. Além disso, não tornariam a ver a Escócia até terminar o trabalho em Atenas, e "assim ele permanecia em sua escrivaninha a escrever

---

[21]Ibid., 78/33.
[22]Ibid., 78/33.
[23]Almirante visconde Keith, *Keith Papers*, vol. 2: 406.

cartas e mais cartas... esta para Lusieri, ordenando-lhe que pressionasse os artistas para que se esforçassem ainda mais".[24]

Quando Carlyle finalmente voltou a Constantinopla vindo da Síria, pediu permissão para deixar a embaixada e voltar à Inglaterra. Estava de posse de várias dúzias de manuscritos que tomara emprestados ao mosteiro de São Saba perto de Jerusalém, e de um número quase igual da biblioteca do patriarca de Jerusalém. Além disso, adquirira com seu próprio dinheiro muitas centenas de manuscritos árabes de fontes particulares e de bazares, em várias partes do Egito e da Palestina. Era um homem amargamente desiludido. Sua única razão para juntar-se à embaixada de Constantinopla fora a de trabalhar nesses manuscritos, mas seu desejo nunca foi realizado e, além disso, teve a saúde arruinada. Pior ainda, não recebeu nenhum dos pagamentos prometidos por Elgin em seu contrato. Mas Carlyle não era homem de armar confusões. No dia da partida, pediu a Elgin firmãs e cartas de apresentação que pelo menos o autorizassem a visitar outros mosteiros da Grécia antes de voltar para a Inglaterra. Com seu temperamento jovial e as fogosas recitações de suas poesias, ele criava uma atmosfera de bom humor na embaixada; e Lady Elgin, em especial, sentia muito por vê-lo partir.

Todos ficaram tristes durante dias, e embora o dr. Scott fizesse de tudo para elevar o ânimo de todos, era um fraco substituto para Carlyle. No momento de mais profundo abatimento, chegaram finalmente boas notícias da parte de Lusieri:

> Meu caro Lord:
>
> Desde o dia de nossa chegada a Atenas, estivemos sob a contínua proteção do senhor Logothétis, o cônsul britânico aqui, com cujo auxílio visitamos diariamente as autoridades turcas, levando nossos presentes de costume.
>
> Como solicitado por Vossa Senhoria, é interessante saber que Atenas continua sendo uma cidade deteriorada e miserável. É habitada por uma população mista, vinda dos quatro cantos do mundo, e suas casas são limitadas pela encosta nordeste da colina da Acrópole. Pelo menos metade dos que aqui residem são gregos, um quarto é composto por turcos e o restante é de albaneses, judeus e negros. O sr. Logothétis nos disse que não há mais do que mil e trezentas casas no total. Ao redor da cidade, há um muro de dez pés de altura, construído há cerca de dez anos por duas razões: manter afastados os bandos de piratas errantes e facilitar a cobrança de impostos dos habitantes.

[24]Lord Elgin a Lusieri, 10 de julho de 1801, Smith, *Elgin*, 207.

Nenhuma dessas casas é bem construída ou cômoda, e as ruas são estreitas e irregulares.

Achamos os habitantes turcos de Atenas mais amigáveis do que os de Constantinopla. Não há dúvida de que eles sentem a feliz influência de um clima mais aceitável, o que os faz perder a ferocidade. Dos gregos, meu relato é bem menos favorável. Seu caráter não tem uma reputação muito boa entre os compatriotas do continente, nem das ilhas do Egeu. Na verdade, circula todos os dias um provérbio pela cidade: Tão ruim quanto os turcos de Negroponte, os judeus de Salônica e os gregos de Atenas!

Como solicitou Vossa Senhoria, apresento agora um relatório sobre o governo de Atenas. Desde meados do século XVII, o homem mais poderoso daqui tem sido o oficial-chefe dos eunucos negros do sultão, o voivode* . Seu principal assistente militar é o *disdar*, que governa de sua cidadela situada no alto da colina da Acrópole, juntamente com uma guarnição de soldados. Só ele tem autoridade para regulamentar o acesso de estrangeiros à Acrópole. Não obstante os ininterruptos esforços do sr. Logothétis, cada um de nós foi obrigado a pagar ao *disdar* a monstruosa soma de cinco guinéus por dia. Além disso, estamos sujeitos a constantes insultos, interrupções e extorsões da parte de seus soldados, e até mesmo de seu jovem filho. Com a intervenção do sr. Logothétis, porém, foi chamado o voivode, que se voltou para o filho do *disdar* e ordenou que fosse imediatamente enviado ao exílio. Ele tem pena do velho *disdar*, pois o homem está mortalmente doente. Neste ponto, o reverendo Hunt interveio e obteve o perdão do filho do *disdar*, mas só com a condição de que, se houvesse outra queixa, o jovem turco seria imediatamente mandado às galés como escravo.

O encontro encerrou-se com promessas por parte do voivode de que a colina da Acrópole estaria aberta para todos os ingleses, do amanhecer até o pôr-do-sol, e de que os artistas de Vossa Senhoria terão acesso a todos os edifícios sem ter de pagar nenhuma taxa ou propina. O reverendo Hunt, então, presenteou o voivode com resplandecentes lustres de cristal lapidado e armas de fogo, e em seguida solicitou ao voivode um firmã oficial, cujo contexto completo apresento agora a Vossa Senhoria:

* Comandante militar ou governador de cidade ou província em vários países eslávicos.

Firmã

Por meio deste fica expresso que nosso amigo sincero, Sua Excelência Lord Elgin, Embaixador Extraordinário da Corte da Inglaterra junto à Porta da Felicidade, comunicou-nos estar ansioso por ler e investigar os livros, esculturas e outras obras de ciência e filosofia da Grécia antiga, e para tanto contratou cinco pintores, agora residindo em Atenas, para examinarem, verem e também copiarem as obras acima que aqui permanecem; e também para entrarem e saírem livremente da cidadela da dita cidade, e também fixarem andaimes ao redor do antigo Templo dos Ídolos, para tirarem moldes dos ditos ornamentos e figuras visíveis em estuque ou gesso, para medirem os restos de outras construções em ruínas e para escavarem onde necessário, a fim de descobrir inscrições que possam estar ocultas nas ruínas. Sob pena de morte, não devem ser interrompidos e nem devem ser postos obstáculos em seu caminho pelo *disdar* ou por qualquer outra pessoa.

Assinado com um sinete,
Seged Abdullah Kaimmakam[25]

Foi um golpe de sorte Hunt estar presente naquele momento. Ele acompanhara Carlyle em uma viagem pelos mosteiros do Monte Athos e agora estava em Atenas. Normalmente, Elgin teria mandado um de seus secretários para auxiliar Carlyle na busca de manuscritos antigos, mas Morier voltara à Inglaterra e o jovem Hamilton estava ocupadíssimo no Egito, atuando como representante de Elgin junto às Forças Expedicionárias. Hamilton distinguira-se muito, primeiro pelo papel que teve nas negociações relativas à capitulação de Alexandria e, o que é mais importante, pela aquisição por parte dos britânicos da Pedra Rosetta. Hamilton foi de barco com uma pequena escolta para recuperar a pedra de um navio francês atacado pela febre, onde a pedra fora escondida para ser enviada à França e ao Museu do Louvre de Napoleão. Em seus audaciosos esforços, Hamilton foi acompanhado pelo escritor e viajante Edward Daniel Clarke e seu pupilo John Marten Cripps. Escondido juntamente com a Pedra Rosetta no navio, e coberto com os andrajos dos doentes presentes a bordo, estava também um grande sarcófago que Clarke erroneamente identificou como a tumba de Alexandre, o Grande. Era, na verdade, o sarcófago de Nectanebes II, o último rei da Trigésima Dinastia.

---

[25]Lusieri a Lord Elgin, 20 de setembro de 1801, St. Clair, *Marbles*, 62.

Hunt estava em Atenas também por outra razão. Desde a capitulação do Egito, a maciça frota francesa era um lembrete constante da intenção de Napoleão de invadir a Grécia. Conseqüentemente, a conselho de seu governo, Elgin recebera instruções para enviar alguém à Grécia com o objetivo "de visitar todos os paxás do país e fazê-los ver o erro que seria estabelecer negociações com os franceses".[26]

Para proteger o projeto ateniense de outras intrigas turcas, Hunt armara-se cuidadosamente de um número suficiente de documentos emitidos pela Porta. Juntamente com eles, trouxera todo um suprimento de presentes para o voivode e sua equipe de oficiais: candelabros, armas de fogo, telescópios, jóias e um sem-número de rolos de seda fina e damasco. Elgin, muito a contragosto, pagara por todos esses artigos, confiante de que Hunt teria bom êxito em seus esforços.

Hunt não permaneceu por muito tempo em Atenas. Era urgente dar continuidade à sua viagem diplomática pelo país, na esperança de fortalecer os laços de amizade ingleses com os paxás do lugar. Em Ioánina, no Norte da Grécia, fez uma forte amizade com Ali Pasha e conseguiu do turco a promessa de enviar a Elgin qualquer antigüidade que encontrasse em todas as províncias sob sua jurisdição. Ali Pasha havia observado certas estátuas que "só faltavam respirar".[27] Em Tebas, Hunt pagou um preço exorbitante a um camponês por um extraordinário camafeu de um centauro fêmea a amamentar seu bebê. Escrevendo de Olímpia, recomendou que Elgin pensasse seriamente em empreender um programa definido de escavações, e chegou a sugerir a remoção da Porta do Leão de Micenas. Desistiu após perceber que Micenas apresentava problemas de transporte, pois ficava muito longe do mar.

Durante a ausência de Hunt de Atenas, Elgin entrou em acordo com um dos sobreviventes da missão do general Koehler, o capitão Thomas Lacy, dos Engenheiros Reais, para que atuasse como supervisor do projeto da Acrópole. Lacy não se entusiasmou com esse trabalho, mas estava louco para se livrar do Egito e dos três anos frustrantes que passara a serviço de Koehler. Dois dias antes de embarcar para Atenas, escreveu a Hunt uma carta amarga:

> Cumprimente-me, pois finalmente consegui escapar da Missão de Koehler e agora poderei dedicar-me a meus amigos. Estou embarcando para Atenas: para pilhar templos e cometer sacrilégios. Belo fim para a minha carreira diplomática![28]

---

[26]St. Clair, *Marbles*, 74.

[27]Smith, *Elgin*, 205.

[28]Lacy a Hunt, 8 de outubro, Smith, *Elgin*, 204.

Durante sua permanência em Atenas, Lacy discutiu continuamente com Lusieri e por fim desapareceu de cena. No momento, Elgin ficou contente de ouvir isso; contudo, ainda era preciso alguém para supervisionar os artistas. No fundo, Elgin não confiava em Lusieri e suspeitava que estivesse ligado ao agente francês em Atenas, Louis François-Sébastien Fauvel, que era pintor de profissão e, enquanto tal, acompanhara o jovem fidalgo francês, Conde de Choiseul-Gouffier, em uma viagem pela Grécia, em 1780.

Embora Fauvel fosse um prisioneiro político, quando os artistas de Elgin chegaram pela primeira vez a Atenas sua influência permanecia muito presente e, em poucos dias, um dos artistas, o calmuco, foi acusado de esconder desenhos e medidas para vendê-los a Fauvel. Temendo que Fauvel pudesse sabotar todo o projeto, Elgin rapidamente conseguiu que ele fosse transferido para Constantinopla, mas, mesmo na ausência de Fauvel, seus cúmplices lograram atrasar o trabalho dos artistas: um médico francês cortou a água da oficina de Lusieri, impedindo com isso a lavagem das antigüidades. Este mesmo médico "fez tudo o que pôde para obstar todas as compras, semeando idéias idiotas na cabecinha dos turcos".[29]

Esses obstáculos, porém, não fizeram Elgin desistir do seu intento, e agora estava mais decidido do que nunca a preservar seu grande momento em Atenas. Após um longo e sombrio inverno, durante o qual seu reumatismo mais uma vez o atormentara, recebeu notícias ainda mais animadoras de Hunt. O firmã redigido pelo camaicão-paxá fora ampliado para cobrir um empreendimento ilimitado:

> Sob pena de morte, nenhuma interrupção deve ser feita a Sua Excelência, Lord Elgin, nem aos seus pintores contratados, ao fixarem andaimes ao redor do antigo Templo dos Ídolos. Nem ao tirarem moldes dos ditos ornamentos ou ao medirem as ruínas dos templos caídos, nenhum obstáculo deve ser posto em seu caminho pelo voivode nem por nenhum outro oficial do exército turco. Ninguém deve intrometer-se na colocação de andaimes ou de implementos, e se os ditos pintores quiserem retirar algumas peças de pedra com inscrições antigas ou esculturas, nenhuma oposição lhes deve ser feita.

Comportem-se, pois, da maneira acima mencionada.
Assinado com um sinete,
Seged Abdullah Kaimmakam[30]

---

[29]Ibid., 230.
[30]Ibid., 190.

Durante todo o domínio otomano sobre a Grécia, a Acrópole, e sobretudo o Partenon, foi considerada excepcional pelos turcos. Embora tenha sofrido sua parte de danos acidentais e os turcos não tenham se empenhado positivamente na sua preservação, eles tentaram, ainda que de maneira pouco eficaz, impedir que os danos se intensificassem. Antes de tudo, não era dada a ninguém a permissão de retirar as esculturas ainda presentes nas construções. Esta era uma proibição absoluta e nem mesmo o mais inescrupuloso voivode ou *disdar* ousava infringi-la. Mesmo a permissão agora concedida a Lord Elgin era uma exceção extremamente polêmica.

O ânimo de Elgin imediatamente melhorou e, ao romper da primavera, resolveu visitar Atenas e supervisionar pessoalmente seus novos planos. Embora estivesse grávida pela terceira vez e a idéia de outra viagem marítima lhe trouxesse amargas lembranças, Lady Elgin passou por cima das objeções do marido e insistiu em acompanhá-lo na viagem. Antes de embarcar, escreveu uma carta jubilosa à mãe, na Escócia.

> Viajar por esse país (Grécia) enquanto Elgin ainda detém os títulos e a pompa da embaixada é com certeza um enorme privilégio e pretendemos levar um grande número de criados, para causar impressão. Lord Bruce e nossa filhinha, Mary Christopher, irão conosco e estarão aos cuidados de Masterman e Calitza, a babá grega. O dr. Scott também irá conosco.[31]

Partiram de Constantinopla em meados de março, em um pequeno brigue da ilha de Malta. Mesmo navegando ainda pelas calmas águas dos Dardanelos, Lady Elgin foi acometida de enjôos. Em Quios, depararam com ventos de tempestade e tiveram de permanecer ali durante duas semanas. Com os primeiros sinais de bom tempo, seguiram em ritmo veloz até a ilha de Patmos, mas lá também surgiu outra turbulência, varrendo dois marinheiros para fora do barco. Houve muita inundação na parte inferior, e a cama de Lady Elgin, com todos os seus pertences, ficou imersa em meio metro de água. Somente quando o brigue avistava a ilha de Míconos a tripulação conseguiu remover a água das cabines.

Houve mais um atraso em Míconos, e enquanto esperavam que a tempestade amainasse, Lady Elgin escreveu novamente à mãe:

> Hunt está em êxtase, pois o firmã agora está perfeito. Autoriza todos os nossos artistas a entrar na cidadela, copiar e modelar tudo que haja

---

[31]Nisbet, *Letters*, 141.

> nela, erguer andaimes ao redor do templo, escavar e descobrir todas as fundações antigas e levar consigo todos os mármores que considerarem interessantes por trazerem inscrições, e não devem ser perturbados pelos soldados etc. sob nenhum pretexto.[32]

Durante a estada em Míconos, Lady Elgin pediu para explorar o lugar, mas o capitão a advertiu da presença de piratas e de cercanias perigosas. Elgin interveio e convenceu o capitão a lhes dar a permissão. O grupo compreendia dois marinheiros, o dr. Scott e Masterman, que ficou pálida ao ouvir falar de piratas. A *paramana* grega permaneceu a bordo com as duas crianças.

Pouco antes do anoitecer, encontraram uma caverna profunda, bem acima da orla marítima, e Masterman rapidamente preparou as camas. Enquanto isso, os dois marinheiros se empoleiravam em um alto rochedo e vigiavam a aproximação de piratas. Depois de o dr. Scott acender uma fogueira, Masterman trouxe pão, queijo e várias garrafas de vinho que Elgin adquirira em Quios. Contra a estranha dança das figuras de luz sobre as paredes da caverna, Lord e Lady Elgin se admiravam com os conhecimentos do dr. Scott sobre a Grécia antiga. Ele discorreu longamente sobre as glórias de Atenas e em especial sobre a construção da Acrópole – sobre como, mil anos depois de construídos, cada um de seus templos se conservava tão perfeito como no primeiro dia. Os romanos e os bizantinos invadiram a cidade e levaram tudo, mas os templos da Acrópole foram deixados intactos. Até mesmo Alarico demonstrou reverência pelos edifícios sagrados. Mas então começou a destruição, e o golpe inicial foi desferido quando Constantino, o Grande, proclamou o Cristianismo a religião oficial do Império. O zelo excessivo de alguns sacerdotes destruiu o limite leste do Partenon, para dar lugar a uma abside; também abriram buracos nas laterais para fazer janelas. O Erectêion foi o seguinte a sofrer, com todo o seu interior esvaziado e sendo convertido em uma igreja. Para demonstrar seu desprezo pelas imagens esculpidas, os mesmos sacerdotes desfiguraram quase todas as métopes e esculturas da Acrópole.

Outros mil anos assistiram a um desfile sem fim de conquistadores: francos, catalãos, navarros, florentinos, venezianos. Apesar dessas invasões, os edifícios da Acrópole sobreviveram como por milagre, até a queda da Grécia em mãos dos turcos, em 1453. O Partenon foi imediatamente convertido em mesquita, e o Erectêion foi transformado em um harém

[32] Ibid., 97.

para o governador militar. Quando estourou a guerra contra os venezianos, os turcos usaram os Propileus como um depósito de pólvora. Em 1645, foram atingidos por um raio e explodiram. O magnífico templo de Atena Níke foi então deliberadamente destruído pelos turcos para abrir na fortaleza uma posição importante para a artilharia. A 26 de setembro de 1687, os venezianos, comandados pelo general Francesco Morosini, cercaram a Acrópole, e um de seus canhões deu um tiro direto no Partenon, explodindo o teto e deixando um buraco entre as longas colunas de ambos os lados. A mesma explosão danificou também o Erectêion.

Quando enfim Morosini evacuou Atenas, deixara a Acrópole em tal estado de miséria que logo a notícia circulou pelo mundo e começaram a vir um sem-número de viajantes a Atenas a fim de saquear seus restos e levá-los embora para enfeitar suas casas. Ao perceber que até mesmo peças quebradas de mármore conseguiam obter altos preços, os turcos começaram a arrancar de propósito cabeças, braços, pernas e até narizes das estátuas e a vendê-los a esses cavalheiros viajantes. Assim, a destroçada glória da Grécia foi enviada a Paris, Berlim, Munique, ao Vaticano e a Karlsruhe. Aquilo não tinha fim.

> Todo viajante que vinha a Atenas aumentava a desfiguração geral da estatuária. Há em Londres peças que são resultado de mutilações recentes; e os turcos as têm desfigurado continuamente. Em alguns casos, eles admitiram ter esmigalhado as estátuas para transformá-las em argamassa.[33]

Enquanto o dr. Scott divagava, Elgin ouvia-o distraído, e sua esposa já caíra em sono profundo.

---

[33] *Select Committee Report of the House of Commons on the Earl of Elgin's Collection of Sculptured Marbles*, 41.

Grécia

A primeira visão que tiveram da colina da Acrópole foi deslumbrante. Ficaram, porém, horrorizados ao ver soldados turcos por toda parte, enquanto mascates de todo tipo circulavam pela multidão compacta, vendendo café e mercadorias. Até mesmo o mais ínfimo soldado tinha um criado, um moço de estrebaria, um jovem carregador de água, um cozinheiro e alguém para armar e desarmar a barraca. No canto extremo mais ao norte, saraivadas contínuas de tiros disparados por jovens recrutas em treinamento ressoavam contra o pacífico céu ático. Diante de cada barraca, janízaros penduravam chaleiras de cobre, com escumadeira e concha, mas não com fins culinários. Sempre protegidas por uma sentinela, essas caldeiras eram consideradas sagradas pelos turcos, que acreditavam serem elas sua única proteção contra os reveses traiçoeiros.

Quando Elgin e sua esposa chegaram ao último degrau dos Propileus, toparam com Lusieri a traçar seus esboços sob um guarda-sol, junto ao lado oeste do Partenon. Um amplo andaime erguia-se junto ao muro. Nele estavam dois homens; um deles era um corcunda. Parecia muito ágil nos andaimes e não tinha medo de subir até o ponto mais alto. Os *formatori* e desenhistas trabalhavam dentro do santuário.

Lusieri informou a Elgin que ele e seus artistas haviam deparado com repetidas dificuldades no trabalho. Mesmo com o firmã do caimacão nas mãos, o *disdar*, naquela manhã mesmo, recusara-lhes a entrada na colina da Acrópole, alegando que o único motivo pelo qual "os artistas haviam erguido os andaimes era olhar para as tendas do Harém e espiar as mulheres".[1] Por sorte, o cônsul inglês, Logothétis, mais uma vez veio em sua ajuda e prometeu conseguir outro firmã para o *disdar*. Enquanto isso, os artistas eram obrigados a trabalhar em outros lugares, situados em diferentes partes de Atenas: o Tesêion*, a Ágora, o Pórtico de Átalos e o antigo cemitério de Cerâmico. Mas lá também eles enfrentavam problemas: não havia mais nenhuma tábua em Atenas para fazer andaimes, tampouco cordas para erguer os materiais. Com isso, Lusieri teve de mandar um caíque até a ilha

---

[1]St. Clair, *Marbles*, 60.

* Renomeado posteriomente, e hoje conhecido como Hefèstion (N.E.).

de Hidra para trazer a madeira necessária. No que se referia às cordas, tinham de agradecer a Louis François-Sébastien Fauvel.

Fauvel estabelecera-se como agente antiquário de Bonaparte em Atenas quando as relações entre a França e a Turquia estavam no auge. Na época, tinha ele livre acesso a todos os lugares e, de algum modo, conseguia obter tudo o que pedia: estátuas de todos os templos da cidade, métopes, frisos, vasos e jóias. Todos esses tesouros eram reunidos e enviados à França para serem guardados no Louvre, sob a supervisão pessoal de Napoleão. Quando, porém, Fauvel pediu as esculturas do Partenon, os turcos as negaram veementemente. Impávido, Fauvel ofereceu uma vultosa propina ao velho *disdar* e conseguiu obter um excelente friso e também uma grande métope que estava enterrada nas ruínas próximas ao Partenon. Mais tarde, conseguiu pôr as mãos em outra métope que despencara do Partenon durante uma tempestade. Isto e muitas outras coisas ele enviou à França, até que, de repente, sem nenhuma razão aparente, perdeu o apoio dos revolucionários de Napoleão. Bonaparte, porém, permitiu que Fauvel permanecesse em Atenas com todo o equipamento, mas quando a Turquia declarou guerra à França depois da invasão do Egito por Napoleão, Fauvel foi um dos primeiros a ser feito prisioneiro. Lusieri ouviu falar do excelente equipamento de Fauvel e fez uma proposta ao *disdar*, prontamente aceita pelo turco, "dando tudo a Lusieri, até mesmo a grande carroça de madeira que Fauvel utilizava no transporte de material pesado".[2]

O sufocante calor do dia ainda se prolongava no seio profundo de Atenas quando os Elgins desceram da colina da Acrópole. Caminharam despreocupados pela Ágora, antes de adentrarem uma rua estreita e suja, juncada de casas esquálidas, com galinheiros adjacentes. Havia pequenos quiosques em toda parte, cada um deles erguido sobre quatro estacas e com telhado de sapê. Surpreendentemente, porém, em meio a essa bagunça e imundície, havia magníficos edifícios de mármore e granito.

Durante a estada em Atenas, residiram eles, assim como Lusieri e seus artistas, com o cônsul britânico Logothétis. Era para todos um momento teatral quando Lusieri e sua equipe entravam na casa depois de um dia inteiro de trabalho árduo na Acrópole. Mas Elgin nunca participava das histórias e piadas deles. Profundamente insatisfeito com o que considerava sua falta de empenho, todos os dias ele continuava a passar a Lusieri novas tarefas e projetos:

---

[2]Ph. E. Legrand, "Biographie de Louis François-Sébastien Fauvel", *Revue Archéologique*, 3ª. ser., 30 e 31, 1897.

> Quero ter amostras da Acrópole em tamanho natural de cada ornamento arquitetônico, cada cornija, friso, coluna acanelada, métope e estátua, e também espécimes dos tetos decorados e das diversas ordens arquitetônicas. Quero que você inicie de imediato um programa de escavações contínuas. A história garante-me que há riquezas de todos os tipos e em tal abundância que a escavação merece todos os esforços que possam ser feitos sob a sua supervisão.[3]

Quando Lusieri mencionou a Elgin a contínua interferência do *disdar*, Lady Elgin, em uma óbvia tentativa de agradar ao marido, disse a Don Tita "para espalhar o boato de que Elgin estava de posse de um novo conjunto de poderosos firmãs da parte do sultão, que acabariam com qualquer dúvida que ainda persistisse sobre a legalidade de todas as escavações e remoções".[4]

Há muito vinha a Grécia sendo um lugar problemático para o Império Otomano. Já haviam ocorrido revoltas esporádicas no Peloponeso, e falava-se cada vez mais em revolução. Durante séculos, os turcos infligiram aos gregos crueldades sem conta: o culto cristão em público era proibido, as crianças eram obrigadas a aprender clandestinamente o alfabeto grego, meninas de pouca idade eram levadas aos haréns. Mas depois de quatrocentos anos de submissão, os gregos haviam se fortalecido e os tempos pareciam finalmente maduros para a expulsão de todos os turcos do solo grego.

Este era todas as noites o principal assunto das conversas na casa do cônsul britânico, durante o jantar. Por vezes, o calmuco, um dos artistas, interrompia a conversa com provocações irônicas a Lusieri, censurando-o por ser um pintor lerdo demais e, meio de brincadeira, dizia que muitas vezes ele tinha de apagar partes do panorama porque naquele ínterim o crescimento das árvores e as alterações nas construções haviam tornado o desenho desatualizado e inexato.

Lusieri replicava dizendo que o único jeito de fazer o calmuco trabalhar era dar-lhe uma provisão contínua de vinho. O calmuco, porém, tinha muito talento e, como Lusieri, era detalhista, o que agradava muito a Elgin, pois "era fácil desenhar esculturas em estado de degradação, mas o calmuco tinha o dom de restaurar sua beleza original com uma única pincelada".[5]

Enquanto isso, Hunt prosseguia sua longa viagem pela Grécia, enviando a Elgin um fluxo contínuo de informações:

---

[3]Smith, *Elgin*, 207.
[4]St. Clair, *Marbles*, 109.
[5]Smith, *Elgin*, 172.

> Devo relatar a Vossa Senhoria as diversas excursões que fiz às antigas cidades do Peloponeso. Mas minha pena é pobre e não consegue transmitir a imagem real da glória de Micenas: seus muros maciços, os dois colossais leões em baixo-relevo sobre a porta principal, o túmulo de Agamêmnon etc. Encontrei a porta escancarada, e para mim é difícil ter de dizer que as chuvas tempestuosas levaram para lá montes de terra e destroços, dificultando a tal ponto a entrada que se tornou impossível dizer as verdadeiras dimensões do edifício.
>
> Prosseguindo a inspeção da Moréia, fui finalmente a Patras. Há muita beleza na Arcádia e em Elia; também em Olímpia. O objetivo real de minha viagem, porém, não se esgotou inteiramente em motivações artísticas, pois Vossa Senhoria me instruiu a tomar notas sobre todas as posições militares na Grécia. As condições no Peloponeso são deploráveis. As tropas turcas estão com os salários cinco anos atrasados, e há uma carência geral de artilheiros e também de instrutores competentes. Em Náuplia, as tropas revoltaram-se mais de uma vez, em razão dos maus alojamentos e da péssima comida.[6]

Elgin ia todos os dias até à Acrópole para vigiar os artistas, e a esposa costumava acompanhá-lo. Lusieri era uma figura cômica, sempre sob seu guarda-sol e sempre a se queixar da preguiça dos artistas, embora Elgin não parasse de lhe garantir que "sua presença em Atenas agora prometia um sucesso nem sequer sonhado e até se arriscava a acrescentar que seus esforços um dia atingiriam a altura de um Fídias e um Péricles".[7]

Elgin estava fascinado com o entusiástico interesse de sua jovem esposa pela arte e pela cultura da Grécia antiga. Inspirava-o instruí-la ainda mais enquanto ia de um friso a outro e os trazia à vida aos olhos dela: Teseu que acabava de derrotar um centauro, enquanto hordas de lápitas e centauros travavam uma batalha durante as núpcias de Pirítoo. Em um momento, os lápitas pareciam vitoriosos; em outro, eram os centauros.

Comentava também o magnífico acabamento do mármore na sala interior do Partenon. Uma das métopes retratava um cortejo solene durante um festival. Algumas das figuras iam montadas em cavalos; outras, estavam prestes a montar. Uma manada de bois abria o cortejo, seguida por sacerdotes, magistrados e guerreiros, e finalmente por uma fileira de ninfas que carregavam oferendas sagradas em cestos e vasos. Outra métope no interior da entrada principal do templo contava a história do nascimento de Atena a partir

---

[6]Ibid., 173.

[7]Ibid., 191ss.

do cérebro de Zeus, sentado em um trono rodeado pelos deuses do Olimpo. Em túnicas largas e esvoaçantes, a deusa virgem segurava os cavalos da carruagem que a apresentava aos deuses, mas, ao contrário de outras estátuas, ela era aqui representada com a cativante beleza de Afrodite e a invencível armadura dos espartanos. Em uma terceira métope, estava representada uma disputa entre Atena e Posídon, uma luta feroz de que derivaria o nome da cidade. Atena obteve a vitória, ao provar que seu dom de um pacífico ramo de oliveira era mais precioso do que a oferenda guerreira do deus dos oceanos: um cavalo de aspecto selvagem, cujos olhos pareciam refletir todas as maldades infligidas à humanidade.

Era impossível imaginar como os mármores haviam sido trabalhados com tal perfeição. As colunas eram tão lisas, sem o uso de argamassa, que mesmo ao olhar mais atento pareciam feitas de um só bloco. Os cabelos de cada figura eram trançados de maneira diferente, e suas túnicas eram tão delicadas que pareciam flutuar com a brisa. Elgin, porém, logo disse à esposa que aquilo era só uma pequena parte do que a Acrópole contivera antigamente, quando Plutarco a viu pela primeira vez, no século I: "Todos os edifícios públicos e templos erguidos em Roma, da fundação da cidade até à época dos césares, não se podem comparar aos construídos na Acrópole durante o breve governo de Péricles".[8]

A descrição feita por Heliodoro de cada uma das construções da Acrópole era tão minuciosa que se estendia por quinze livros, e mesmo após as pilhagens de Lisandro, Sula e Nero, ainda restavam mais de três mil estátuas. Tudo isso dava a Elgin mais motivos para persistir em seus planos "de medir cada templo, fazer relevos e perspectivas com a maior precisão, tirar moldes de cada bloco de mármore, estátua, ornamento e inscrição".[9] Era uma tarefa imensa, e embora a quantidade de mão-de-obra lhe parecesse miseravelmente pequena, estava decidido a levá-la a cabo.

Mal os artistas haviam começado a trabalhar em um bom ritmo de operação e de produção, e tudo teve de parar mais uma vez por causa do *disdar*, que acintosamente ignorou o aviso do caimacão e exigiu cinco guinéus de cada artista; se não fossem pagos, ninguém poderia pôr os pés na colina da Acrópole. Quando foi informado disso, Elgin enfureceu-se e imediatamente enviou uma mensagem ao sultão, em Constantinopla. Enquanto aguardava a resposta, enviou os artistas em visitas periódicas à cidade baixa, onde faziam esboços e desenhos de

---

[8]Plutarco, *The Lives of Nobles Grecians and Romans*, org. J. e Wm. Langhorne.
[9]*Select Committee Report*, 40.

sítios antigos, mas de menor importância. Passaram-se semanas sem uma resposta do sultão, e o cônsul Logothétis conseguiu convencer Elgin de que deveriam tirar umas férias e visitar Delfos e as Termópilas. Na volta a Atenas, duas semanas depois, Elgin expressou o desejo de visitar Epidauro e Trípoli. Logothétis foi de parecer contrário, pois fermentava uma constante ameaça de revolta naquela parte do país. Elgin, porém, achou que a recompensa potencial valia o risco, e o cônsul cedeu e concordou em acompanhá-los.

Zarparam do Pireu em uma quente manhã de abril, em um velho brigue grego. Durante todo o primeiro dia, o mar permaneceu tranqüilo, e eles costearam calmamente ao redor dos pontiagudos penhascos orientais do Peloponeso. Toda a região parecia vulcânica, com os selvagens picos das montanhas ainda coroados de neve, mas nas encostas maciças as oliveiras já mudavam de cor, e os campos de papoulas começavam a florescer. Nas proximidades do golfo de Argos, foram repentinamente cercados por uma grande abundância de árvores e vinhedos; no horizonte ocidental, os cumes de Menalus eram totalmente visíveis.

Em uma hora, o brigue contornou o estreito promontório e lançou âncora dentro do pequeno porto de Náuplia. Lady Elgin percebeu uma notável mudança no estilo de vestir e na maneira de falar dos habitantes; mesmo assim, os nauplianos eram claramente gregos na maneira de andar, na apaixonada movimentação dos braços durante a conversa, no olhar majestoso enquanto bebiam café nas tavernas ao ar livre.

Após uma refeição frugal, Logothétis os levou a uma velha fortaleza acinzentada, situada no topo de uma alta colina que dominava a cidade. Ali explicou que havia

> muitas fortificações venezianas como esta no Peloponeso, e sobretudo em Mena, a parte peninsular mais ao sul da região, que os turcos agora usavam como postos de guarnição. Qualquer movimentação por terra ou por mar pode ser notada com facilidade dessas vantajosas posições.[10]

Em uma praia branca e reluzente, a pouca distância da fortaleza, surgiam as ruínas de uma igreja bizantina. Logothétis, depois de afirmar não ser problema na Grécia transferir a veneração de uma deusa para um santo, revelou que a igreja ficava no mesmo lugar de um templo oracular de Deméter, onde anualmente era celebrado um estranho festival: "uma mescla de rituais gregos antigos e de cerimônias cristãs".[11] Levado dos campos

---

[10]Patrick Leigh Fermor, *Mani*, 27.
[11]Ibid., 214.

para a cidade, um bezerro era enfeitado com grinaldas de flores e uma coroa de louros. Dali, ele era transportado pelas ruas até a igreja. Cantavam-se hinos a Apolo e por fim era feito o sacrifício, com o golpe mortal sendo desferido pelo sacerdote grego ortodoxo da cidade. Eram então entoados hinos à Virgem Maria, e em seguida os habitantes acorriam fervorosamente ao altar e empapavam seus lenços no sangue, acreditando que ele possuísse poderes milagrosos.

De volta ao brigue, Elgin sugeriu que adentrassem mais profundamente na Moréia, mas o capitão obstou que acabava de estourar em Trípoli uma revolta em grande escala e que finalmente os gregos haviam cerrado fileiras ao redor de um chefe, Theodoros Kolokotrones, que haveria de se tornar um grande herói da Guerra de Independência da Grécia.

Com a chegada do mês de maio, Atenas ganhou nova feição. As casas foram caiadas, os pássaros cantavam, as folhas de oliveira cintilavam, enquanto os sinos das igrejas anunciavam a tão esperada Ressurreição de Cristo. Nas primeiras horas da manhã, os Elgins, juntamente com Logothétis e família, subiram até a capela bizantina situada no topo do Monte Licabeto, onde se uniram à ruidosa procissão de sacerdotes e fiéis, dando três voltas ao redor da igreja e carregando velas acesas enquanto o bispo entoava: "Ele ressuscitou! Cristo realmente ressuscitou!". Quase ao mesmo tempo, ouviram-se salvas de canhão nas colinas distantes. Os galos começaram a cantar; os cães uivaram; e logo os dedos do sol começaram a arranhar o horizonte oriental.

Na tarde daquele mesmo dia, todos se reuniram no salão da casa do cônsul, onde lhes foram servidos ovos vermelhos e vinho, em comemoração à Páscoa. Na competição de quebra-ovos que se seguiu, Lady Elgin foi entusiasticamente proclamada por Logothétis campeã de Atenas, e em seguida todos se uniram para cantar o hino da Ressurreição que a *paramana* grega lhes ensinara com tanto empenho em Constantinopla:

Cristo ressurgiu dentre os Mortos,
Com Sua morte, derrotou a Morte,
E aos que jazem nas tumbas
Deu a Vida eterna.

Um enorme carneiro assado foi então triunfalmente trazido à mesa, e Logothétis ergueu seu copo de vinho tinto e solenemente propôs um brinde.

As festividades na casa do cônsul prosseguiram noite adentro, e Lady Elgin acordou tarde na manhã seguinte. Os criados do cônsul prepararam o café da manhã e, enquanto comiam, a sra. Logothétis fez perguntas curiosas sobre a vida social de Lady Elgin em Constantinopla: as festas às quais compareceu, as recepções, os chás, as roupas das mulheres turcas, suas jóias e penteados.

Já era quase meio-dia quando Lady Elgin finalmente chegou à colina da Acrópole. Grande quantidade de novos andaimes foram escorados ao frontão oriental do Partenon, e dúzias de trabalhadores se esfalfavam com cordas e polés, ou trabalhavam com molinetes e traves de madeira. Nos andaimes, outros homens martelavam cinzéis sobre uma grande métope que se estendia entre os triglifos. Rapidamente, a métope foi liberada e içada em pleno ar, mas de repente a magnífica cornija que a ornamentava se soltou e a métope foi ao chão, espatifando-se e deixando um vazio entre as colunas. Edward Daniel Clarke foi testemunha ocular da destruição do Partenon.

> Alguns operários que trabalhavam sob a direção de Lusieri foram contratados para fazer os preparativos, com cordas e polés, para baixar as métopes, onde as esculturas permaneciam quase intactas. O *disdar* em pessoa compareceu para assistir ao trabalho, mas com evidentes sinais de insatisfação; e Lusieri nos disse que só com muita dificuldade pôde realizar essa parte do trabalho, em razão do apego que os turcos tinham por uma construção que estavam acostumados a considerar com religiosa veneração e que haviam transformado em mesquita. Confessamos que [compartilhávamos] os sentimentos dos muçulmanos neste caso e que veríamos com alegria uma ordem destinada não a destruir, mas a preservar um edifício de tantas glórias.
>
> Após inspecionar rapidamente as diversas partes do templo, um dos operários veio informar a Lusieri que iriam baixar uma das métopes. Vimos aquela fina peça de escultura ser erguida de sua posição entre os triglifos; mas enquanto os operários se empenhavam em posicioná-la de maneira adequada na linha de descida projetada, uma parte da alvenaria adjacente se desprendeu por causa do equipamento e vieram abaixo as finas massas de mármore pentélico, espatifando-se em fragmentos brancos com grande estrondo entre as ruínas. O *disdar*, ao ver aquilo, não pôde conter a comoção; tirou o cachimbo da boca e, deixando cair uma lágrima, disse no tom de voz mais enfático: *Telos!* (Basta! Chega!), declarando positivamente que nada o levaria a permitir outras dilapidações do edifício. Olhando para cima, vimos com pesar o vazio deixado, que todos os embaixadores do mundo, com todos os soberanos que representam, auxiliados por todos os recursos que a riqueza e o talento podem hoje proporcionar, jamais poderão reparar.[12]

---

[12]Edward Daniel Clarke, *Travels in Various Countries of Europe, Asia, and Africa*, sec. 2, parte 2 : 483.

Outra testemunha foi o viajante Edward Dodwell:

> Durante minha primeira viagem à Grécia, tive o inexprimível pesar de estar presente quando o Partenon foi pilhado de suas mais finas esculturas; e quando alguns dos seus membros arquitetônicos foram jogados ao chão, vi diversas métopes da extremidade sudeste do templo virem abaixo. Elas estavam presas entre os triglifos, como em uma ranhura, e para erguê-las era necessário derrubar a cornija pela qual estavam cobertas. O ângulo sudeste do frontão teve o mesmo destino; e em vez da pitoresca beleza e da boa preservação em que antes o vi, está agora reduzido a um estado de arruinada desolação.[13]

O firmã original do caimacão era ambíguo e com certeza não pretendia permitir a Elgin remover as esculturas e frisos do Partenon, mas Hunt, usando de manipulação, conseguiu impor-lhe outra interpretação. Depois de um breve descanso de sua longa viagem diplomática pela Grécia, ele chamou o voivode para pedir sua permissão para arriar as melhores métopes do Partenon. Logothétis, o cônsul britânico, estava presente à reunião e expressou uma tímida objeção, como grego e *archon* de Atenas. Hunt rispidamente lhe recordou que um cônsul não deve opor-se aos desejos de um embaixador e, em seguida, voltando-se mais uma vez para o voivode, insistiu em que o firmã original conferia o direito de remover esculturas e frisos dos edifícios da Acrópole. Hunt reforçou sua causa com uma "judiciosa mistura de ameaças e propinas",[14] e o voivode concedeu-lhe a permissão.

Quando Elgin estava em Constantinopla, Edward Daniel Clarke o visitou. Clarke acabara de completar uma viagem ao Egito, onde dizia ter encontrado o sarcófago que continha o túmulo de Alexandre, o Grande. Sua opinião revelou-se, porém, errônea, como aconteceu com diversas de suas "descobertas", inclusive um pequeno relevo de mármore que encontrou ao pé da Acrópole. Ele decretou que aquele com certeza era um trabalho de Fídias, porém, mais tarde ficou claro que era uma "peça grosseiramente esculpida de uma velha lápide".[15]

Alguns meses depois, em Elêusis, Clarke obteve um sucesso real: a descoberta de uma enorme e surrada estátua de duas toneladas, representando uma mulher com um cesto na cabeça. Um viajante que visitara Elêusis em 1765 relatou que "este era o lugar de um santuário de Deméter, a

---

[13]Edward Dodwell, *A Classical and Topographical Tour through Greece*, sec. 1: 322.
[14]St. Clair, *Marbles*, 94.
[15]Ibid., 104.

deusa do trigo e da fertilidade".[16] Encontrou os habitantes imersos em superstições, receosos de que a fertilidade de suas terras dependesse tanto dessa estátua que até acendiam velas e lâmpadas votivas à frente dela, em certos dias de festa cristã. À chegada de Clarke, os viajantes foram avisados de que "cairá o braço de qualquer pessoa que tocar na estátua com violência"[17]. Mas Clarke já estava decidido a levá-la. Tinha, porém, de trabalhar rápida e secretamente se quisesse vencer seu adversário francês, o conde de Choiseul-Gouffier.

> Encontrei a deusa em uma esterqueira, enterrada até às orelhas. Os camponeses de Elêusis, à mera menção de retirá-la dali, olhavam-me como a alguém que fosse tirar a Lua de sua órbita. 'O que vai ser do trigo', exclamavam eles, 'se a velha senhora com o cesto for embora?' Fui a Atenas e fiz uma solicitação ao paxá e, para reforçar meu pedido, deixei um telescópio inglês deslizar entre suas mãos. Negócio fechado.[18]

Clarke logo deparou com mais obstáculos: tinha de conseguir cordas e polés, e o cais de Elêusis tinha de ser reparado. Na noite anterior à remoção da estátua, um boi soltou-se do jugo e começou a golpear violentamente a estátua com seus chifres. Mau presságio! Começou então a chover a cântaros sobre a planície de Elêusis, amainando à noite. Ao nascer do sol, os camponeses abordaram o oficial turco que proclamara o firmã e começou uma confusão. A calma foi mais tarde restaurada, e os camponeses concordaram com relutância em obedecer à ordem do voivode. O padre da aldeia, então, vestiu seus paramentos e começou a limpar o lixo que estava ao redor da estátua. Foi quando Clarke acintosamente se adiantou e pôs ambas as mãos sobre a velha senhora. Contrariamente aos antigos temores dos habitantes de Elêusis, seus braços não caíram e, após horas de tedioso trabalho, uma multidão de 150 meninos conseguiu arrastar a enorme estátua para fora da aldeia, diretamente para a praia, onde foi posta em um navio que Clarke fretara, rumo à Inglaterra.*

Elgin não via nenhum problema nisso. "Os gregos de hoje", observou, "não merecem as maravilhosas obras da Antigüidade. Além disso, não lhes dão valor. Sem dúvida, é a minha vocação divina preservar estes tesouros para sempre!"

---

[16] R. Chandler, *Travels in Greece*, 191.

[17] Edward Daniel Clarke, *Greek Marbles*, 32.

[18] W. Otter, *The Life and Remains of the Reverend Edward Daniel Clarke*, 505.

*Essa estátua, que sem dúvida foi cultuada por mais tempo do que qualquer outra na Grécia, está agora em um canto do Fitzwilliam Museum, em Cambridge.

Alguns dias depois, naquela mesma semana, Elgin partiu para Delfos com parte de sua equipe, mas, antes de partir, instruiu a esposa a ir ao porto de Pireu e convencer o capitão Hoste do HMS *Mutine* a levar a bordo todos os mármores que estavam nas docas. Era um imenso carregamento, e o capitão já comunicara a Elgin que seria impossível levar todo o lote. Lady Elgin, porém, usou de seus encantos e convenceu o capitão Hoste.

> Comecei ousando dizer que, como o capitão estava indo direto para Malta e não havia inimigos no caminho, poderia levá-los. Seria um grande favor que ele faria a mim, pois você estava extremamente ansioso por vê-los partir. A eloqüência feminina, como sempre, foi bem-sucedida. O capitão me mandou uma resposta muito gentil e, ao romper da aurora, mandei baixar os três caixotes.[19]

Lady Elgin voltou às docas do Pireu na manhã seguinte e conseguiu convencer o capitão Hoste a levar, além dos três caixotes, o carregamento inteiro de mármores que estava nas docas.

Essa façanha notável foi realizada usando seu poder de sedução e presentes em dinheiro para toda a tripulação.

> Na esperança de ser a primeira pessoa a lhe dizer o que fiz, fique sabendo que, além dos três caixotes de que já lhe falei, consegui que o capitão Hoste leve outros três; dois já estão a bordo e o terceiro ele pegará quando voltar de Corinto. Que canseira para conseguir tudo isso! Você gosta mais de mim por causa disso, Elgin? E como forcei o Lusieri a arrumar os caixotes para esse grande carregamento! Espero que você fique contente. Reserve um Elogio Diplomático para o capitão Hoste, por levar tanta coisa a bordo. Agora estou convencida do que sempre pensei: as Mulheres podem realizar mais que os Homens quando estão empenhadas em algo. Aposto o que quiser que se você tivesse estado aqui não teria conseguido levar para bordo metade do que eu consegui. Quanto a fazer descer da Acrópole as coisas que você queria, será impossível antes de você voltar. Lusieri diz que ao chegar aqui era contra a sua retirada, mas agora é o mais entusiasmado de todos e quer absolutamente que você obtenha todo o Templo das Cari-não-sei-o-quê,* onde estão as Estátuas das Mulheres.[20]

---

[19] St. Clair, *Marbles*, 115.
[20] Ibid., 115.
* O Erectêion e suas colunas de cariátides.

Nas cansativas semanas que se seguiram, Elgin retirou todas as esculturas e frisos importantes do Partenon. Assim que os mármores foram engradados para remessa à Inglaterra, ele continuou a vociferar contra Lusieri, exigindo que não medisse esforços ou dinheiro para obter mais peças de sítios antigos, em Atenas e cercanias. Hunt juntou-se a ele e sugeriu que o Erectêion inteiro fosse removido para posterior reconstrução na Inglaterra. "Se um grande navio de guerra aportasse aqui, este belo pequeno modelo de arte antiga poderia ser transportado inteiro para a Inglaterra."[21]

Elgin ficou obcecado com a idéia de Hunt e imediatamente escreveu a seu amigo Lord Keith, o comandante-em-chefe das forças navais no Mediterrâneo:

> Tive despesas monstruosas em Atenas, onde no momento tenho regalias inimagináveis. Assim, se você autorizasse que um navio de guerra de bom tamanho escoltasse o navio do Comissário e parasse por alguns dias em Atenas para levar a mais valiosa peça de arquitetura à minha disposição por aqui, você me faria o maior favor que eu poderia receber, e prestaria um serviço essencialíssimo às artes inglesas. Bonaparte não conseguiu nada igual com todos os seus roubos perpetrados na Itália. Rogo-lhe que gentilmente atenda ao meu pedido, meu Senhor.[22]

Cada vez mais entusiasmado, Elgin decidiu então ampliar seu raio de ação para muito além de Atenas. Levando consigo a esposa e um grupo de operários, viajou a Micenas, deixando atrás de si Lusieri para lançar uma busca por todos os mosteiros de Atenas e arredores, juntamente com o calmuco e Ittar, o corcunda. Elgin, em seguida, ordenou que todos os artistas que pudessem ser poupados do trabalho na Acrópole fossem imediatamente enviados ao Peloponeso, e em especial a Olímpia.

As ruínas de Micenas tanto impressionaram a Elgin que ele ordenou que sua tripulação começasse imediatamente as escavações; os resultados superaram todas as expectativas. Sua visita a Trípoli foi inesquecível. "Tendo recebido os mais insistentes e repetidos convites da parte do paxá da Moréia, partimos para Trípoli na companhia de uma numerosa escolta turca e de uma guarda albanesa que trajava os uniformes dos antigos macedônios."[23]

Aquela noite, ficaram em Aclato-Cambo, um vilarejo cujas casas eram modestas cabanas de barro dispersas pelas encostas de uma montanha quase

---

[21]Almirante visconde Keith, *Keith Papers*, vol. 2: 402.
[22]Ibid., 405.
[23]Nisbet, *Letters*, 184.

vertical. Ao pé dos altos picos, e diretamente pelo coração do vilarejo, corria um riacho estreito, que secara. Um dos anciãos da aldeia disse a Elgin que as chuvas de inverno desciam a encosta com tal violência que inundavam os vales da parte baixa. Elgin notou "muitas moças de beleza extraordinária nesse vilarejo".[24]

Na manhã seguinte, os habitantes de Aclato-Combo, precedidos pelo padre e pelos anciãos, vieram pedir a Elgin que convencesse o paxá da Moréia a mandar reformar a igrejinha, que estava em situação precária demais para a celebração do culto divino. Embora Elgin prometesse atender ao pedido, ele nunca o fez.

Antes de partirem para Trípoli, reuniram-se aos tártaros e outros oficiais do paxá. Como estava em estado de avançada gravidez, Lady Elgin foi acomodada em uma liteira coberta, que era carregada entre duas mulas e conduzida por seis homens. O trabalho que teve para entrar na liteira – ou *tarta-van*, como era carinhosamente chamada pelos turcos – provocou muitas risadas. Depois de várias tentativas fracassadas, foram buscar um homem que os turcos chamavam Degrau. Ele se prostrou no chão e Lady Elgin pisou em suas costas para subir na liteira. Quando se aproximavam de Trípoli, os tártaros sugeriram que seria mais apropriado que Lady Elgin fizesse sua entrada montada em um cavalo.

Um cavalo de parada logo lhe foi trazido e ela o montou. Em seguida, encontraram-se com todos os oficiais da corte do paxá, montados em cavalos ricamente ajaezados, e foram acompanhados por pajens e guardas que jogavam *dgerit*, um jogo com um taco branco e reto, não inteiramente isento de perigos, já que um golpe nas têmporas pode ser fatal. Contaram a Elgin que o paxá certa vez cortou a cabeça de um oficial que o atingira no ombro durante o jogo.

Logo em seguida, os Elgins foram convidados para outras atividades eqüestres. Diversos dos soldados turcos que haviam jogado o *dgerit* agora voltavam e o erguiam do chão sem descer do cavalo; outros tinham longos tacos com ganchos nas pontas, com os quais conduziam os *dgerits* com muita rapidez. Sua habilidade era incrível, e o espetáculo foi uma grande alegria para Lord Elgin.

Adentraram, por fim, a cidade. Lady Elgin não imaginava que Trípoli já tivesse visto um cortejo como aquele.

---

[24]Ibid., 187.

> Adiante o paxá, os oficiais, os pajens e os guardas, os cavalos principais, com as cores mais brilhantes, o tenente-governador e o primeiro- camareiro cavalgando à frente dos tártaros, e um séquito de pelo menos setecentos soldados turcos a cavalo. Elgin ficou decepcionado por não ver nenhum grego nas ruas; nenhum rosto grego nos saudou das janelas ou das portas. Enquanto isso, grandes canhões de todos os fortes ao longo dos muros da cidade continuavam a disparar enquanto o primeiro-camareiro, tirava moedas de uma caixa enfeitada e as jogava pela rua.[25]

Depois de o cortejo passar pelo centro da cidade, Lady Elgin olhou para trás e viu um sem-número de crianças gregas maltrapilhas lançarem-se na rua empoeirada, à cata das moedas. Era um espetáculo triste, que permaneceu em sua mente mesmo depois de terem parado na casa do dragomano (um oficial intérprete de alta patente) para um lauto jantar "preparado ao estilo turco".[26]

Durante a longa ausência dos Elgins, fora atribuída ao cônsul Logothétis a desagradável tarefa de vigiar Lusieri e seus artistas em Atenas. Elgin ainda temia uma conspiração francesa, sobretudo porque mais mármores do Partenon aguardavam o embarque e estavam à vista nas docas do Pireu.

Na volta a Atenas, ficou decidido que deveriam partir imediatamente para Constantinopla. Elgin deu mais uma série de instruções a Lusieri e, em meados de junho de 1802, partiram do Pireu no HMS *Narcissus*.

Navegando pelo Egeu, o *Narcissus* fez escala em muitas ilhas, e lá também Elgin se apoderou de todas as antigüidades que pôde. Depois de parar no promontório de Súnion e visitar o templo de Posídon, Elgin o comparou ao templo de Teseu em Atenas e, como as paredes haviam ruído, feixes de luz se filtravam entre as poucas colunas restantes. Vários baixos-relevos e ornamentos do friso também haviam caído e estavam tão desfigurados que Hunt não conseguiu identificá-los.

Mais tarde, de volta ao *Narcissus*, avistaram a ilha de Eleni, uma estéril extensão de pedra que parecia esforçar-se desesperadamente para dar alimento a um pequeno rebanho de bodes a pastar perto da praia. Naquela tarde, ancoraram no porto de Céa. Montando jumentos, foram mais tarde até a cidade por uma estrada íngreme que serpenteava por uma fileira de montanhas quase impassíveis. Às vezes, parecia não haver espaço para os jumentos passarem pela senda traiçoeira.

---

[25]Ibid., 189.
[26]Ibid., 207.

A cidade de Céa, cujos habitantes eram em sua maioria de origem veneziana, situava-se no topo de um alto monte. Suas casas eram tão planas que as coberturas serviam de quintal. Aquela noite, os Elgins foram homenageados com um jantar, música e dança. O anfitrião era o *signor* Pangali, o cônsul de Nápoles. Suas nove filhas ofereceram um maravilhoso entretenimento, com interpretações animadas de canções gregas, italianas e francesas. Elas também dançaram minuetos e danças populares gregas. Lady Elgin ficou fascinada com a roupa das mulheres. As anáguas iam só até os joelhos, e as meias eram forradas de algodão, o que fazia com que as pernas parecessem ser duas vezes mais grossas que o normal.

Três dias depois, o *Narcissus* avistou Maratona e, mesmo do navio, Lord Elgin pôde ver claramente o enorme outeiro dos heróis de Maratona. Na manhã seguinte, bem cedo, eles desembarcaram e armaram uma barraca na planície de Maratona. Proporcionando-lhes um cenário antigo, os marujos do *Narcissus* circundaram a barraca com pilares que haviam encontrado espalhados pelo chão. Após o jantar, visitaram o outeiro e descobriram que estava parcialmente aberto, devido às escavações de Fauvel. Elgin ordenou que a tripulação do navio fizesse escavações em outro sítio das cercanias, e desenterraram muitas peças de cerâmica, juntamente com vários artigos de prata.

Elgin examinou a planície com grande atenção e concordou com Hunt quanto à localização dos pântanos onde os persas morreram ao bater em retirada. Não longe do outeiro ficavam os restos de um edifício quadrado, que Hunt identificou como a tumba de Milcíades. Elgin mandou que a tripulação cavasse ali também, e encontraram mais antigüidades, assim como ossos humanos. Perto dos pântanos, Hunt topou com o Templo de Nêmesis, onde os atenienses haviam colocado sua estátua, após a tomarem dos persas em fuga que, com confiança excessiva, a haviam trazido consigo para erigi-la em comemoração de sua presumida vitória sobre os atenienses.

No primeiro dia de julho, o grupo desembarcou em Tenos, uma das mais florescentes ilhas do arquipélago. Em razão dos ventos contrários, tiveram de permanecer ali por quase uma semana, residindo na casa do cônsul inglês, *signor* Antonio Vitali. Uma noite, o cônsul da Rússia na ilha, o Signor Vicenzo, homenageou-os com um baile, e fez até mesmo uma transparência em pergaminho translúcido do monograma de Lady Elgin.

Os ventos de tempestade persistiram, impossibilitando que se navegasse em barco aberto, e tiveram de ser levados a Míconos em um *martigan*, sob o comando de um oficial francês que abandonara sua frota em Toulon. Chegaram a Míconos em um dia triste. A filha do vice-cônsul, uma jovem de dezessete anos, acabara de falecer, e os Elgins foram imediatamente arrastados às curiosas cerimônias fúnebres de Míconos. Três ou quatro vezes durante o período de luto, os parentes traziam grande número de sacerdotes, mas, antes disso, era confeccionada uma estranha boneca, parecida com a jovem morta. Liam-se orações sobre a boneca, que era então lançada ao fogo, enquanto os sacerdortes e parentes formavam um círculo ao redor das chamas, chorando sobre o objeto queimado como se fosse o corpo da jovem. Carpideiras profissionais também eram trazidas de uma aldeia distante, para provocar aqueles que tinham dificuldade em derramar lágrimas. Por fim, as cinzas eram recolhidas e levadas à igreja, em um ritual solene.

Os Elgins ficaram felizes de partir dessa "ilha horrenda e estéril, morada da melancolia",[27] zarpando no *Narcissus* assim que o vento o permitiu. Ao avistarem a ilha de Delos, identificaram um barco de vela latina em perseguição a um grande navio inglês. O *Narcissus* abriu fogo contra o intruso, que fugiu depois de se desfazer de 22 remos. O capitão Donnelly, do *Narcissus*, saiu em sua perseguição, e chegou tão perto do navio pirata quanto o mar revolto o permitiu, mudando continuamente de curso e disparando contra ele mais de trezentos tiros. Os piratas responderam com saraivadas de mosquete, que atingiram o convés da fragata sem matar ou ferir ninguém da tripulação. A essa altura, o navio pirata estava tão severamente danificado que acabou naufragando. O capitão Donnelly, auxiliado por um barco cheio de soldados vindos de Míconos, despachou um grupo de marinheiros para terra firme, com o objetivo de cercar os piratas em fuga, e eles varreram a ilha em todas as direções, fazendo prisioneiro o capitão dos piratas, chamado Zachary, juntamente com vinte e três membros da tripulação. Zachary era um jovem de vinte e seis anos, de fisionomia aberta e de muita coragem, mas de modo algum insolente. Confessaram ser da Moréia, uma província remota do sul do Peloponeso, mas insistiram em que seu único objetivo era o butim e nunca haviam matado ou ferido ninguém sem razão.

Esse incidente não dissuadiu Elgin de uma busca completa pela Delos antiga e também pela ilha oposta de Renéia. Encontrou a maior parte dos templos demolida, com peças atiradas por toda parte; a base da estátua de Apolo, porém, e parte do corpo haviam permanecido. O teatro estava em ruínas, mas o pequeno lago artificial usado para simular batalhas navais estava notavelmente bem preservado. Renéia possuía muitos belos altares de mármore, um dos quais Elgin confiscou e levou para bordo. Era perfeitamente redondo e ornamentado com grinaldas de frutas e flores.

---

[27]Ibid.

Dali, navegaram até a ilha de Paros, onde pararam para proporcionar a Lady Elgin certo descanso do mar agitado. Ela ficou encantada com os bosques de laranjeiras, com as fontes e com as cascatas da ilha. Todas as famosas marmoreiras estavam em plena operação, e suas paredes reluzentes estavam recheadas de picantes esculturas "de ninfas e bacantes a dançar".[28]

O mármore de Paros, porém, decepcionou a Elgin. Não era tão branco quanto o pentélico de Atenas. A maior parte dos templos de Paros havia sido destruída para a construção do forte veneziano de Paréquia, a capital da ilha. Houve uma colheita de cebolas naqueles dias, e o capitão Donnelly comprou uma carga de duas toneladas por três *shillings* o milhar. Logo todo o convés do *Narcissus* se viu coberto por esse carregamento de cebolas, que empestou os passageiros e a tripulação com seu cheiro repugnante durante todo o caminho para a Ásia Menor, onde foi finalmente descarregado e vendido com enorme lucro.

Após aportar em Esmirna, o *Narcissus* prosseguiu viagem, chegando aos Dardanelos em meados de agosto.[29] Lady Elgin continuou com um enjôo teimoso durante o restante da viagem, mas sua recuperação foi imediata ao avistar as cúpulas e minaretes radiantes de sol de Constantinopla.

---

[28]Ibid., 209.

[29]Foreign Office, *British Foreign and State Papers*, 78/36.

Constantinopla

Minha muito querida mamãe:

Venho abrir-lhe meu coração e dizer que Matilda [a terceira filha dos Elgins] foi hoje inoculada* e tomou a vacina sem reclamar de nada.[1]

Foi uma sorte que tivesse sido enviada de Viena essa nova vacina, que o dr. Scott havia testado anteriormente com muito sucesso e agora aplicava em um grande número de pessoas, em Constantinopla e Belgrado. A peste não constituiu obstáculo para Elgin, porém, e ele persistia em seu forte desejo de possuir todas as antigüidades de valor existentes na Grécia. O Partenon já havia sido quase inteiramente despojado, e nem um único centímetro do chão da Acrópole fora poupado das escavações. As remoções ocorriam diariamente. Até então, seis placas do friso do Partenon haviam sido retiradas, juntamente com todas as métopes restantes. Outra placa do friso fora desenterrada em uma escavação. Quatro placas de mármore do templo de Atena Níke, que estava encravado nas fortificações da colina da Acrópole, haviam sido desenterradas e removidas, assim como algumas esplêndidas amostras dos detalhes arquitetônicos dos capitéis, das bases, das cornijas, partes do pilar do Erectêion, dos Propileus e do Templo de Atena Níke. Uma seção da coluna do Partenon teve de ser serrada em duas para que as métopes e os frisos pudessem ser removidos.

Em boa medida graças à viagem de Elgin pela Grécia, não se passou nenhum dia sem que aparecessem novos tesouros. Na manhã da partida de Atenas, ele deu um cavalo e uma capa verde ao voivode, que imediatamente respondeu com seu próprio presente: a colossal estátua sem cabeça de Dioniso, que durante séculos dominou o monumento a Trasilo, no lado sul da Acrópole. Antes mesmo de embarcarem no *Narcissus*, Lusieri sugeriu "que poderia remover inteiramente o Monumento a Lisícrates, caso se oferecesse dinheiro suficiente ao abade capuchinho, e Elgin o instou a tentar".[2]

[1]Nisbet, *Letters*, 215.
[2]Smith, *Elgin*, 232.
* Uma forte epidemia infestava a Ásia nessa época.

Toda essa aventura já custara a Elgin milhares de libras, e ainda não parecia haver nenhum fim à vista, nem tampouco nenhuma promessa do governo britânico de que seria reembolsado. Logo depois da chegada a Constantinopla, fora informado de que todos os engradados que guardavam as novas aquisições haviam sido amontoados no cais do Pireu, à espera do embarque. Lord Nelson recusara-se a mandar um de seus navios de guerra em ajuda a Elgin, pois queria manter a frota em alerta para o caso de estourar novamente a guerra contra os franceses. Assim, Elgin foi obrigado a enviar os mármores peça por peça, em cada navio que pôde encontrar. A fragata *La Diane* levou um grande número de caixotes, assim como o HMS *Mutine*, mas os tesouros estavam amontoando-se tão rapidamente que Elgin passou a se preocupar com a segurança deles e, em uma medida desesperada, decidiu pedir um empréstimo a seus banqueiros para poder comprar seu próprio navio, um brigue de bom tamanho, de nome *Mentor*.

O navio recebeu uma tripulação de marinheiros de Esmirna. Lusieri teve ordens de levar absolutamente tudo para bordo, e, se necessário, fretar outros barcos para enviar todos os mármores à Inglaterra. Juntamente com um grande número de operários gregos e de soldados turcos, Lusieri e sua equipe de artistas trabalharam sem parar, transportando a última aquisição de mármores até às docas do Pireu e embarcando-a no *Mentor*. Entre estes estavam mais catorze peças do friso do Partenon, quatro seções do friso do Templo de Atena Níke e muitas outras esculturas, numerosas demais para serem mencionadas. "As peças maiores, que continham as figuras dos frontões, tiveram de ser deixadas para trás, pois o capitão se recusou a alargar as portas do navio para permitir que entrassem."[3]

Sob a supervisão de William Richard Hamilton, o *Mentor* finalmente zarpou para a Inglaterra com Hamilton e Lusieri a bordo, mas dois dias depois enfrentou uma violenta tempestade e se chocou contra uns rochedos na entrada do porto de Cerigo, hoje chamado Citera, uma ilhota da costa mais meridional do Peloponeso.[4]

Em razão de seu peso excessivo, naufragou imediatamente em doze braças de água, e só por sorte Hamilton e Lusieri conseguiram chegar a terra firme. O local exato do naufrágio foi cuidadosamente assinalado, e Lusieri postou guardas na costa para vigiar a área. Percebendo que o *Mentor* já não podia ser salvo, contratou mergulhadores de esponja de uma ilha vizinha e por sorte todos os caixotes de mármore foram recuperados.

---

[3]Ibid., 233.

[4]Ibid., 237.

Lusieri, então, ordenou que os trabalhadores enterrassem todos os caixotes na areia da praia e os recobrissem com algas marinhas e grandes pedras, para escondê-los da vista dos franceses.

Um segundo navio, o HMS *La Victorieuse*, foi enviado de Constantinopla em novembro, com instruções especiais de apanhar tudo o que estava em Cerigo. Isso foi feito em poucas semanas e finalmente o carregamento inteiro partiu rumo à Inglaterra. Hamilton foi com ele, enquanto Lusieri voltava a Atenas com instruções de Elgin para prosseguir com as aquisições e escavações.

Em Constantinopla, Elgin não cabia em si de contentamento; pela primeira vez, sentia que o real objetivo de sua missão estava sendo enfim alcançado. Embora cinqüenta caixotes de esculturas de mármore estivessem agora em alto-mar, a caminho da Inglaterra, pelo menos outros cinqüenta ainda estavam em Atenas, com as grandes e pesadas esculturas dos frontões ocidental e oriental do Partenon, dezessete caixotes do friso e inúmeras métopes.

Elgin gabava-se todos os dias com sua mulher de que conseguira vencer o desprezo dos gregos, a deslealdade dos turcos e as intrigas invejosas de Bonaparte. No dia de Natal, prometeu a ela que se tudo saísse bem, esperava encerrar a embaixada antes do fim de janeiro. Com lágrimas nos olhos, ela exclamou que mal podia esperar para pôr de novo os pés em solo escocês e ver o primeiro raio de sol em Aberlady Bay, no estuário e em Archerfield.

Ela estava admirada com o rápido crescimento das crianças. Fizera todo o possível para impedir que Bruce escapasse das garras da *paramana* grega. A pequena Mary, é claro, estava louca para imitá-lo, mas falhou com dignidade. Por sorte, Matilda, o bebê, estava ocupada demais em comer para lhes dar atenção.

A aparência de Elgin agora se deteriorara irremediavelmente. O nariz fora completamente carcomido, e ele emagrecera de maneira impressionante. Comia muito pouco e quase não conseguia dormir. À noite, muitas vezes Lady Elgin era acordada com ele, em pesadelo, gritando ordens a Lusieri, praguejando contra Bonaparte e expressando sua violenta raiva contra o governo britânico. Além de tudo isso, ela estava preocupada com a saúde das crianças. Escreveu à mãe: "A peste persiste, e, para ocultá-la, as autoridades turcas transportam os corpos à noite, o que por enquanto é bom para nós, pois temos menos oportunidade de deparar com eles... reze por nós, querida mamãe!".[5]

Janeiro trouxe chuvas contínuas a Constantinopla, tornando os dias tão excepcionalmente amenos que os turcos viram nisso um mau presságio.

---

[5]Nisbet, *Letters*, 217.

Uma mulher que residia em uma casa ao lado do palácio da embaixada morreu de repente, queixando-se de gânglios inchados e febre alta, e antes do anoitecer daquele mesmo dia houve relatos de mais uma dúzia de casos semelhantes naquela parte da cidade. Constantinopla foi imediatamente tomada de pânico. As casas atingidas eram marcadas com tinta preta, sobre a qual eram rabiscadas as palavras *Alá, tenha piedade!* O dr. Scott hesitou antes de dar o diagnóstico de peste bubônica, mas Lady Elgin já conhecera sua mão terrível em Edimburgo, quando tinha doze anos: vômito, vertigens, intolerância à luz, dor entorpecedora nos membros, insônia, apatia, delírios e por fim a morte. Embora temesse pelos filhos, estava ainda mais preocupada com Elgin, cujo estado de fraqueza o tornava mais suscetível ao contágio. Já havia traços de rubor em seus olhos, e ele sofria dolorosamente de prisão de ventre. Para piorar ainda mais a situação, sua voz se tornou gutural e, mais de uma vez, ela o viu cambaleando pelo chão, aturdido.

O dr. Scott submetia todo o pessoal da casa a exames diários, em especial a Elgin, e estava totalmente convencido de que eles não corriam perigo. Ficou perturbado, porém, ao saber que Elgin estava gravemente acometido de um problema nos intestinos e, para curá-lo, Scott receitou um purgante poderoso. Chegou à conclusão de que o rubor nos olhos de Elgin era provocado pela falta de sono e, no que se refere à voz ocasionalmente gutural e ao andar vacilante, Scott esperava curá-lo com uma aplicação diária de seis sanguessugas em cada têmpora, durante uma semana.

Scott encarregou-se de instruir o pessoal da casa todas as noites, depois do jantar, alertando a todos que era preciso usar de bom senso e que o pânico devia ser evitado. Já havia formulado uma teoria acerca da peste, com base em longos estudos científicos realizados quando morava em Glasgow. Afirmou que "durante centenas de anos, a peste fora vitoriosa sobre a humanidade porque a medicina concentrara a atenção apenas nos sintomas e não na causa".[6] Até então, a maioria dos pesquisadores médicos propendiam a atribuir aos ratos toda a culpa pela propagação e disseminação da peste. Mesmo assim, Scott dizia que era incontestável que havia relatos de uma grande mortalidade entre os ratos durante as epidemias de peste. Além disso, uma comparação feita por ele entre os bairros de Glasgow infestados e não-infestados de ratos mostrou uma incidência muito maior de peste nos segundos. Os ratos portadores de peste eram raramente encontrados em navios que partiam de portos infectados, e embora milhões de ratos tivessem sido transportados de cais a cais entre os grandes portos do mundo, por alguma razão eles não levavam a doença para terra firme.

---

[6]Walpole, *Memoirs*, 98.

Scott concluiu, portanto, que o contágio não era causado pelos ratos, mas sim pelas pulgas dos ratos. Em vinte e uma experiências de um total de trinta e oito, notou que mais da metade da porcentagem de ratos saudáveis que viviam em gaiolas à prova de pulgas contraíram a doença após receberem pulgas recolhidas de ratos mortos ou moribundos de peste septicêmica. Essa mesma experiência provou também que o contato íntimo e contínuo de animais infestados pela peste com outros saudáveis não infectava estes últimos quando as pulgas não estavam presentes. Os ratos podiam até ser infectados através das fezes de uma pulga que se alimentara de ratos infectados. Por conseguinte, Scott alertou a todos que tomassem especial cuidado com os trajes e a roupa de cama, principais disseminadores da doença. Além disso, estabeleceu um sistema completo de fumigação* na casa. Todos os que voltavam de afazeres fora de casa tinham de receber uma fumi-gação, da cabeça aos pés, antes de entrarem em casa. Por fim, alertou Lady Elgin contra os passeios diários que estava acostumada a dar pelos Jardins de Pera. Aquilo tinha de parar imediatamente, disse ele.

Certa noite, o capitão Maling fez uma rápida visita a Elgin "para dissipar o boato de que dezoito homens de sua fragata *La Diane* haviam sucumbido à peste".[7] Ele admitiu, porém, que a doença atingira violentissimamente os diversos navios russos que acabavam de chegar do Egito.

Uma das constantes preocupações de Elgin também foi resolvida nessa época. Ele finalmente concluiu todos os arranjos com o sultão para obter a liberdade dos escravos malteses que durante muito tempo haviam sido mantidos em cativeiro pelos turcos.

> Durante séculos, os Cavaleiros de São João empregaram os malteses na tripulação de seus barcos em cruzada contra os turcos. O Império Otomano nunca perdoou os malteses; e aqueles que tinham a má sorte de cair em mãos turcas eram ou mantidos acorrentados na Prisão de Bagnio ou usados como escravos nas docas de Tofana.[8]

Elgin argumentou junto ao sultão que Malta era agora uma possessão britânica, o que fazia com que os malteses fossem súditos britânicos e, portanto, pedia a sua libertação. Para sua surpresa, seu pedido foi atendido rápida e incondicionalmente e, no dia seguinte, Elgin conseguiu ter todos

---

[7]Nisbet, *Letters*, 217.

[8]St. Clair, *Marbles*, 85.

* A fumigação com objetivos de desinfecção era uma prática comum na época. Garantia-se a melhor proteção expondo o corpo aos vapores de amoníaco, enxofre ou mercúrio. A fumigação por injeção de fumo de tabaco no intestino grosso também era um procedimento médico reconhecido.

os escravos recém-libertados presentes na colocação da pedra fundamental do novo palácio britânico. Inicialmente, o sultão recusou-se a participar, mas por fim acedeu ao forte argumento de Elgin de que, ao fazer isso, estaria homenageando a rainha da Inglaterra, por ocasião de seu aniversário.

Elgin trajou o uniforme de gala para as cerimônias e, antes de sair de casa, ele e todos os membros de sua equipe foram alertados pelo dr. Scott a cobrirem o nariz e a boca com protetores de tecido. Como estava chovendo forte quando saíam, Elgin solicitou liteiras, e todo o grupo foi transportado ao novo palácio. Assim que transpuseram o portão, viram os malteses alinhados em duas fileiras. Imediatamente, Elgin e seu grupo foram saudados por três jubilosos vivas. "A alegria que esses escravos demonstraram superou todas as expectativas. Eles choravam, riam e se abraçavam, dizendo que enquanto vivessem rezariam pelos Elgins".[9]

As cerimônias foram breves. Embora tivessem sido armadas barracas e houvessem preparado um grande jantar, os ventos tempestuosos e a chuva os levaram para dentro, onde foram feitos discursos e distribuídos presentes. Cada um dos escravos recebeu roupas novas e 48 piastras do sultão, e durante a longa recepção que se seguiu, muitos dignitários de países estrangeiros foram até Elgin para elogiá-lo pelo ato benevolente.

A 16 de janeiro de 1803, Elgin deixou o Palácio Britânico ao romper do dia para fazer sua última visita à Porta. Ele e sua equipe haviam trabalhado durante várias semanas para limpar as salas do prédio da embaixada e levar todos os registros para bordo da fragata *La Diane*, juntamente com malas de roupas, livros, presentes e mobílias. Tudo estava pronto para que seu sucessor assumisse o cargo. Embora toda a equipe da embaixada estivesse ansiosa por voltar à Inglaterra, Elgin era o mais impaciente de todos. Alcançara os objetivos da sua missão e agora enfrentava a difícil tarefa de pôr em ordem sua enorme coleção de mármores. Depois disso, planejava promover sua carreira política.

De volta do palácio, foi de sala em sala para certificar-se de que nada estava sendo esquecido e, pouco antes da hora de partir, despachou uma mensagem apressada a Lusieri em Atenas: "Se eu ainda dispusesse de três anos e de todos os recursos necessários, eu os empregaria todos em Atenas. O menor objeto da Acrópole é uma jóia!".[10]

---

[9]Foreign Office, *British Foreign and State Papers*, 78/33.
[10]Smith, *Elgin*, 234.

O trajeto até às docas foi alegre. Os telhados de Constantinopla fundiam-se brilhantemente contra o claro sol de inverno, e a população, ciente da partida de Elgin, tomava conta da rua de ambos os lados da carruagem, gritando "Elkin! Elkin!". Mesmo os turcos mais fleumáticos acenavam e saudavam, enquanto suas mulheres inclinavam a cabeça com os olhos cobertos.

Houve uma recepção final a bordo de *La Diane*. Trocaram-se presentes com o sultão, houve música, armas foram disparadas. Partindo finalmente do movimentado porto, *La Diane* foi escoltada por Selim II, enquanto de ambos os lados da praia a multidão saudava e agitava bandeiras inglesas em miniatura. Elgin parecia satisfeito, embora o irritasse ver que os turcos haviam esperado até sua saída do país para lhe votarem o devido respeito.

Um brigue inglês navegava ao lado do *La Diane*, como precaução contra os piratas, e atrás deles vinha um barco de Ragusa, levando as várias centenas de escravos malteses de volta à ilha natal. *La Diane* era um navio grande o bastante para transportar toda a embaixada, inclusive o dr. Scott, Masterman, o mensageiro Duff, o reverendo Hunt, os dois secretários de Elgin, Hamilton e Stratton, e a corajosa *paramana* grega, Calitza, que, emocionada, declarara que iria dedicar o resto da vida a cuidar dos filhos de Elgin.

Após uma lenta passagem pelos Dardanelos, eles lançaram âncora na ilha de Tenedos e, embora o mar estivesse calmo, Lady Elgin insistiu em passar a noite em terra. Acenderam uma fogueira e Duff armou uma barraca. Acordaram cedo na manhã seguinte, em meio a uma violenta tempestade, e tiveram de abrir caminho à força entre as ondas agitadas para voltarem ao navio. Lady Elgin desceu e levou as crianças para a cama, e em seguida decidiu ir ao convés com Masterman e o jarro de vinagre.

A tempestade persistiu por quatro dias. A tripulação do capitão Maling, porém, levou-os a salvo à baía de Mântria, onde todo o grupo desembarcou. Hunt foi enviado para obter cavalos e jumentos a uma aldeia das proximidades e, após refletir bastante, Elgin decidiu que o capitão Maling deveria seguir para o Pireu sem eles. Todos a bordo, à exceção do capitão, haviam sofrido muito durante a tempestade, e Elgin raciocinou que seria melhor seguirem o resto da viagem por terra. Atenas não ficava muito longe de Mântria e poderia ser alcançada em dois dias.

Pouco antes do meio-dia, todos montaram seus animais e partiram. A princípio, a *paramana* preferiu ir a pé, mas depois de lutar contra as invencíveis montanhas por uma hora, ela se rendeu e lhe deram o burro mais vigoroso. A certa altura, chegaram a um vilarejo onde, após muita discussão e barganha, Elgin conseguiu obter um alojamento adequado em um *han*, uma humilde cabana de pastores, feita de barro e com teto de colmo. Uma pequena lareira ladeava a parede perto da porta, e enquanto Masterman fazia as camas, Hunt mandava trazerem comida. Cearam e em seguida caíram na cama, exaustos. "Quase imediatamente fomos assaltados por pulgas, e as crianças tinham de ser tiradas da cama a cada dois minutos. Mas em vão. O inimigo nos superava demais em número."[11]

Pela manhã, depois de uma refeição de leite e queijo de cabra, retomaram a viagem. Duff improvisou um meio de carregar as crianças, apoiando um grande cesto de palha em cada jumento e em seguida amarrando-o firmemente pelo meio. Bruce e Mary gostaram tanto daquilo que também eles tiveram de ser amarrados, para não caírem do cesto. Quanto à pequena Matilda, aconchegou-se ternamente nos braços da *paramana* e dormiu. Antes de partir, o dono do *han* informou-os de que Atenas ficava a nove horas de distância.

Ao meio-dia, deram com uma aldeia reluzente de tão branca, empoleirada no alto de uma montanha. A princípio, os habitantes os encararam com certa desconfiança, mas logo demonstraram ser muito hospitaleiros e ofereceram-lhes toda a comida de que dispunham. Ficaram especialmente entusiasmados com as crianças, chamando Bruce de "Anjo Loiro" e insistindo em que Mary e Matilda, com seus cabelos negros brilhantes e olhos castanhos, fossem crianças gregas abandonadas que os Elgins haviam adotado.

O grupo tirou um rápido cochilo e em seguida retomou a viagem, contornando a altíssima montanha e arrastando-se com dificuldade por um vale desolado, de calcário e areia. O lugar era completamente sem vida. Ao anoitecer, começou a chover forte. As crianças foram rapidamente agasalhadas e pediram-lhes que ficassem quietas até que Duff montasse a barraca. Mas a chuva foi passageira e, quando parou, Elgin ordenou que todos seguissem adiante.

---

[11]Nisbet, *Letters*, 233.

Atenas

Estava completamente escuro quando entraram em Atenas. O cônsul Logothétis não cabia em si de contentamento por vê-los e, apesar da hora tardia, mandou que seus criados servissem comida e vinho. Assim que as crianças acabaram de comer, os três foram levados pelo gigante calmuco para seus quartos, no segundo andar. Enquanto isso, Elgin, depois de sobrecarregar Lusieri com um sem-número de perguntas sobre as atividades dos artistas em Atenas, foi informado de que os caixotes restantes de mármores do Partenon já estavam a caminho da Inglaterra, graças à assistência voluntária do capitão J. C. Clarke do HMS *Braakel*. Não muito tempo depois do naufrágio do *Mentor*, o capitão Clarke fora chamado por Hamilton e Lusieri para ajudá-los a transportar do Pireu os caixotes de mármore restantes, o que fez de boa vontade. Os mármores foram colocados no navio com grande cuidado, "mas quando o *Braakel* saiu do porto de Pireu, encalhou e esteve a ponto de naufragar por falta de braços para descarregá-lo e livrá-lo".[1]

Hunt estava em Atenas, na época, e nas primeiras horas da manhã seguinte fez uma rápida visita ao voivode e lhe pediu que enviasse imediatamente cem homens ao Pireu. Inicialmente, o voivode hesitou, mas a persistência de Hunt acabou por vencê-lo. O dia foi de grande excitação, e quase todos os atenienses acorreram ao Pireu "para ver o espetáculo e, por sorte, o *Braakel* foi salvo".[2]

Ao saber desse quase desastre, Elgin deu vazão à sua contrariedade e perguntou a Hunt: "Como estava o tempo?" O capelão respondeu:

> Meu Senhor, um marinheiro mal pode acreditar que o *Braakel* foi dar direto em terra escarpada, com vento vindo de terra, em uma noite limpa e de bom tempo. De fato, o acidente foi atribuído a uma terrível teimosia da parte do mestre, que estava no turno de vigília da meia-noite quando tudo aconteceu.[3]

---

[1]Smith, *Elgin*, 240.
[2]St. Clair, *Marbles*, 119.
[3]Smith, *Elgin*, 239; também William Falconer, *The Shipwreck*, 207, que contém o relato pessoal do capitão Clarke sobre o incidente.

No entanto, sem a ajuda do capitão Clarke* os valiosos pertences de Elgin jamais teriam saído do Pireu. A operação durou cinco semanas inteiras, e foram embarcados nada menos que quarenta e quatro caixotes de mármore do Partenon, de longe o maior e mais importante carregamento até então. Muitos outros se seguiriam, pois Lusieri comunicou a Elgin suas novas aquisições. Ele havia escavado uma área não distante do Partenon e encontrara seções colossais do mesmo frontão que fora derrubado pela explosão de Morosini, em 1687. Entre eles estava o torso de Zeus, a Níke, o Hermes e muitos outros. Lusieri também iniciara escavações no lado sul da Acrópole, desenterrando um tesouro de métopes caídas e de partes de um longo friso, mas o mármore era tão pesado e grande que ele teve de mandar serrá-lo, para retirar as partes sobre as quais as esculturas estavam entalhadas, e só assim puderam transportá-las às docas do Pireu.

Elgin ficou horrorizado ao ouvir que os mármores ainda estavam nas docas, à vista dos agentes de Bonaparte, mas Lusieri lhe garantiu que estavam bem guardados, noite e dia. Foi então que Logothétis se pôs de pé, com um copo de brandy na mão, e anunciou que todos estavam convidados para o casamento de sua filha, no domingo seguinte. Elgin apresentou-lhe suas desculpas, lembrando-lhe que o capitão Maling e *La Diane* estavam à sua espera nas docas do Pireu, mas a sra. Logothétis suplicou-lhe que aceitasse, pois seria uma grande honra para eles que os Elgins estivessem presentes à cerimônia. Quando Elgin por fim acedeu, foram erguidos mais brindes e, esperando até que todos os demais se retirassem para seus quartos, Elgin informou a Lusieri que deveria permanecer a seu serviço até segunda ordem. Uma vez que os outros artistas não tinham mais nenhum compromisso em Atenas, Elgin também instruiu Lusieri para dispensá-los a todos e informá-los de que já estavam livres para voltar a seus países.

Lady Elgin teve uma ótima noite de sono, a primeira em quase duas semanas. Na manhã seguinte, Elgin não tomou o café da manhã, partindo imediatamente com Lusieri para inspecionar os caixotes com os mármores nas docas do Pireu. A sra. Logothétis convidou Lady Elgin para acompanhá-la e à filha em uma visita à costureira, mas Lady Elgin delicadamente declinou do convite, queixando-se de cansaço. Durante o resto da manhã, leu para Bruce as fábulas de Esopo, enquanto a *paramana* cuidava de Mary e Matilda.

Depois do almoço, ela cochilou um pouco e em seguida vestiu um vestido de linho branco e um chapéu com um laço preto. Antes de sair,

---

* O capitão J. C. Clarke era irmão do adversário de Elgin, Edward Daniel Clarke, o que constitui o coroamento deste estranho episódio.

deixou ordens a Masterman e à *paramana* para que dessem de comer às crianças bem cedo, às cinco horas. Na rua poeirenta, passavam por ela rostos gregos e turcos. Crianças barulhentas brincavam com roupas desconjuntadas e rasgadas, enquanto mendigos se acocoravam por toda parte, de mãos estendidas. Mas os olhos dela estavam cravados na Acrópole. De repente, uma onda de tristeza tomou conta dela. Inexplicavelmente, seu corpo inteiro começou a tremer; lágrimas invadiram seus olhos. A sensação persistiu mesmo depois que o sol começou a cair por trás dos ombros maciços do monte Licabeto.

Já era quase noite quando ela se voltou para deixar a Acrópole. À sua direita, o sol já se havia posto atrás de Elêusis, deixando um rastro púrpura sobre as lápides de cerâmica. Na base dos degraus dos Propileus, ela parou, e, por um momento obsessivo, olhou para cima novamente, na direção do Partenon ferido, antes de correr para a casa do cônsul.

Na manhã do casamento, Elgin trajou seu uniforme de gala, e Lady Elgin acompanhou a noiva dentro da minúscula igreja bizantina de São Jorge, no topo do monte Licabeto. A cerimônia foi insuportavelmente demorada, e os convidados quase sufocavam sob as densas nuvens de incenso. Na recepção oferecida na casa do cônsul, os Elgins sentaram-se a um canto do espaçoso salão, enquanto os convidados e os dignitários cumprimentavam os noivos. Por alguma estranha razão, o reverendo Hunt escolheu essa ocasião para falar a Elgin acerca de uma carta que acabara de receber de um homem chamado Ioanes Venizelos, professor em uma escola de Atenas sustentada por ricos venezianos.

> Estou certo de que se você visse Atenas hoje sentir-se-ia muito infeliz. Uma coisa em especial o entristeceria, como faz com todos os que têm algum entendimento das coisas: a última espoliação do Templo de Atena na Acrópole e das demais relíquias da Antigüidade!
>
> O templo está agora como uma nobre e rica dama que tivesse sido roubada e perdesse todos os diamantes e jóias. Ah, como nós, atenienses, nos sentimos abalados com tudo isso, e como devemos louvar e admirar aqueles antigos heróis de Roma (Pompeu e Adriano) quando vemos essas coisas![4]

Esse foi o primeiro protesto grego contra a pilhagem cometida por Lord Elgin. Pouco depois, o amigo e companheiro de Lord Byron, John Cam Hobhouse, somaria sua voz à dele.

---

[4]Ioannes Gennadios, *Lord Elgin and the Previous Archaeological Invasions of Greece, Especially Athens*, 2.

> Eu nada disse da possibilidade de as ruínas de Atenas serem (no caso de uma revolução em favor da Grécia) restauradas e colocadas em condição capaz de resistir aos ataques da deterioração; pois um acontecimento dessa natureza não pode nunca, creio, ter entrado na cabeça de quem quer que tenha visto Atenas e os atenienses modernos. Mesmo assim, não posso deixar de mencionar as singulares palavras de um grego culto de Ioánina, que me disse: "Vocês, ingleses, estão levando embora as obras dos gregos, nossos antepassados. Preservem-nas bem, porque um dia iremos recuperá-las!".[5]

A referência de Hunt à carta de Venizelos não perturbou Elgin, sobretudo porque ele sempre achou que os gregos modernos não tinham nenhuma semelhança com seus antigos heróis.

> Na verdade, eles não têm absolutamente nada em comum com eles, e durante séculos permitiram que os turcos os escravizassem. Pior ainda, esses mesmos gregos modernos encararam as magníficas obras de Fídias com ingratidão e indiferença. Eles não as merecem![6]

Essas expressões de indignação tiveram efeitos profundos sobre Lusieri, que um dia foi visto estremecer em seu posto na Acrópole, mas não por problemas de saúde.

> Como ele [Lusieri] comentou conosco, ultimamente tem tido esses ataques toda vez que uma fragata inglesa ou francesa ancora no Pireu. Os jovens recrutas são então soltos entre os veneráveis monumentos de Atenas, e raramente são dissuadidos de praticar as mais despudoradas devastações das estátuas, cornijas e capitéis, dos quais retiram recordações de sua viagem a Atenas.[7]

Protestos dessa natureza tornavam-se mais freqüentes a cada dia, mas mesmo assim ninguém esboçou um gesto sequer para deter a pilhagem. Como observou o viajante inglês Peter Edmund Laurent:

> A última vez que visitei a cidadela, foi para mim muito desagradável ver um oficial inglês da Marinha de pé sobre a base de uma das

---

[5]John Cam Hobhouse, *A Journey through Albania and Other Provinces of Turkey, in Europe and Asia, to Constantinople*, 347.

[6]F. S. N. Douglas, *An Essay on Certain Points of Resemblance between the Ancient and Modern Greeks*, vol. 1: 85.

[7]T. S. Hughes, *Travels in Sicily, Greece, and Albania*, sec. 1:266.

> Cariátides, agarrando-se com a mão esquerda ao redor da estátua enquanto a mão direita, segurando uma pedra dura e pesada, tratava de arrancar o único nariz restante das seis estátuas belamente esculpidas. Exerci minha eloqüência em vão na tentativa de preservar aquele monumento artístico.[8]

H. W. Williams, mais uma testemunha ocular, observou que

> quando os agentes de Elgin removeram a Cariátide do Erectêion, Atena chorou a perda de sua virgindade. Mas houve lamentações mais ruidosas da parte das demais Cariátides, que procuravam a irmã violada. E mais tarde, quando os operários de Elgin transportavam o último mármore para o Pireu, tiveram de parar bruscamente e baixá-lo ao chão; e não puderam ser convencidos a transportá-lo mais adiante, alegando ouvir os melancólicos gemidos de Atena no fundo de cada veio de mármore![9]

Elgin, é claro, considerava tudo isso idiotice, o balbucio supersticioso de mentes fracas e iludidas.

La Diane aportou na ilha de Cerigo seis dias depois. Elgin e Hunt foram a terra para inspecionar os restos do *Mentor*, enquanto Lady Elgin e as crianças observavam do convés da fragata. Quando finalmente voltaram, Elgin contou que não havia esperanças de um dia reerguer o *Mentor*, já que as tempestades de inverno haviam feito o navio em pedaços. Durante o resto do dia, permaneceu sozinho, imerso em melancolia. Aquela noite, no jantar, começou a falar em termos bombásticos sobre a enormidade de suas despesas: a operação de salvamento custara-lhe mais de seis mil libras, sem mencionar a perda do próprio *Mentor*.

Um vento poderoso apossou-se do *La Diane* e o levou a Cândia (Creta) mais depressa que o esperado. Ancorando no porto de Canea, foram a terra na barcaça do capitão e acharam o clima surpreendentemente ameno para meados de fevereiro. Enquanto caminhavam pela areia, depararam com uma grande colônia de leprosos, muitos dos quais sentados junto à praia, a olhar o mar. Ninguém ousou aproximar-se deles, exceto Elgin. Foi por isso duramente repreendido pela esposa, e seguiram em frente por mais um quilômetro, até armarem as barracas. Vários homens da tripulação adentraram as terras para apanhar lenha, e logo foi acesa uma boa fogueira.

---

[8] Peter Edmund Laurent, *Recollections of a Classical Tour*, 110. A destruição das cariátides no Erectêion também é mencionada em Williams, *Travels in Italy*, 316.

[9] Williams, *Travels in Italy*, sec. 2:307.

Masterman cuidou da cozinha: uma sopa de feijão fradinho, bocados de queijo de cabra, azeitonas e pão preto. Em seguida, as crianças foram rapidamente agasalhadas e postas em camas improvisadas sobre a areia.

Pela manhã, foram despertados por um vozerio áspero e por um arrastar de pés. Várias centenas de homens, vestindo longas pantalonas e usando faixas de couro preto sobre a testa, haviam cercado as duas barracas. O obeso líder de meia-idade adiantou-se lentamente e se apresentou como Nouri Bey, governador de Creta. Olhando de relance para Elgin, recuou horrorizado. O dr. Scott rapidamente lhe garantiu que aquilo não era motivo para alarme e que as feições de Elgin não haviam sido provocadas pela lepra. Nouri Bey, porém, não ficou convencido, o mesmo acontecendo com seus homens, e durante toda a tensa recepção, os cretenses se mantiveram a uma distância segura de Elgin.

Ainda evidentemente embaraçado, Nouri Bey providenciou algumas liteiras, e o grupo foi transportado ao palácio do governador, uma grande mansão de pedras brancas, guardada por sete colunas dóricas que Nouri Bey orgulhosamente se gabou de terem pertencido ao Templo de Afrodite em Canea. Naquele momento, como escreveu Lady Elgin à mãe, o harém de Nouri Bey fez sua aparição.

> Elas vieram carregadas pelo pátio em caixas cobertas – duas das quais levadas por uma mula – como alcofas ciganas. Sobre suas cabeças havia cortinas de tecido escarlate para protegê-las dos olhares da multidão que já se reunira ao redor do palácio. As mulheres do harém pareciam achar engraçadas as minhas maneiras e as minhas roupas. Uma delas se adiantou e me deu de presente um frasco de água de rosas, enquanto as outras tocavam meu cabelo, minhas jóias e meus braços, sem nenhuma cerimônia. Durante toda a longa inspeção, Masterman manteve-se a meu lado, nervosa e apreensiva.[10]

Voltaram a *La Diane* na manhã seguinte bem cedo, e velejaram a sotavento de Creta diretamente para Malta, lá chegando a 23 de fevereiro de 1803. “Por causa da peste que grassa, as autoridades da ilha ordenaram que ficassem vinte dias de quarentena.”[11] Foi-lhes permitido, porém, saltar em terra e hospedar-se no Palácio Boghi, um dos mais finos edifícios de Malta até ser severamente danificado por canhões franceses. Depois de ser informado de que boa parte da frota britânica estava ancorada em Malta, Elgin dirigiu-se

[10]Nisbet, *Letters*, 204.
[11]Smith, *Elgin*, 258.

imediatamente com o capitão Maling à Pratique House, para falar com os comandantes; para isso conseguiu suspender temporariamente a quarentena. Posteriormente, foram providenciados aposentos elegantes a todo o grupo em uma grande *villa* de propriedade de um rico armador italiano.

Permaneceram em Malta por dois dias, tempo suficiente para verem os escravos malteses em segurança em suas casas. Foi concedida a Elgin a maior honraria da ilha, em uma longa cerimônia realizada no convés do *La Diane*, mas enquanto em Constantinopla ele ficara profundamente comovido com o respeito e a gratidão dos escravos, agora parecia impaciente com tudo aquilo e ansioso por sair dali.

No mar, Lady Elgin estava decidida a fazer com que o comportamento do marido não interferisse em sua própria alegria e a combater todos os sentimentos negativos, e mergulhou na leitura dos seus livros. *La Diane* já havia deixado Malta há três dias quando Lady Elgin percebeu que o mar não a afetara; mas agora a mera recordação desse pensamento trouxe de volta o problema, embora tentasse desesperadamente pensar em outras coisas: na cômica aparição de Lusieri na Acrópole, na deslumbrante vista do Bósforo, no último carregamento de mármores em segurança a bordo da fragata britânica que Lord Nelson relutantemente enviara ao Pireu pouco antes de saírem de Atenas.

Aquela noite, Elgin compareceu à mesa do capitão, mas se ateve mais ao vinho do que à comida. Hunt começou a narrar algumas de suas experiências em Épiro, mas Elgin não o escutava. Recusou o chá e os pastéis e, sem se preocupar em pedir licença, levantou-se da mesa e se retirou para a sua cabine. Lady Elgin permaneceu com Hunt por um breve momento, e depois resolveu caminhar pelo convés. O vento estava muito frio, e, embora o mar se agitasse energicamente sob seus pés, não sentiu nenhum incômodo além das renascentes saudades da Escócia.

Não pararam na Sicília, mas prosseguiram diretamente para Nápoles, lá aportando três dias depois. As autoridades italianas guardavam um pacote de cartas para Elgin. Uma era de Lusieri, com notícias de mais escavações em Delfos e de outro grande tesouro de aquisições; uma segunda carta era de sua mãe, a viúva condessa de Elgin:

> Fique por favor sabendo que o *Braakel* aportou recentemente em Portsmouth e descarregou cinqüenta caixotes de mármores, os quais consegui guardar (juntamente com os carregamentos anteriores) na casa da Duquesa de Portland, em Westminster. Depois de quinze dias, ela ficou irritada porque estavam atravancando seu terreno e me pediu

que os levasse para outro lugar. Por sorte, o Duque de Richmond os transportou até sua casa, mas logo também ele demonstrou aborrecimento por ver tantos caixotes, no total de cento e vinte toneladas de mármore, espalhados por sua propriedade, e assim fui obrigada a alugar uma casa grande na esquina de Piccadilly e Park Lane, com um jardim bem espaçoso.

Em pouco tempo, foi construído um galpão e, depois de os operários terem desembalado todos os mármores, nós os ajeitamos da melhor forma possível, tendo em conta seu peso gigantesco. Foi impossível dispor a coleção de maneira sistemática. Isso vai ter de aguardar a sua chegada. Assim, informo a você que as esculturas, inscrições, métopes, frisos e fragmentos arquitetônicos estão agora guardados dentro do galpão. No centro está a Cariátide, tendo as outras figuras sido colocadas ao redor dela, segundo o tamanho e a forma. O torso de Hermes foi posto no alto de uma coluna com inscrições e foi esplendidamente contrabalançado do outro lado da sala pela cabeça de cavalo do frontão Leste do Partenon.

Há outros caixotes de mármores nas docas. Os carregamentos continuam chegando a intervalos regulares, e empreguei agentes para que estejam presentes na Alfândega de Londres e cuidem de cada peça. Como você bem sabe, muitas dessas antigüidades têm narizes, pernas e braços quebrados, falta-lhes a cabeça. Há um homem aqui cujo nome é John Flexman e é chamado "o Fídias inglês". Embora diga que as partes restauradas serão inferiores ao original, o que pode provocar uma constante fonte de discussões, ele é de opinião que deve ser feita a restauração, pois isso aumentaria o valor financeiro da coleção. Ele avalia o custo dos serviços em cerca de vinte mil libras.[12]

Depois de mandar Hunt chamar uma carruagem, Elgin sentou-se de mau humor e escreveu uma rápida resposta à mãe, avisando-lhe que não gastasse mais um tostão com os mármores. "Vinte mil libras por um Fídias inglês!"

O dr. Scott decidiu que as crianças não deveriam sair do navio. Nápoles era uma cidade suja, e havia uma preocupação cada vez maior com a peste, que já atingira a maior parte das cidades vizinhas. Por conseguinte, Scott sugeriu que os Elgins seguissem por terra pela Itália e pela França, deixando as crianças a bordo do *La Diane*, sob os cuidados da *paramana* grega. Com a chegada do navio à Inglaterra, as crianças seriam confiadas à mãe de Elgin.

---

[12]St. Clair, *Marbles*, 149.

Foi uma decisão difícil para Lady Elgin, mas ela teve de concordar que Scott estava certo. Houve abraços cheios de lágrimas e tristes despedidas, após os quais foram dadas instruções a Hamilton e Stratton acerca dos muitos caixotes de mármores que aguardavam liberação e pagamento de tarifas na alfândega de Londres.

Enquanto *La Diane* partia lentamente do porto de Nápoles, Lady Elgin estava novamente à beira das lágrimas, até que seu marido a tranqüilizou, dizendo que aquela fora uma decisão sábia, sobretudo porque a guerra poderia estourar novamente. Elgin soubera pelas autoridades italianas em Nápoles que o conde Sébastiani fora levado ao Levante por Bonaparte, o que mostrava claramente que, se a guerra estourasse novamente, Napoleão com certeza invadiria o Egito.

Os Elgins haviam conhecido Sébastiani durante a estada em Constantinopla. Lady Elgin ficara especialmente impressionada.

> Há um *Beau* francês, inteligente, que acaba de chegar de Paris para assinar um Tratado de Paz com os turcos. Chegou dois dias atrasado. Ele nos visitou e foi extremamente gentil; um outro jovem veio com ele; os dois se vestem perfeitamente *à la mode* e são realmente lindos. Gostaria que você visse como todos os tratam com demonstrações exageradas de afeto.[13]

Uma vez que Bonaparte fizera recentemente a arrogante declaração de que "seriam necessários apenas seis mil homens para reconquistar o Egito",[14] a presença de Sébastiani no Levante era vista com muita apreensão e desconfiança pelo governo britânico. Como marechal de França, a missão de Sébastiani com certeza implicava a intenção de investigar o estado atual dos exércitos egípcio e turco.

Durante a longa viagem de carruagem até Roma, Elgin parecia aliviado por se ver livre das crianças, e falou com entusiasmo de visitar muitas galerias, ali e em Florença. Hunt e Masterman os acompanharam nessa viagem por terra. Em Roma, Hunt quis imediatamente fazer um *tour* pela cidade, mas Lady Elgin queixou-se de cansaço e insistiu em que primeiro achassem alojamentos adequados. Em poucas horas, encontraram uma casa não longe do Coliseu, e a mulher do proprietário preparou para eles um prato de carne com molho de tomate. Mesmo depois de jantar, Hunt continuou querendo dar uma volta pela cidade, mas Elgin foi de parecer inflexivelmente contrário.

---

[13]Nisbet, *Letters*, 234.
[14]Um trecho do jornal francês *Moniteur*, 130.

Hunt decepcionou-se de novo na manhã seguinte. Calculando que Florença ficava a pelo menos três dias de viagem, Elgin sugeriu alugar uma carruagem de posta puxada por dois cavalos, e partiram. Enquanto isso, Hunt, contrariado pela saída apressada de Roma, pediu que dessem pelo menos uma volta pela rua de São Gregório para, assim, poderem entrever "os sítios antigos próximos ao monte Palatino".[15] Elgin, porém, não gostou da idéia e mandou que o cocheiro seguisse na direção Norte, pela via del Corso.

O espaço exíguo dentro da carruagem teve um efeito opressivo sobre Lady Elgin, e a estrada fora dos limites de Roma era acidentada e cheia de buracos. No entanto, tudo correu bem e eles chegaram no meio da tarde a Spoleto sobre o Tibre, onde comeram e descansaram. Elgin havia calculado mal a distância até Florença, e agora estava convencido de que se prosseguissem rapidamente, poderiam chegar à cidade em apenas dois dias. Hunt discordou.

Depois de atrelada uma nova parelha de cavalos à carruagem eles seguiram em frente, chegando a Perúgia pouco antes do anoitecer. Com a ajuda de um padre da cidade, Hunt conseguiu alojamento em um pequeno albergue, mas só havia dois quartos livres. Para Masterman e Hunt, foram preparados leitos separados no chão, o que Masterman considerou altamente inadequado e, por conseguinte, Elgin teve de convencer o dono do albergue a colocar uma pequena divisória entre os leitos.

Na manhã seguinte, Lady Elgin sentiu-se cansada, mas reuniu forças e tomou a maior parte do café da manhã. Por sorte, a estrada que saía de Perúgia estava bem pavimentada, e eles passaram rapidamente por vários vilarejos à margem do Tibre, a caminho de Arezzo. Depois de outra troca de cavalos, partiram mais uma vez. O mal-estar de Lady Elgin havia piorado; ela, porém, estava decidida a não se queixar. A essa altura, Hunt já superara a depressão que tomara conta dele desde a saída de Roma e, com voz animada, começou uma longa narrativa de sua viagem pela Grécia, em especial por Micenas, Olímpia e Moréia. Foi quando Masterman surpreendeu a todos cantando suavemente:

A highland lad my love was born,
The Lawland laws he held in scorn;
But he still was faithful to his clan.
My gallant braw, John Highlandman. *

[15]Edward Gibbon, *The Decline and Fall of the Roman Empire*, 686.

* Literalmente: Meu amor nasceu como um rapaz das terras altas,/ As leis das Terras Baixas ele desprezava;/ Mas ainda era fiel ao seu clã./ Meu amor galante e elegante, John Highlandman.

A ela se juntaram todos no coro, até mesmo Elgin:

Sing, hey my braw, John Highlandman!
Sing, hey my braw, John Highlandman!
There's not a lad in a' the lan'
Was match for my John Highlandman![16]* *

Parara de chover há pouco quando chegaram a Florença. Atrás das nuvens baixas que se moviam rapidamente, figuras listradas de cinza e branco se entrechocavam com as ruas e edifícios da cidade. Não tiveram dificuldade em encontrar alojamento e, logo depois do jantar, Hunt mais uma vez quis sair para dar uma volta, mas outra vez Elgin frustrou suas esperanças, ponderando que seria melhor esperar até a manhã seguinte.

Hunt foi o primeiro a se levantar. Todos vestiram roupas pesadas, pois o tempo estava frio e úmido. As ruas já estavam repletas de gente; os sinos das igrejas repicavam; padres e freiras passavam rapidamente por eles. No Duomo, a velha catedral de Santa Maria del Fiore, que também era a maior e mais importante igreja de Florença, as matinas haviam terminado há pouco, e uma multidão de fiéis descia a escadaria frontal. Eles esperaram que a igreja se esvaziasse para entrar e examinar cada uma das obras de arte presentes nas paredes, nas janelas e no altar.

Embora a construção de Santa Maria del Fiore tivesse começado em fins do século XIII, sua fachada de mármore ainda estava inacabada. Guerras, brigas internas, dissensões, inundações e terremotos atrasaram seu acabamento. Ao lado se erguia o magnífico campanário de Giotto. Elgin ficou muito impressionado com seus inúmeros baixos-relevos, e até mesmo subiu os muitos degraus até o terraço, do qual se descortinava uma grandiosa vista de Florença.

Do outro lado da rua de pedras arredondadas avultava o Batistério. Lady Elgin admirou as cenas retratadas nos painéis de Ghiberti, que recordavam dez episódios do Velho Testamento: da criação de Adão e Eva à recepção do rei Salomão pela rainha de Sabá.

Caminharam diretamente até a Galleria degli Uffizi, e foram primeiro até às pinturas de Rafael. A partir dali, examinaram as obras de Andrea del Sarto, Perugino, Ghirlandaio e Botticelli. As pinturas estavam dispostas

---

[16]Robert Burns, *The Jolly Beggars*, 63.

** Literalmente: Canta, ó meu amor, John Highlandman!/ Canta, ó meu amor, John Highlandman!/ Não há nenhum rapaz em toda a região/ Que seja páreo para o meu John Highlandman!

em ordem estritamente cronológica. A favorita de Elgin foi *A Sagrada Família* de Michelangelo, ao passo que Lady Elgin preferiu uma tela de Botticelli: *A Adoração dos Magos*, em que foram pintados vívidos retratos de importantes membros da família Medici.

Jantaram em um pequeno albergue perto da Piazza San Firenze, e em seguida passaram o resto da tarde no Palácio Pitti, a residência do duque de Florença.

Já estava escuro quando voltaram a seus alojamentos. Masterman estava à espera com uma refeição quente, e um pouco antes da hora de dormir, a criada preparou um banho quente para Lady Elgin.

Segunda parte

Paris

De Livorno a Marselha, a viagem foi por mar. Foi uma travessia tranqüila, e a costa francesa na tarde luminosa encantou Lady Elgin. De Marselha, seguiram de barcaça Ródano acima, até Lyon, onde Elgin tratou de alugar uma carruagem. No dia seguinte, partiram para Paris, mas estavam a caminho por menos de duas horas quando foram detidos por um destacamento de soldados, sob o comando de um jovem e severo tenente. Elgin desconhecia que a guerra entre a França e a Inglaterra eclodira mais uma vez, ou que o primeiro-cônsul Bonaparte proclamara o seguinte decreto:

> Todos os ingleses alistados na Milícia, entre os dezoito e os sessenta anos de idade, e que portem uma delegação de Sua Majestade Britânica e estejam no momento na França serão feitos Prisioneiros de Guerra, para responderem pelos Cidadãos da República que foram presos pelos vassalos ou súditos de Sua Majestade Britânica antes da declaração de guerra. Os ministros, na medida de suas responsabilidades, estão encarregados da execução do presente decreto.*[1]

Em seu zelo por executar as ordens de Bonaparte, os ministros calcularam que todos os súditos britânicos do sexo masculino tinham a obrigação de servir seu país e, teoricamente, poderiam tornar-se oficiais. Assim, acharam que todo súdito britânico do sexo masculino deveria ser considerado prisioneiro de guerra. Por conseguinte, Elgin e seu grupo foram detidos no Hôtel de Richelieu, em Paris, até segunda ordem. Lady Elgin ficou inconsolável.

---

[1]Smith, *Elgin*, 347.

* O decreto produziu um bom número de prisioneiros, embora não tantos quantos se esperava. Depois de dez anos de guerra, os ingleses de classe média e alta mal podiam esperar para viajar pelo continente. Nos poucos meses de paz, estima-se que nada menos de dois terços da Câmara dos Lordes de então visitaram Paris, inclusive cinco duques, três marqueses e trinta e sete condes. Não é de espantar que os franceses chamassem os visitantes de *milords*. O decreto prendeu cerca de quinhentas pessoas, dos quais cerca de metade pertenciam à aristocracia e à pequena nobreza, e o restante eram profissionais e comerciantes. Quase todos esses *détenus* eram ricos e, à parte seu valor como reféns, contribuíram de maneira significativa para as exportações invisíveis da França. (William St. Clair, *Lord Elgin and the Marbles*, p. 123.)

> Pretendemos ficar uma semana, dez dias no máximo, em Paris. Devo ter cometido graves erros ao lhe escrever, se você não entendeu isso. Recebemos as mais positivas garantias da parte de todos os generais, comandantes e ministros franceses entre Livorno e Paris de que mesmo se a guerra fosse declarada, poderíamos atravessar a França em total segurança. Só soubemos que a guerra havia sido declarada quando já era tarde demais para voltarmos atrás. Como se poderia imaginar que um embaixador seria detido desse jeito! Nunca, desde que o mundo é mundo, aconteceu uma coisa dessas. A noite em que chegamos aqui, Elgin – vendo que Lord Whitworth [o embaixador britânico em Paris] havia partido – imediatamente escreveu a M. de Talleyrand, perguntando-lhe se deveria partir imediatamente para Londres ou se poderia permanecer por alguns dias, para descansar de nossa longa viagem. M. de Talleyrand respondeu que poderíamos permanecer quanto tempo quiséssemos e que poderíamos ter nossos passaportes assim que quiséssemos. Logo no dia seguinte, Elgin foi solenemente declarado prisioneiro de guerra. Quem poderia esperar?[2]

Charles Maurice de Talleyrand-Périgord (1754-1838) foi chanceler sob Napoleão desde os primeiros dias da Revolução. Antes de aceitar o cargo, Talleyrand ponderou sobre o assunto com todo o cuidado, pois tinha de certificar-se sobre os objetivos e ideais da República Francesa. Seu valor era atribuído aos pais, que descendiam das mais nobres e poderosas famílias da França. Eles estavam sempre presentes na corte de Luís XV e, como era o caso de muitos aristocratas, não se dedicavam à educação do filho, deixando-o aos cuidados de uma governanta em Paris. Aos quatro anos de idade, Talleyrand caiu de uma cadeira alta e machucou tão seriamente o pé que passou a mancar para o resto da vida. Na adolescência, foi mandado a um seminário, a fim de se preparar para o sacerdócio.

Como subdiácono, Talleyrand testemunhou a coroação de Luís XVI em Reims. Foi ordenado padre quatro anos depois e, durante a estada em Paris, aproveitou todas as oportunidades para "entrar no círculo de filósofos que freqüentavam o salão da sra. de Genlis".[3] Nessa época, os primeiros troares da Revolução já se faziam ouvir por toda a França.

Elgin ficou chocado ao ouvir que "quase da noite para o dia, o Tratado de Amiens fora jogado ao vento, e Bonaparte agora exigia que a Inglaterra abandonasse não só Malta, mas também o Egito e Gibraltar".[4]

---

[2]Nisbet, *Letters*, 286.

[3]Lady Blennerhasset, *Talleyrand*, 117ss.

[4]Charles Maurice de Talleyrand-Périgord, *Mémoires*, vol. 1:33ss.

Irritado com a detenção, Elgin ressaltou aos guardas que era diplomata, e não um soldado. Aliás, em todas as guerras, era firme convicção de que só os soldados tomavam parte nela, e mesmo durante as guerras do século XVIII, o malote de Dover a Calais continuara a funcionar sem interrupção, e os cavalheiros de Grand Tour haviam sofrido apenas inconvenientes menores. Mas não deram ouvidos a suas objeções.

Sua carruagem foi escoltada até Paris por quatro soldados montados. Através das janelas abertas, Lady Elgin os observava. Não pareciam soldados: barbas por fazer, crostas de barro nas botas e culotes, como rudes camponeses. Todo o caso lhe parecia irreal, e quando finalmente chegaram à capital, ela viu uma multidão de homens – jovens e idosos – reunidos de ambos os lados do *boulevard*, a observar os cavaleiros e a carruagem. As poucas francesas que estavam nas ruas pareciam não estar nem um pouco interessadas no assunto. De sombrinhas nas mãos, continuavam seu passeio, de cabeça erguida e com os vestidos longos flutuando ao vento.

O Hôtel de Richelieu era um edifício de granito vermelho, com vasos de flores em toda a frente. Dois altos ciprestes guardavam uma colossal porta de metal, enquanto diretamente acima de suas cabeças, um balcão de ferro se projetava sobre a rua. Um empregado de uniforme veio escoltá-los até o interior, mas foi rudemente empurrado por um dos soldados. Enquanto isso, seus companheiros retiraram a bagagem da carruagem e a levaram para dentro.

O saguão do palácio tinha espessos tapetes vermelhos que continuavam por uma escada circular acima. Os Elgins seguiram os soldados até o alto da escada, viraram à direita e seguiram por um corredor mal iluminado, até chegarem à última porta. Antes de entrar, receberam um severo aviso:

> Tinham liberdade para andar pelo hotel e também pelos jardins, mas ao acordarem pela manhã, e antes de se retirarem à noite, tinham de registrar seus nomes com o soldado postado à sua porta. Sob nenhuma circunstância tinham permissão de sair do hotel sem uma autorização por escrito.[5]

Todos estavam cabisbaixos quando o soldado fechou enfim a porta. Hunt tentou sem muito ânimo confortá-los, dizendo que a detenção duraria pouco, mas ninguém acreditou nele.

---

[5]St. Clair, *Marbles*, 122.

Enquanto Masterman começava a pôr em ordem as velhas mobílias e a se queixar da poeira que havia em toda parte, Elgin sentou-se à escrivaninha de mogno que ficava perto da janela e escreveu uma carta irritada a Talleyrand, protestando contra a prisão e pedindo sua soltura imediata. Entregou a carta ao soldado que ficava à porta e em seguida foi ao quarto tirar um cochilo. Aproveitando a oportunidade, Masterman confidenciou baixinho a Lady Elgin que estava muito ansiosa para voltar à Escócia, pois seu pai dera o consentimento para o seu casamento, uma promessa que não podia ser desfeita. Lady Elgin garantiu a ela que, em sua devida hora, seria dada atenção adequada ao caso.

Após o jantar, Hunt se apresentou ao guarda do corredor e pediu permissão para um breve passeio pelos jardins do hotel. Voltou instantes depois, para dizer que o lugar estava repleto de *détenus* ingleses. Elgin, que parecia mais revigorado depois do cochilo, não fez nenhum comentário, mas Lady Elgin apressou-se em expressar seus sinceros desejos de que "com certeza haja pelo menos um bom jogador de uíste entre eles!".[6]

Na manhã seguinte bem cedo, todos registraram seus nomes com o soldado de guarda e passearam pelos jardins. Era um ameno dia de maio: os passarinhos brincavam nas árvores de magnólia e o perfume do jasmim enchia o ar. Logo eles se reuniram a vários outros *détenus*: uma viúva idosa de nome Fitzgerald, sr. e sra. Cockburn, o coronel Joseph Craufurd e o sr. Richard Sterling – todos eles ingleses até a alma. Os Cockburns formavam um casal apaixonado, e permaneceram de mãos dadas durante toda a conversa. A sra. Fitzgerald era agradável e muito sociável. O coronel Craufurd mancava bastante e criticou duramente a Lord Whitworth por abandonar a embaixada no dia mesmo em que a guerra foi declarada. Sterling era um homem de meia-idade, magro, calado e de natureza delicada.

Antes de deixarem os jardins, a sra. Cockburn convidou a todos para um jantar em sua suíte aquela mesma noite, acrescentando que também convidara um jovem cientista chamado Robert Fergusson, escocês e solteiro. Com um brilho nos olhos, o coronel Craufurd gabou-se a Lady Elgin de que nunca sentira falta de uma esposa, e seguiu dizendo em tom brincalhão que

> em toda relação entre um homem e uma mulher, só se deve ter em mente um único ponto: os encontros efêmeros. Esperar ou exigir mais do que isso é um absurdo, pois o que conta na mulher não é a beleza nem o encanto, mas a novidade.[7]

---

[6]Nisbet, *Letters*, 240.

[7]O coronel Craufurd estava citando uma observação popular da época, provavelmente atribuída a Lord Byron.

Essas observações desagradaram à sra. Cockburn, mas Lady Elgin as achou divertidíssimas. Enquanto aguardava que o velho coronel subisse coxeando as escadas, a sra. Cockburn se sentiu na obrigação de explicar que ele estava beirando a senilidade. Elgin, porém, duvidou daquilo e perguntou por que ele coxeava, ao que a sra. Cockburn respondeu em tom acre que o coronel Craufurd dizia tratar-se da seqüela de um velho ferimento, mas os mais próximos a ele suspeitavam de que sofresse de gota.

Enquanto Elgin e Hunt se vestiam para o jantar, Lady Elgin disse a Masterman que fosse até o corredor e pedisse ao guarda a mala grande, imperial. O soldado a trouxe e ficou de lado enquanto Lady Elgin a abria. Ela hesitou um pouco antes de se decidir pelo vestido de renda cor-de-rosa. Procurou as pérolas que combinassem, mas não conseguiu achá-las, nem ao restante das jóias. Todos os objetos de valor haviam desaparecido!

Depois de registrarem seus nomes junto ao guarda, caminharam direto até a suíte da sra. Cockburn. Com exceção do coronel Craufurd, que se sentou em uma cadeira de vime pintada de branco, os demais convidados formaram um semicírculo diante da ampla janela de sacada e bebericavam sherry. Uma jovem criada do hotel os servia. No centro da sala, fora posta uma longa mesa, e cada *couvert* estava meticulosamente arrumado. Quando o jantar estava para ser servido, foi recebido à porta pela sra. Cockburn um jovem alto, de cabelos e bigodes loiros e abundantes, com uma manta negra jogada negligentemente sobre os ombros largos. Ele conversou um pouco com a sra. Cockburn antes de ser apresentado aos Elgins. Surpreendentemente, Elgin se lembrava dele quando rapazinho, e Fergusson replicou recordando-se de visitas freqüentes a Broomhall com a família.

Elgin fez perguntas sobre a saúde de Fergusson pai, e Robert Fergusson respondeu sorrindo que, para um homem de setenta anos, seu pai estava em excelentes condições físicas e todos os dias supervisionava os trabalhadores em sua propriedade de Raith.

Fergusson tinha vinte e seis anos, mas mesmo com sua pouca idade, como geólogo já fizera contribuições notáveis à ciência e era membro da Royal Society. A França deveria ser a última parada de uma longa viagem pelo Continente, para a qual embarcara quase um ano antes de ser preso. Enquanto era servido o chá, Fergusson conversou bastante com Elgin a respeito de Bonaparte, e, no auge da conversa, o jovem solteiro olhou e viu que Lady Elgin o observava atentamente.

A resposta de Talleyrand à carta de Elgin chegou três dias depois.

> O Ministro das Relações Exteriores lamenta o inconveniente de sua detenção em Paris, mas uma vez que a ordem partiu diretamente de

Bonaparte, pouco posso fazer, exceto oferecer minha sincera esperança de que sua detenção seja breve.[8]

Elgin ficou desanimado e se recusou a fazer o passeio matinal pelos jardins junto com os demais. Durante quase duas semanas, comeu muito pouco e evitou conversar, mesmo com a esposa. Uma tarde, pouco depois de cochilar um pouco, Lady Elgin desceu até os jardins e soube pelo coronel Craufurd que o conde Sébastiani estava em Paris. Confiante de que, como novo marechal do exército francês, Sébastiani com certeza teria influência sobre Bonaparte, Lady Elgin rapidamente lhe enviou um convite e a 12 de julho de 1803, Sébastiani compareceu ao Hôtel de Richelieu. Antes de sua chegada, Masterman arrumou com esmero a suíte, colocando flores novas em vasos limpos, e em seguida preparou uma sobremesa.

Com esperanças renovadas, Elgin sentou-se à escrivaninha "e escreveu um longo despacho a Lusieri em Atenas, alertando-o a manter sob constante vigilância a grande coleção de mármores do Partenon que ainda estava nas docas do Pireu, à mercê dos franceses".* [9]

Sébastiani foi escoltado até o apartamento dos Elgins ao meio-dia em ponto. Para Lady Elgin, ele parecia ainda mais bonito do que na época de seu primeiro encontro em Constantinopla. Trajava um uniforme azul e vermelho repleto de medalhas e condecorações. Desde o começo, ficou realmente contente em vê-los e tentou fazer piadas sobre a triste situação do casal, dizendo que não conseguia compreender "porque Elgin estava virando o mundo de cabeça para baixo para sair de um país tão belo como a França. Afinal, eram tratados com a maior cortesia".[10]

Elgin não achou graça e mais uma vez pediu que fossem soltos imediatamente. Sébastiani, sorrindo, lembrou-lhe que seus países estavam em guerra e que a Inglaterra prendera centenas de civis franceses. Até que eles fossem soltos, todos os súditos britânicos na França teriam de ficar detidos também. Mas à parte isso, Sébastiani ressaltou que a animosidade de Bonaparte contra Elgin jamais poderia ser apaziguada, pois Elgin conseguira roubar os mármores do Partenon, que Napoleão queria ver no Louvre.

Para Lady Elgin, foi fácil vencer o conde Sébastiani por meio de elogios e lisonjas e, como bom cavalheiro francês, ele se mostrou receptivo. Ao

---

[8]Nisbet, *Letters*, 248.
[9]Smith, *Elgin*, 360.
[10]Nisbet, *Letters*, 250ss.
* A essa altura, o crédito de Elgin era considerado arriscado demais pela maioria dos banqueiros europeus. Sua única esperança estava em Malta, onde esperava obter o dinheiro necessário para o último carregamento.

vestir o chapéu e as luvas, ele beijou as mãos dela e prometeu que discutiria com Napoleão a possibilidade de libertá-los. Mas apesar das repetidas garantias, Elgin suspeitava fortemente de que não deveria confiar em Sébastiani.

Vários dias depois, Sébastiani visitou-os novamente, porém, com más notícias: Bonaparte se recusava a considerar a libertação deles no momento. Além disso, "estava para ser publicado um decreto com a expulsão de Paris de todos os *détenus* ingleses, que seriam então transferidos para algum outro lugar do país e obrigados a trabalhar no campo".[11]

Persuadido por Sébastiani, Napoleão levou em consideração a saúde de Elgin e concordou em transferi-lo para Barèges, uma estância de veraneio situada nas alturas dos Pireneus, cujos banhos quentes eram a meca dos turistas.

[11]Michael Lewis, *Napoleon and His British Captives*, 183.

Barèges

Inconsolável com sua triste situação, Lady Elgin mais uma vez procurou refúgio em uma longa carta à mãe:

> Barèges é o lugar mais aborrecido que já vi; altos montes imensos sem nenhuma árvore. Há uma picada que podemos chamar de praticável e segue montanha abaixo por uma hora e meia. Há muitos lugares lindos a uma ou duas horas daqui, mas Barèges em si é horrível. No entanto, acredito firmemente que isto salvou a vida de Elgin. A cada dia ele se sente melhor; acorda às seis ou sete da manhã e sai para uma caminhada de quatro ou cinco horas com o duque de Newcastle, que também está detido aqui, e depois, por volta de uma da tarde, vai passear comigo. Começou agora a tomar banho duas vezes por dia – quando volta da caminhada e à noite, às onze horas. Fica no banho quase uma hora de cada vez.[1]

Os banhos de Barèges não apresentavam interesse para Lady Elgin, pois eram freqüentados sobretudo por mulheres mexeriqueiras, que não tinham nada melhor para fazer do que bisbilhotar a vida das pessoas, ao passo que ela preferia dedicar o tempo ao seu principal prazer, a companhia dos livros. As noites "eram passadas em jantares festivos, concertos e com o uíste. A vida social na estação de águas era diferente da de casa e de Constantinopla".[2]

Por volta de fins de agosto de 1803, um dos principais colecionadores de antigüidades da Europa veio visitar os Elgins. Lady Elgin escreveu à mãe:

> O conde de Choiseul-Gouffier está aqui. Ele é muito agradável, mas o coitado tem tido muita má sorte. Depois de ter perdido quase tudo o que possuía, tinha dinheiro suficiente só para manter uma vila nas proximidades de Paris e almejava guardar ali os mármores e outros itens que coletara em Atenas. No entanto, acabou de receber a informação

[1]Nisbet, *Letters*, 263.
[2]St. Clair, *Marbles*, 125.

de que a fragata a bordo da qual estavam suas antigüidades foi tomada pelos ingleses. Ele estava mesmo com lágrimas nos olhos quando nos contou isso. Disse que depois de ter perdido sua fortuna e quase todas as antigüidades que colecionara com tanto trabalho e tantas despesas, e tendo-as escondido por tantos anos, agora está completamente arrasado com a perda delas.[3]

Em razão de sua fidelidade ao rei da França, Choiseul-Gouffier foi tratado com descortesia por Napoleão, mas depois que o conde voltou do exílio em 1802, Bonaparte perdoou sua deslealdade e até mesmo lhe cedeu a pequena *villa* perto de Paris. Toda a sua coleção de antigüidades, porém, foi confiscada por Napoleão e levada ao Louvre. Choiseul-Gouffier conseguiu suportar esses infortúnios, "mas a perda de uma peça em especial o arrasou: uma seção de mármore do friso do Partenon que seu agente conseguira levar às docas do Pireu e embarcar na fragata francesa *L'Arabe*".[4] O navio estava há apenas um dia no mar quando estourou a guerra. Foi capturado e levado como troféu pelo navio de guerra inglês *Maidstone*, e uma vez que era de lei que todas as propriedades do inimigo que fossem apreendidas deveriam ser divididas igualmente entre a tripulação, *L'Arabe* e tudo o que levava foram leiloados em Malta, "com exceção do friso do Partenon, que foi confiscado por Lord Nelson e mandado para a Inglaterra".[5]

Elgin ficou surpreso ao saber que esse friso "ainda estava retido na Alfândega de Londres".[6] Ficou ainda mais sem palavras quando Choiseul-Gouffier lhe pediu ajuda, certo de que dois fidalgos de nobre tradição não deveriam guardar rancor entre si. O francês estava disposto a pagar as taxas de frete pelo retorno do friso, mas Elgin garantiu-lhe que não era necessário e deu sua palavra de honra de que iria despachar imediatamente uma mensagem a Lord Nelson, solicitando-lhe que o friso fosse enviado de imediato à *villa* de Choiseul-Gouffier em Paris.

O correio do dia seguinte trouxe uma breve carta do capitão Maling: "Ele entregara as crianças em perfeita saúde à família Nisbet, em Archerfield".[7] Nada mais. Nem uma palavra acerca dos mármores de Park Lane, nem sequer sobre o friso de Choiseul-Gouffier, que era agora alvo aberto na alfândega de Londres. Se o capitão Maling tivesse estado alerta, certamente o teria localizado.

---

[3]Smith, *Elgin*, 360.

[4]Legrand, "Biographie de Fauvel", 92.

[5]*Bulletin de la Société Nationale des Antiquaires de France*, 1900, ser. 6:245.

[6]Farington, *Diary*, 5 de dezembro de 1806.

[7]Nisbet, *Letters*, 242.

Pela primeira vez depois de casados, Lady Elgin expressou irritação com a obsessão de Elgin pelos mármores e com sua falta de atenção para com os filhos. Desde o dia em que os mármores do Partenon haviam sido retirados e embarcados para a Inglaterra, a família não tivera mais nenhum momento de sossego. Pior ainda, agora ela achava difícil suportar a terrível saudade das crianças. Desesperada, seu único alívio eram as constantes recordações de Archerfield, da casa do pai dando para o estuário e, em meio ao suave silêncio, as vozes de Bruce, Mary e Matilda a correr para ela, gritando "Mitera!"* [8]

Em setembro, o conde Sébastiani lhes fez uma visita e contou que Napoleão autorizara o salvo-conduto para o retorno de Masterman à Inglaterra, mas Elgin e Hunt deveriam ficar detidos na França como prisioneiros de guerra. Sébastiani tentou aplacar a ira de Elgin oferecendo-lhe a má desculpa de que Bonaparte queria que Elgin permanecesse na França porque o considerava o embaixador extra-oficial, uma vez que Lord Whitworth abandonara o cargo. Abrupta, e um tanto bruscamente, Sébastiani então falou da onda de boatos que circulavam pela França e pelo continente, acusando Elgin pelos maus-tratos deliberados infligidos aos prisioneiros franceses em Constantinopla. *Ah, c'est ce Milord Elgin qui a si maltraité nos compatriotes à Constantinople*![9]+

Uma das histórias era muito inquietante para Elgin. Dizia que ele fizera com que

> um diplomata francês, de nome Beauchamp, fosse condenado à morte, quando na verdade Elgin interviera com êxito junto à Porta para aliviar os sofrimentos não só de todos os prisioneiros confinados nas Sete Torres, como também libertara Beauchamp das mãos de Sir Sydney Smith, que queria que ele fosse decapitado por espionagem. Elgin, além disso, deu ao diplomata francês dinheiro e uma passagem de volta ao seu país.[10]

Outro boato dizia que Elgin tentara ludibriar os franceses em El Arish, muito embora ele tenha sido um dos poucos a sair-se dignamente daquela trapalhada. Por fim, e o que era talvez mais ultrajante, Bonaparte propagara um alerta de que ninguém na França deveria ousar aproximar-se de Elgin, sob risco de contaminação por sífilis.

---

[8]Ibid., 242.

[9]Ibid., 244.

[10]Do jornal francês *Moniteur*, n. 131.

* *Mãe* em grego moderno.

\+ Ah, foi esse Milord Elgin que tanto maltratou nossos compatriotas em Constantinopla! (N.T.)

Dois dias depois da visita de Sébastiani, um contingente de soldados franceses tomou de assalto o chalé de Barèges e capturou Elgin. Ordenaram-lhe que se vestisse e em seguida o levaram sob forte guarda à fortaleza de Lourdes, alguns quilômetros ao sul. A ordem de prisão partiu de Louis-Alexandre Berthier, príncipe de Wagram, marechal do Império e ministro da guerra. Berthier também era chefe do estado-maior de Napoleão e seu companheiro constante, jantando e viajando na mesma carruagem com ele. Anteriormente, havia servido com Lafayette na Guerra Revolucionária Americana.

Quando os soldados levaram Elgin, sua esposa não estava no chalé. Foi-lhe permitido, porém, deixar a ela um breve bilhete de explicação:

> Devo ir a Lourdes; é uma sorte conhecermos (e principalmente você) tão bem o comandante. O oficial que veio foi muito gentil. E agora, meu Anjo, vou falar de meus sentimentos: Deus sabe o horror que tive com tudo isso; nem ouso pensar em você. A princípio, o espanto diante do golpe tomou conta de mim. Quando penso em tudo o que você vem sofrendo desde Constantinopla, minha má saúde e esta detenção, mal posso me conter. Nosso casamento tem sido para você um cenário de contínuos sofrimentos e não consigo me conformar com isso. Que Deus no Céu abençoe meu Anjo tão querido.[11]

Lady Elgin ficou chocada com a prisão do marido.

> Elgin ficará detido no Castelo de Lourdes, o lugar mais terrível que você possa imaginar. O Castelo situa-se sobre um alto rochedo perto dos Pireneus, e é tão insalubre e frio que os soldados de Barèges dizem ter pena dos coitados dos ingleses que ficarem detidos lá.[12]

Agora que Masterman recebera permissão para deixar o país, Lady Elgin sentia-se na obrigação de ir com a criada até Paris. Essa decisão tinha também outros objetivos: em Paris, ela tentaria obter uma audiência pessoal com Talleyrand, para defender o caso do marido, e também esperava visitar diversas de suas relações do Hôtel de Richelieu.

Hunt acompanhou Lady Elgin e Masterman na longa viagem a Paris. Foram até Rabastens no primeiro dia e, depois de uma parada noturna, retomaram viagem. Apesar das estradas ruins e das fortes chuvas, fizeram boa marcha até Cahors. Quando acordaram, na manhã seguinte, as nuvens de tempestade haviam desaparecido e o sol brilhava esplendorosamente.

---

[11]St. Clair, *Marbles*, 129.

[12]Nisbet, *Letters*, 290.

O campo francês de repente se transformou: as casas e as árvores reluziam sob os penetrantes raios de sol, os passarinhos cantavam e as crianças brincavam nas verdes pastagens. No meio da tarde, chegaram a Limoges.

Hunt reservou aposentos no único hotel da cidade, um prédio antigo, de dois andares, mal conservado e recendendo a comida estragada. A cama de Lady Elgin era tão terrivelmente desconfortável que ela a abandonou e foi se deitar em um sofá grosseiro.

Não havia ninguém na recepção do hotel quando se preparavam para sair, na manhã seguinte. Hunt ponderou que não eram obrigados a pagar por um tal inconveniente, mas Lady Elgin o deteve, e Hunt, de má vontade, deixou doze francos no balcão.

Na época, Lady Elgin estava grávida de quase oito meses de seu quarto filho. No entanto, sua energia era notável, e tanto Hunt quanto Masterman achavam difícil acompanhar seu ritmo. Ao meio-dia, estavam no vilarejo de Ambazac, onde pararam para um lanche e um chá. Hunt também providenciou a troca dos cavalos, e chegaram a Orléans antes do cair da noite. Lady Elgin implorou a ele que fosse mais esperto na escolha dos quartos, e ele voltou uma hora depois com a boa notícia de ter conseguido alojamento na casa do prefeito, que fora chamado a Paris em uma emergência. A esposa do prefeito era "uma criatura arrogante, que finalmente se acalmou quando lhe foram oferecidos os serviços de Masterman no preparo da ceia".[13]

No dia seguinte, os fogosos cavalos conduziram a carruagem a Chartres, onde chegaram ao meio-dia. Hunt localizou um pequeno café sobre a margem esquerda do Eure, em uma colina "coroada pela velha catedral de Chartres".[14] Enquanto comiam, Hunt falou sobre a catedral: como fora iniciada no século XI, no mesmo lugar de uma igreja anterior que havia sido destruída pelo fogo, e como outro grande incêndio devorou o novo edifício antes mesmo de estar concluído, mas o clero e a comunidade haviam posto mãos à obra e terminado sua construção no ano de 1240.

Abaixo se estendiam os campos cultivados da Beauce, conhecida como o celeiro da França. O Eure aqui se dividia em três braços, e os viajantes atravessavam as planícies por muitas pontes, velhas e guarnecidas de restos de antigas fortificações. Para Lady Elgin, a principal atração de Chartres, além da catedral, era o agudo contraste entre as ruas íngremes e estreitas da cidade velha e os modernos bulevares arborizados, cuja largura podia comportar pelo menos dez carruagens trafegando lado a lado.

---

[13]Ibid., 146.

[14]A. Cierval, *Chartres, sa cathédral, ses monuments*, 87.

À noite, antes de se retirar, ela aventou a idéia de oferecer propina a Talleyrand, mas Hunt a alertou com veemência contra isso e, abrindo um de seus raros sorrisos, lembrou-lhe que ela já dispunha da melhor arma do mundo, que Talleyrand não poderia ignorar: a *condição de mãe*.

Lady Elgin não recebeu autorização para ver Talleyrand senão três dias depois da chegada a Paris. "Seus escritórios ficavam dentro do velho Palácio de Luxemburgo, que fora construído para se assemelhar ao Palácio Pitti de Florença."[15] Um jardim espaçoso, com muitas árvores e flores, estendia-se à frente da fachada que dava para o sul. Dentro do palácio, a atividade era frenética: homens a correr de sala em sala, oficiais a conversar em voz alta pelos corredores, soldados elegantemente uniformizados de guarda diante das portas. Após uma breve espera, ela foi escoltada até um escritório interno fora do saguão, onde um homem de ombros estreitos estava sentado, encurvado, a uma enorme escrivaninha de carvalho. Ele não percebeu que ela havia entrado na sala, e o auxiliar teve de tocar de leve em seu braço.

Lady Elgin teve a impressão de que "o corpo frágil de Talleyrand era mantido unido somente pelas roupas apertadas".[16] Ele ouviu com atenção o pedido de Lady Elgin e prometeu esforçar-se ao máximo para obter a soltura de Elgin da prisão de Lourdes. Foi um encontro cordial e amigável, ao fim do qual Lady Elgin cativou o ministro "ao mencionar seu desamparo".[17] Antes de se despedir, ela perguntou sobre o passaporte de Masterman, e Talleyrand lhe garantiu que ele lhe seria entregue na manhã seguinte, no Hôtel de Richelieu, onde ela estava novamente hospedada.

Aquela noite, depois do jantar, ela escreveu uma longa carta ao marido:

> Há pouco jantei e bebi à saúde do meu amado Elgin, do fundo do coração. Como vai o meu Elgin? Esta manhã, fui acordada pelo disparo de um número impressionante de armas. Soube que o primeiro-cônsul [Napoleão] voltou a noite passada a St. Cloud, e os relatos dizem que a expedição desembarcou na Irlanda – cinqüenta mil homens. No momento, estou bastante indecisa. Estou muito infeliz por estar separada de você. Disseram-me que a opinião do mundo a seu respeito mudou muito. As pessoas sabem dos erros que cometeram sobre os acontecimentos em Constantinopla. Um homem em particular, que era o mais violento, agora admite o erro e o diz em público. Mas você ainda tem inimigos.

---

[15] G. Michaud, *Talleyrand: Histoire politique et vie intime*, vol. 2:77ss.
[16] Nisbet, *Letters*, 247.
[17] St. Clair, *Marbles*, 129.

> Preciso muito de você; não imagina como me sinto abandonada, embora todos sejam muito atenciosos comigo. O tempo está terrivelmente ruim, com muita chuva e muito vento.[18]

O passaporte de Masterman chegou ao meio-dia do dia seguinte. A criada já estava de malas prontas e à espera no corredor, e quando chegou a hora das despedidas, caiu de joelhos diante de Lady Elgin, chorando e exclamando que era errado partir em um momento daqueles, com Lord Elgin preso e o quarto filho de Lady Elgin para nascer em menos de dois meses. Mas Lady Elgin insistiu para que ela fosse. Era tarde demais para alterar a decisão de Talleyrand – e perigoso demais também.

Lady Elgin estava exausta demais para descer as escadas com Masterman. Em vez disso, ela acenou da janela e depois observou com tristeza a partida da carruagem. Durante o resto do dia, sentiu-se muito triste e rezou para se ver livre da torturante solidão.

> Estou muito triste hoje, pois perdi M. Nunca pensei que pudesse me sentir tão abalada, mas gostava muito dela e tenho certeza de que ela era muito apegada a mim. As despedidas, como você pode imaginar, foram tristes. Que grande perda para mim![19]

Hunt deixou a suíte e voltou ao fim da tarde, para anunciar que esquadrinhara a cidade inteira antes de contratar uma nova criada, uma jovem competente, de vinte e um anos, com as melhores recomendações, tendo trabalhado por seis anos na casa do embaixador americano. Seu nome era Félicité: uma criaturinha recatada, de olhos castanhos espertos e cabelos negros cortados escandalosamente curtos, como os de um rapazinho.

Ficou decidido que deveriam partir para Barèges na manhã seguinte, bem cedo. Aquela noite, Lady Elgin reuniu-se aos outros *détenus* do palácio e ficou decepcionada ao ouvir que Robert Fergusson deixara a capital para uma visita de quinze dias a Le Havre. Antes de se retirar aos seus aposentos, ela mandou grande quantidade de cartas a todos os conhecidos, ingleses e franceses, que pudessem ser úteis na soltura do marido. Também escreveu uma longa carta de protesto ao secretário britânico das relações exteriores e outra a seu pai, pedindo-lhe que "conseguisse apoio político".[20]

---

[18]Nisbet, *Letters*, 245.

[19]Ibid., 247.

[20]Foreign Office, *British Foreign and State Papers*, 27/68.

Ela temia a longa viagem de volta a Barèges; assim que entrou na carruagem que estava à espera seus pensamentos voaram para Elgin. Parecia que na véspera mesmo ele havia sido festejado por reis e sultões, enquanto exércitos inteiros permaneciam em posição de sentido, e agora estava tiritando dentro de uma prisão úmida e insalubre, loge de tudo, da família, de sua devotada equipe e de seus planos grandiosos.

Por volta do fim do mês, finalmente chegou a demorada resposta de Lord Hawkesbury às solicitações de Lady Elgin relativas à possível troca de Elgin pelo general Boyer.

Downing Street

Senhora,

Tive a honra de receber a carta de Vossa Senhoria, que não tardei em levar à presença de Sua Majestade. Seria para Sua Majestade motivo da maior satisfação contribuir para a libertação de Lord Elgin, permitindo a sua troca pelo general Boyer – mas o senso do dever torna impossível a Ele admitir ou sancionar o princípio de trocar pessoas aprisionadas de acordo com as leis de guerra por um de seus súditos detidos na França em violação à Lei das Nações e à palavra dada pelo governo francês.

A história da prisão do general Boyer carece completamente de fundamento. Esse oficial nunca esteve em confinamento, mas foi simplesmente considerado prisioneiro de guerra condicional, e está no momento residindo em Chesterfield, gozando de toda a liberdade que é concedida a pessoas em situação semelhante.

Posso garantir a Vossa Senhoria que é com profundo pesar que me vejo na impossibilidade de atender ao seu desejo. Eu teria sentido o maior prazer em contribuir de qualquer maneira para a soltura de Lord Elgin e para livrar Vossa Senhoria e seu esposo da situação desagradabilíssima em que foram postos pelas medidas arbitrárias do governo francês.

Tenho a honra de ser,
Hawkesbury[21]

Durante a detenção em Lourdes, Elgin tratou de escrever um longo memorando ao rei Jorge III, em que explicava em minúcias os incidentes de sua detenção e encarceramento.

---

[21]Museu Britânico, Manuscritos adicionais 38266 F 5.

> Eu estava detido em Barèges ao mesmo tempo em que Pichegru, Moreau e Georges* estavam presos em Paris, quando um *aide de camp* do general que comandava a divisão me prendeu, obedecendo a uma ordem de que eu deveria ser mandado para confinamento fechado na Prisão de Lourdes, situada nos Pireneus, em retaliação pelos agravos pretensamente cometidos na Inglaterra contra o general francês Boyer, que fora feito prisioneiro nas Índias Ocidentais.[22]

Pouco antes da detenção, Elgin recebera por correio informações secretas de Paris acerca de um oficial francês de chegada da Inglaterra que explicava satisfatoriamente o ódio de que fora objeto o governo britânico devido a deturpações exageradas por ocasião da transferência do general Boyer (por má conduta) de Mansfield para Norman Cross, na Inglaterra.[23] Elgin foi em seguida posto sob custódia de gendarmes e levado à cidade de Pau, onde fez seu relatório ao prefeito do departamento, o conde de Castelane, um fidalgo não menos pelos sentimentos e maneiras do que pelo berço. Depois de saber da detenção de Elgin, exclamou o conde: "*J'aurais volontiers donné cinquante mille écus de ma poche que ceci ne fut pas arrivé chez moi!*".[24] (Daria de bom grado cinqüenta mil *écus* de meu bolso para que isso não acontecesse por aqui!)

Animado pelo exemplo do conde, o recebedor geral do departamento ofereceu a Elgin um café da manhã público em sua transferência a Lourdes através de Pau,

> que era uma compensação pelas medidas confusas que foram adotadas para transportá-lo até a prisão, pois a primeira escolta foi esquecida e depois seguiu adiante de modo tão disperso que chegou a Lourdes sem ser percebida por um forte destacamento de *Gens d'Armes* que havia sido encarregado de substituir aqueles que deviam trazê-lo.[25]

Elgin foi deixado no albergue aquela noite, sob forte guarda. Àquela altura, os Pireneus estavam completamente cobertos de neve, e o tempo estava muito ruim. A maioria das janelas do albergue estava quebrada, e as

---

[21]Museu Britânico, Manuscritos adicionais 38266 F 5.

[22]*Correspondance de Napoléon Premier publiée par ordre de l'Empereur Napoléon III*, vol. 8:315.

[23]Lord Elgin a Sir Spencer Perceval, 6 de maio de 1811, British Library, Manuscritos adicionais 38246 F 119.

[24]Nisbet, *Letters*, 296.

[25]*Select Committee Report*, vii.

* Três generais envolvidos em um complô contra Napoleão.

paredes não tinham reboco, "nem havia cama ou uma peça qualquer de mobiliário".[26] Enquanto estava no albergue, Elgin recebeu um jornal de Paris, e não foi mera coincidência o fato de o jornal, publicado por um nativo daquele distrito, de nome Barrière, conter a grosseira declaração de que Elgin era o culpado pelas maiores atrocidades cometidas contra os prisioneiros franceses em Constantinopla.

O comandante da prisão de Lourdes era considerado um amigo íntimo, com quem Elgin havia passado o verão anterior em Barèges, em grande camaradagem e companheirismo. Era natural que Elgin esperasse receber o mesmo tratamento em Lourdes, mas em vez de mostrar as mesmas boas maneiras, o comandante revelou-se um carcereiro duro e austero.

> Só fui transferido para a prisão de Lourdes ao escurecer. A escolta foi conduzida com grande ostentação de rigor e com um empenho calculado em ressaltar a ambigüidade da situação e causar maior impressão. Fui conduzido por um caminho que serpenteava ao redor do rochedo sobre o qual fica a prisão, e através de muitos portões que eram abertos com grande solenidade e guardados por vários destacamentos de soldados. Por fim, fui jogado em uma sala lúgubre e extremamente fria.
>
> Na verdade, desde o momento em que fui preso, perdi toda a esperança de ser libertado desse encarceramento. Até destruí todos os meus papéis e fiz meu testamento. Professei a convicção de que a sentença de morte já estava virtualmente declarada contra mim, e nada pedia, a não ser que quando o tiro fosse disparado, o comandante me desse a satisfação de ser amparado pelos sentimentos honrosos de um oficial do antigo regime, sentimentos estes que eu sabia que ele tinha. Eles só me deixaram bem tarde, com evidente relutância.[27]

Elgin estava na prisão há poucos dias apenas quando um sargento da guarda veio misteriosamente até sua cela e tirou de sob a manta uma carta de alguém que se autodenominava "um colega Prisioneiro que dava a entender que, embora preso *au secret* e impossibilitado de vir até mim, poderia receber-me e ajudar-me em minhas vexações, se eu estivesse disposto a ir até a janela para conversar com ele. Imediatamente rasguei a carta em pedaços; dei ao sargento um *louis d'or* em expressão de minha gratidão, mas lhe avisei que se ele ou qualquer outro de seus companheiros me

---

[26]Ibid., 43.

[27]Lord Elgin, *Memorandum on the Subject of the Earl of Elgin's Pursuits in Greece*, 91.

trouxesse outras mensagens, verbais ou por escrito, eu imediatamente as entregaria ao oficial comandante, na presença deles".[28]

Por sorte, Elgin, por sua larga experiência com espiões e intrigas internacionais, foi capaz de esmagar quaisquer outras propostas vindas de seus companheiros de prisão. Durante a maior parte do intolerável encarceramento de Elgin em Lourdes, o comandante o visitou, mas sempre com muita reserva. Em uma dessas visitas, o comandante falou incidentalmente do prisioneiro acima mencionado e acrescentou que fora requisitada a visita de uma equipe médica, para conceder a Elgin a possibilidade de exercitar-se, uma vez que sua saúde estava obviamente prejudicada. No dia seguinte, para surpresa de Elgin, aquele mesmo prisioneiro caminhava por um terraço perto da janela de Elgin, "mostrando muita disposição de entabular conversação",[29] ao que Elgin conseguiu resistir.

Seu encarceramento na prisão de Lourdes prosseguiu por várias semanas, sob muitos rigores, até que uma manhã bem cedo o comandante veio ter com ele, juntamente com um mensageiro que trazia o alvará de soltura. Nenhuma explicação lhe foi dada acerca das razões da prisão e, o que é muito estranho, "assim que o mensageiro saiu, o comandante voltou a mostrar a antiga alegria e liberdade de trato".[30]

Tinha havido uma profunda razão subjacente para a detenção de Elgin. A animosidade de Bonaparte contra ele se acirrara ainda mais quando o general francês Boyer foi capturado e mandado para a prisão na Inglaterra. As histórias sobre os maus-tratos por ele sofridos tanto irritaram a Napoleão, que ele passou uma ordem de que um oficial britânico do mesmo nível de Boyer deveria ser preso "em retaliação". Infelizmente, Elgin foi o escolhido.

---

[28]Ibid., 95.

[29]*Select Committee Report,* 43ss.

[30]St. Clair, *Marbles,* 130.

Pau

Através da janelinha do quarto, Lady Elgin tinha uma vista clara dos Pireneus cobertos de neve. Outubro já passara, mas ainda havia muito calor no ar. As folhas ainda pendiam das árvores, e um forte aroma de uvas em colheita permeava a atmosfera. Fiel à palavra dada, Talleyrand não só negociou a soltura de Elgin de seu miserável confinamento em Lourdes, como também providenciou a transferência dos Elgins, de Barèges para uma agradável residência de inverno em Pau.

Lady Elgin ficou terrivelmente abalada quando viu o marido pela primeira vez após o encarceramento. Ele chegou a Pau de manhã bem cedo, magro e macilento, de rosto pálido, exceto pela mancha de pele crua que antes formava seu nariz. Não mostrou interesse pela presença da nova criada e, no jantar, permaneceu carrancudo, com os olhos fitos no chão.

Embora ela se tivesse contido por todo aquele tempo, Lady Elgin decidiu informar o marido de que Talleyrand estava disposto a lhes conceder um retorno seguro à Escócia, com a condição de que Elgin cedesse toda a coleção de mármores do Partenon a Bonaparte e ao Louvre. A resposta de Elgin foi o silêncio.

A 4 de março de 1804, nasceu em Pau o quarto filho dos Elgins, William, e, pouco depois, Lady Elgin se entregou de corpo e alma à vida festiva da cidade.

> O lugar é muito agradável, e oferece uma grande variedade de lindos passeios a cavalo e de carruagem. Você ficaria encantada. Permitem-nos ficar absolutamente sossegados aqui e só ir à cidade de vez em quando para nos apresentarmos às autoridades. Não se vê ninguém; quase todas as outras famílias estão no campo. No inverno, Pau é o melhor dos lugares: bailes, grandes jantares e muito jogo de cartas, embora, infelizmente, só por ninharias. Elgin, com toda a sorte que tem, diz que em uma longa noitada não consegue perder mais de meia coroa.[1]

[1]Nisbet, *Letters*, 321.

Na última semana de março, seus conhecidos do Hôtel de Richelieu foram transferidos para Pau: os Cockburns, o coronel Craufurd e o sr. Sterling. A sra. Fitzgerald falecera durante o verão. Lady Elgin casualmente perguntou sobre Robert Fergusson e soube que ele estava de volta a Paris.

Durante a longa detenção em Pau, Elgin ficou consternado ao saber que a presença dos mármores do Partenon em Park Lane desencadeara uma onda de furor na imprensa inglesa. O povo de Londres expressara uma forte oposição ao fato de Elgin tê-los retirado de Atenas e transportado para a Inglaterra. Em resposta à dura crítica por parte da imprensa, Hunt enviou uma carta à mãe de Lady Elgin (que, com o marido, William Nisbet, acabara de retornar à Inglaterra após uma visita anterior aos Elgins, em Constantinopla), com uma descrição minuciosa, escrita por Lady Elgin, dos mármores e esculturas obtidos pelo marido. Hunt esperava que a sra. Nisbet, que tinha uma influência considerável na corte, pudesse fazer publicar a exata avaliação da situação feita por sua filha, tanto em Londres quanto em Edimburgo, atenuando assim a publicidade negativa contra Elgin.

Hunt incluiu a carta de Lady Elgin na íntegra, pois revelava a magnitude das aquisições de Elgin, juntamente com uma história e uma descrição precisas de cada tesouro confiscado. No prefácio de sua carta à sra. Nisbet, escreveu Hunt:

> Não posso deixar de me valer da oportunidade para lhe enviar um esboço do que foi feito pelos artistas de Lord Elgin em Atenas e em outras partes da Grécia, depois que a senhora se despediu de nós. O entusiasmo que sentiu ali, e que tantas vezes testemunhei em nossas caminhadas pelo Areópago, o Pnix e a Acrópole, convence-me de que nenhum dos pormenores aqui contidos vai parecer supérfluo ou irrelevante se relacionado aos monumentos que a senhora estudou com tanta atenção, cujos respectivos méritos apreciou com um tão fino gosto e aos quais o nome de Lord Elgin está hoje tão intimamente ligado. O projeto que foi sugerido a Sua Senhoria de formar sua coleção de mármores originais, assim como os modelos, moldes, desenhos e planos, para uma exibição pública em Londres, fez com que nos empenhássemos em reunir os principais objetos que a coleção contém. Os nomes de Címon, Péricles, Fídias etc., a quem devemos as obras-primas de arquitetura e escultura de Atenas, suscitaram em sua filha, Lady Elgin, um interesse tão forte que, não satisfeita com as ligeiras e divertidas descrições das *Viagens de Anacharsis* das Cartas Atenienses e das *Mil e uma viagens na Grécia*, estudou também as

obras de Platão e Aristóteles, Heródoto, Plutarco e outros autores originais gregos, com uma disposição que raramente vi; e tenho certeza de que a senhora lerá com interesse os extratos e observações feitas por ela sobre cada trecho que esclarece as cenas que a senhora viu com tanta alegria e que ela agora relembra com apuro ainda maior:

O primeiro monumento antigo obtido por meu marido, Lord Elgin, foi a famosa Inscrição Boustrophédon, do promontório de Sigeu, na Tróade, que quase todos os embaixadores da Cristandade junto à Porta, e até mesmo Luís XIV no auge do poder, tentaram obter, mas sem sucesso. É o mais antigo e curioso espécime existente de escrita grega – em uma época em que o alfabeto era muito imperfeito, e as linhas corriam alternadamente da direita para a esquerda e da esquerda para a direita, como os sulcos feitos pelos bois ao arar,* a que a palavra *boustrophédon* [virar como bois ao arar] alude. Só esse mármore, um tão antigo desejo europeu, já é, com certeza, suficiente para situar o nome de Elgin em uma posição notável, ao lado dos Arundels, dos Sandwiches e dos Wortleys, a quem a literatura grega tanto deve. Das ruínas do Templo de Atena em Sigeu, Elgin ainda obteve alguns belíssimos altos-relevos em mármore de Paros, representando uma procissão de matronas troianas que apresentam e dedicam um bebê a Atena, com as oferendas de costume. O general Koehler também obteve para Elgin uma estátua e um baixo-relevo das ruínas do Templo de Apolo Tímbrio na Tróade; não vi nenhum dos dois objetos, mas se as esculturas [sic] tiverem um estilo semelhante ao da procissão de Sigeu, com certeza têm muito valor.

Em uma visita ulterior que fiz à Tróade com o sr. Carlyle, ele obteve algumas inscrições interessantes e depois tive a boa sorte de descobrir e obter uma Estátua de Atena Iliensis perto de Tímbria, cujo drapeado é finíssimo.

A primeira aquisição que fizemos em Atenas foi a mais perfeita das métopes das ruínas do Partenon; lembro-me de ter visto meu pai e a senhora observando essa métope com muita admiração. Esta foi a primeira a ser baixada com êxito. A tentativa feita por Choiseul-Gouffier de conseguir uma delas fora meramente consentida; e por falta de tempo, cordame e molinetes, ela caiu de uma altura considerável e se partiu em pedaços. Não me lembro de ter sentido alguma vez o coração bater com tanta violência como quando vi o tesouro destacado

* As Leis de Sólon também foram escritas assim.

do entablamento do Partenon e dependendo apenas da solidez do cordame de Ragusa; e meu nervosismo só passou quando a levei a bordo de uma fragata inglesa, em Alexandria, para seguir para a Inglaterra. O tema da escultura parece ser Teseu ou seu amigo Pirítoo após vencer um Centauro.

A primeira métope que obtivemos do Templo de Atena, na Cidadela de Atenas, foi seguida pela aquisição de oito ou dez outras, representando uma seqüência da batalha entre os centauros e os lápitas nas núpcias de Pirítoo. Cada métope contém duas figuras agrupadas em diversas atitudes: às vezes os lápitas vitoriosos, às vezes o centauro. Os músculos relaxados de um dos lápitas, que jaz morto e é pisado por um centauro, é uma das mais finas produções artísticas, assim como o grupo adjacente a ela, de Hipodâmia, a noiva, raptada por um centauro e lutando para se safar do lombo do monstro, enquanto ele a agarra com brutal violência, com uma mão enroscada em suas tranças desgrenhadas. O estilo furioso do galope e a esquiva da lança que fora arremessada contra ele são expressos com prodigiosa vivacidade. É um crime que tantas dessas métopes estejam tão mutiladas! Mas mesmo nesse estado, são muito superiores a tudo o que a restauração moderna pode fazer, mesmo que as tentativas sejam feitas pelas mãos de Canova [o mais famoso escultor da Europa e um apóstolo do neoclassicismo]. Todas elas são em alto-relevo, formando realmente grupos de estátuas, e em geral têm um acabamento igualmente esmerado, tanto na parte dianteira quanto traseira, de forma que podem impressionar os olhos do espectador, seja qual for a direção de que ele venha à Acrópole, da planície de Atenas.

Elas originalmente cercavam todo o entablamento do Partenon e formavam noventa e dois grupos. O zelo dos primeiros cristãos, a barbárie dos turcos e as explosões da época em que o Templo era usado como armazém de pólvora demoliram boa parte delas, e assim, com exceção daquelas arrancadas à ruína iminente por Elgin para serem entregues às artes, é em geral difícil até mesmo traçar o contorno do tema original.

O friso que margeia o alto das paredes da Cela está repleto de esculturas em baixo-relevo, projetadas para ocupar a atenção de quem estava no vestíbulo e na galeria do templo, à espera do início dos ritos. Esse friso, não sendo interrompido por triglifos, mostra uma unidade temática muito maior do que os grupos isolados e separados presentes nas métopes do peristilo. Representa a totalidade da procissão solene das festas panatenaicas: muitas das figuras estão montadas em cavalos;

outras estão prestes a montar; algumas estão em carruagens, outras a pé; enquanto bois e outras vítimas são levados ao sacrifício. As ninfas chamadas Canóforas, Esquiáforas etc., carregam as oferendas sagradas em cestas e vasos. Sacerdotes, magistrados e guerreiros formam uma série de figuras interessantíssimas, em todo tipo de trajes, armaduras e atitudes. Alguns antiquários que examinaram esse friso com minuciosa atenção dizem que ele contém retratos dos principais personagens de Atenas à época da Guerra do Peloponeso, em especial de Péricles, Fídias, Sócrates e do jovem Alcibíades.

Este friso tinha originalmente cento e oitenta metros de comprimento e, por estarem protegidas dos efeitos do tempo e de outros agentes agressores pelo abrigo e proteção da colunata, as partes que escaparam às explosões de pólvora estão em excelente estado de conservação, literalmente intactas, a não ser pela ausência dos ornamentos de bronze dourado, que, como se pode perceber, estavam antigamente presos a elas, como rédeas e mordaças para os cavalos e outros pequenos objetos que podiam ser executados com maior facilidade em metal. O friso inteiro é de mármore pentélico, superior ao de Paros no que se refere aos baixos-relevos. Elgin está de posse de vários grandes blocos, alguns retirados das próprias ruínas, outros recuperados por escavações feitas sob elas.

Os tímpanos dos dois frontispícios do Partenon também eram adornados com grupos em alto-relevo, os quais, sobre a entrada do templo, representavam a história mitológica do nascimento de Atena a partir do cérebro de Zeus. No centro do grupo estava sentado Júpiter, com toda a majestade que o escultor pôde dar ao Rei dos Deuses e dos Homens. À sua esquerda estavam as principais divindades do Olimpo, dentre as quais Hefestos se destaca de maneira notável, tendo nas mãos o machado que abriu uma passagem para a deusa. À direita estava Vitória, com vestes soltas e esvoaçantes, a segurar os cavalos da carruagem que introduziu a nova divindade no Olimpo. Ao contrário de todas as outras estátuas de Atena, ela era aqui representada com as sedutoras graças de Afrodite, ao passo que os ferozes espartanos davam à Rainha do Amor um elmo e uma lança.

O elegante e simpático povo de Atenas adorava ver a guerreira Palas com a cinta de Afrodite. Quando Atenas perdeu a liberdade, tratou de agradar ao poder romano acrescentando as estátuas de Adriano e Sabina a este grupo.

Uma das bombas disparadas por Morosini [o *doge* de Veneza que tomou Atenas em 1687] da coluna oposta do museu destruiu o teto e muitas figuras, e a tentativa feita pelo general Königsmark de baixar a escultura de Atena arruinou o conjunto.

Comprando a casa de um dos janízaros turcos que fora construída imediatamente abaixo dela e em seguida demolindo-a para fazer escavações, Elgin teve a satisfação de recuperar a maior parte da estátua da Vitória, com um drapeado que revela todas as formas do corpo, com a delicadeza e o bom gosto de uma Flora Farnese. Além disso, encontramos ali o Torso de Zeus, parte de Hefestos e outros fragmentos; juntamente com eles, Elgin fez baixar também Adriano e Sabina e os enviou à Inglaterra.

No outro frontispício ficava a contenda entre Atena e Posídon acerca do nome a ser dado à cidade. A Deusa da Sabedoria obteve a vitória, ao demonstrar que o dom da pacífica e produtiva oliveira era muito mais proveitoso do que o presente belicoso do Deus do Oceano, um cavalo.

Escavando sob esse frontão, Elgin obteve algumas belas peças de escultura, e das ruínas do próprio templo foi baixada a cabeça de um cavalo que supera tudo o que já vi no gênero, em espírito e execução. As ventas do animal estão dilatadas, as orelhas eretas, as veias inchadas (quase diria latejantes), a boca está aberta e ele parece relinchar com o orgulho consciente de pertencer ao Governador das ondas. Além da inimitável cabeça, Elgin obteve do mesmo frontão alguns grupos colossais, cada um dos quais contendo duas figuras femininas, provavelmente divindades do mar. São formadas por blocos únicos e maciços de mármore pentélico e estão reclinadas em atitudes de extrema graça. Do mesmo lugar, ele obteve também a estátua de um deus do mar ou do rio, que acompanha Posídon (Ilissos) e está bastante preservada. Ele está sentado, com uma perna estendida e a outra dobrada. O peso delas era tal que nos obrigou a construir um carro para transportá-las ao Pireu, e ali, o capitão Clarke (irmão do dr. Clarke de Elêusis) do navio de guerra *Braakel* teve a bondade de fazer uma enorme balsa para levá-las a bordo, já que seu bote era pequeno para um peso tão grande. Do *Posticum* ou *Opisthodomos* do Partenon, obtive algumas inscrições de valor, feitas no estilo chamado *kionedon*, próximo em antigüidade ao *boustrophédon*. As letras de cada linha são iguais em número, sem levar em conta o sentido, e até os monossílabos são separados em duas partes se a linha já estiver completa; e a linha seguinte começa com o final da palavra interrompida. As letras seguem-se vertical ou horizontalmente, o que torna impossível fazer qualquer interpolação ou rasura no texto original. Os assuntos são decretos públicos do Povo – contas das riquezas contidas no Tesouro Ateniense feitas pelos administradores para seus sucessores no cargo. Incluem listagens das estátuas, das pedras preciosas, da prata e do ouro depositados nos templos, estimativas sobre as obras públicas etc.

O próprio Partenon, independentemente das esculturas decorativas, é um modelo tão fino de arquitetura dórica, que Elgin ofereceu um subsídio inestimável às artes inglesas ao obter espécimes originais de cada parte do edifício. São eles um capitel de coluna e de uma das pilastras das *Antaeassises* das próprias colunas, para mostrar a forma exata da curva usada no acanalamento – um triglifo, um módulo das cornijas e até mesmo das telhas de mármore do telhado do saguão. Assim, não só o escultor pode estudar cada espécime de sua arte, desde as estátuas colossais até os baixos-relevos executados na época de ouro de Péricles e sob a inspeção de Fídias, como também o arquiteto pode examinar cada pormenor da construção, até mesmo o modo de unir os tambores das colunas sem necessidade de argamassa, de modo que as colunas pareçam blocos únicos aos olhos mais atentos.

Além disso, cada detalhe do templo foi moldado no que os italianos chamam *Madre Forma*, um composto de cera e gesso, o que possibilitou a Elgin fazer à vontade moldes em gesso dos ornamentos escultóricos e arquitetônicos, no tamanho exato do original. Foi feita também a planta do templo, com suas elevações e restaurações, pelo *signor* Balestra (um dos artistas contratados por Elgin). A senhora teve a oportunidade de apreciar seu talento durante sua estada em Atenas, mas a escolha de Elgin recebeu a mais lisonjeira aprovação quando o Papa escolheu esse artista para supervisionar obras semelhantes executadas em Óstia e no Fórum romano. O lápis mágico de Lusieri já deve ter agora concluído suas pitorescas perspectivas do Partenon, que vi serem iniciadas com uma escolha felicíssima de diversos pontos de vista, e o calmuco Theodore, que concluíra seus desenhos das esculturas das métopes, do friso e dos frontões, começou a fazer uma cópia restaurada do grupo do frontão oeste e do entablamento, na grande elevação.

Os mesmos trabalhos foram executados no templo de Teseu,* mas nenhum pedaço de escultura foi tocado e nem o menor fragmento foi retirado do edifício. De fato, onde se poderia achar alguém com um mínimo de sentimentos e de gosto que pudesse pensar em danificar essa fina construção, que depois de 2.200 anos ainda conserva a beleza e o brilho de seus primeiros dias? As métopes em médio relevo com um misto dos trabalhos de Herácles e de Teseu foram moldadas e desenhadas, assim como o friso que representa a batalha entre os centauros e os lápitas, alguns episódios da batalha de Maratona e alguns temas mitológicos.

Permita-me agora voltar àquela querida Colina de Atena e retomar a lista dos trabalhos e das aquisições que Elgin ali fez. O caminho original até ela, a partir da planície de Atenas, se fazia por um longo lance de escada, que começava próximo ao pé do Areópago e terminava nos Propileus. Péricles tinha muito orgulho desse edifício, que custou uma quantia tão prodigiosa que os atenienses hesitaram em lhe conceder os recursos que havia pedido para a construção: "Que seja ele então dedicado ao meu nome", replicou o altivo Péricles, "e eu fornecerei o dinheiro".

A frente do edifício era uma colunata em hexastilo de duas asas, coroada por um frontão. Se as métopes e os tímpanos eram adornados com esculturas é algo que não se pode afirmar com certeza, pois o frontão e o entablamento foram destruídos e os intercolúnios foram cobertos de detritos, para convertê-los em uma bateria de canhões. Embora o plano dos Propileus contenha alguns desvios da perfeição que reina em outras estruturas da Acrópole, cada um de seus membros é tão perfeito em seus pormenores de execução que Elgin teve muita dificuldade em obter um capitel dórico e outro jônico de suas ruínas.

À direita dos Propileus ficava um templo dedicado à Vitória Áptera, um epíteto para o qual foram aventadas várias explicações. Provavelmente se trata de uma alusão ao próprio Teseu de chegada a Atenas, antes que as notícias de seu triunfo sobre o Minotauro e da abolição do odioso tributo tivessem ali chegado: ou talvez os atenienses quisessem gabar-se de que a Vitória estabelecera entre eles uma residência tão permanente que não precisava mais de asas. O templo foi edificado com os despojos obtidos na gloriosa luta pela liberdade em Maratona, Salamina e Platéia. Em seu friso estavam esculpidos muitos episódios dessas memoráveis batalhas, em um estilo considerado de modo algum inferior ao das métopes do Partenon. Os únicos fragmentos que escaparam da devastação dos bárbaros estavam encravados na parede de um armazém de pólvora próximo a ele, e o bloco mais fino fora posto de cabeça para baixo. Foi necessária toda a influência de Elgin junto à Porta para poder removê-lo, mas por fim ele o conseguiu.

As métopes sobre o friso representam os atenienses em combate aguerrido contra os persas; e o escultor teve o cuidado de assinalar os diferentes trajes e armaduras das diversas forças que lutavam sob o grande Rei. As vestimentas longas dos persas levaram os viajantes antigos, a partir da apressada e desajeitada visão que tinham delas, a supor que o assunto fosse a batalha entre Teseu e as Amazonas que invadiram a Ática sob o comando de Antíope, mas as tiaras persas, os bonés frígios e muitos outros pormenores revelam claramente o erro. A briga de alguns guerreiros para resgatar o corpo de um companheiro morto é expressa com uma vivacidade incomum.

Esses baixos-relevos foram levados a bordo do *Mentor*, que lamentavelmente naufragou em Cerigo, mas todos eles foram recuperados por competentes mergulhadores das ilhas de Sime e Calimna, perto de Rodes. Será com a maior alegria que receberei a notícia de que o trono do ginasiarca, que a senhora obteve em Atenas e teve o mesmo destino dessas esculturas, foi como elas trazido à tona novamente.

Perto do Partenon estão três templos tão ligados entre si pela estrutura e pelos ritos neles celebrados que podem praticamente ser considerados um só templo tríplice. Têm dimensões modestas e são de estilo jônico. Um é dedicado a Posídon e a Erecteu; o segundo, a Atena Políade, a Protetora das Cidadelas; e o terceiro, à ninfa Pandrosos. Foi no lugar onde ficam esses templos que Atena e Posídon brigaram pela honra de dar nome à cidade. A superstição ateniense durante muito tempo viu ali a marca do tridente de Posídon, e também a fonte salobra que atestava que ele ali abrira uma passagem para o seu cavalo. A oliveira original produzida por Atena era venerada no templo de Pandrosos até a época dos Antoninos.

O templo de Atena Políade tem as mais delicadas e elegantes proporções da ordem jônica. O capitel e as bases das colunas são ornamentados com perfeito bom gosto, e a escultura do friso e da cornija é finamente rica. É difícil entender como o mármore foi esculpido com tal perfeição e levado a uma superfície tão bem definida. Os *palmetti, onetti* etc. têm toda a delicadeza das obras em metal. O vestíbulo do templo de Posídon tem proporções mais masculinas, mas seus capitéis jônicos são de um valor inestimável. Para se examinar o teto, foi preciso subir com muita dificuldade e em seguida rastejar através de uma abertura na parede, que depois foi fechada. Os futuros viajantes ver-se-ão na impossibilidade, portanto, de ver a porta interna do templo, que a senhora tanto admirou e é talvez o exemplo mais perfeito de ornamentação jônica. Estes dois templos foram medidos, e seus planos, elevações e perspectivas foram realizados com a maior exatidão. Tiraram-se moldes de todos os ornamentos; alguns blocos originais do friso e da cornija foram obtidos por Elgin, bem como um capitel e uma base.

A capelinha de Pandrosos (o Erectêion), adjacente ao Partenon, é um verdadeiro concerto arquitetônico. Em vez do suporte de colunas jônicas, a arquitrave tem seis estátuas de mulheres da Cária (ou cariátides). Os atenienses tentaram com isso perpetuar a infâmia aos habitantes da Cária, os únicos do Peloponeso favoráveis a Xerxes em sua invasão da Grécia. Seus homens foram reduzidos à deplorável condição de escravos, e as mulheres foram condenadas aos trabalhos mais servis. E assim foram elas aqui exibidas. O drapeamento de suas vestes antigas é delicado; cada figura tem um penteado diferente, e o diadema que levam sobre a cabeça compõe o capitel. Além de desenhar e tirar moldes de todos esses detalhes, Elgin obteve uma das cariátides de mármore. Os lacedemônios usaram de uma vingança semelhante ao construírem o Pórtico Persa, que haviam erigido em Esparta em honra de sua vitória sobre as forças de Mardônio em Platéia, colocando estátuas de persas em seus ricos trajes orientais no lugar de colunas, para sustentar o entablamento.

Nossos artistas e arquitetos também fizeram uma planta baixa da Acrópole, em que não só inseriram todos os monumentos que mencionei, como acrescentaram aqueles cuja localização pode ser certificada pelos vestígios de suas fundações. Entre eles estão o templo e caverna de Pã, a quem os atenienses se sentiram tão devedores na batalha de Maratona. Está hoje quase obliterado, bem como o de Aglauro,* que morreu para salvar o país. Nele, os jovens de Atenas recebiam a primeira armadura, alistavam seus nomes e faziam o juramento de lutar pela pátria até à última gota de sangue. Perto dali ficava o lugar onde os persas escalaram os muros da cidadela quando Temístocles se retirou com todas as principais forças de Atenas e toda a frota para Salamina.

Quão pequena é a parte que hoje pode ser identificada em comparação com o que a Acrópole continha antigamente! Plutarco nos conta que todos os edifícios públicos erguidos em Roma, desde a fundação da cidade até à época dos Césares, não podiam ser comparados aos edifícios erguidos na Acrópole apenas durante o governo de Péricles. A descrição feita por Heliodoro dessas construções estendia-se por quinze livros. Longe de esgotar o assunto, Pólemon Periegeta acrescentou a eles mais quatro outros volumes. Na época de Plínio – mesmo depois do saque de Lisandro, Sula e Nero – ainda havia mais de três mil estátuas em Atenas.

* Irmã de Herse e Pandrosos. Esta última, fiel à promessa feita a Atena de não espionar Erictônius, foi a única das três que não teve a fatal curiosidade de abrir a cesta que lhes fora confiada. Eram filhas de Cécropo, rei de Atenas.

Os restos dos muros originais ainda podem ser identificados em meio aos acréscimos turcos e venezianos, e distinguem-se por três modos de construção de épocas notabilíssimas: a pelásgica,[+] a cecrópia,[++] e a de Címon e Péricles.

Devo agora deixar os muros da Acrópole e tentar fazer uma curta narrativa do que foi feito em Atenas e em outras partes da Grécia e da Ásia Menor durante a embaixada de Elgin junto à Porta. Os antigos muros de Atenas, tais como existiam na guerra do Peloponeso, foram traçados por nossos artistas em toda a sua extensão, assim como os longos muros que levam ao Pireu. Os portões, tantas vezes citados nos clássicos gregos, foram identificados, e cada monumento público que pôde ser reconhecido foi incluído em um mapa geral, juntamente com as plantas detalhadas de cada um deles. Para tanto, foram necessárias extensas escavações, sobretudo no Grande Teatro de Dioniso; e em Pnix, onde Péricles, Alcibíades, Demóstenes e Ésquines faziam suas animadas arengas, "aqueles pensamentos que respiram e aquelas palavras que queimam".

O teatro construído por Herodes Ático em memória da esposa, Regilla, e os *Cumuli* de Antíope Eurípides etc., também foram abertos, e dessas escavações, juntamente com várias outras nas cercanias de Atenas, obtivemos uma coleção completa e inestimável de vasos gregos. As colônias que foram mandadas de Atenas, Corinto etc. para a Magna Grécia, Sicília e Etrúria, levaram consigo essa arte de fabricar vasos, e uma vez que foram feitas as primeiras coleções de vasos nessas colônias, ganharam erradamente o nome de etruscos. Os vasos encontrados por Elgin em Atenas, Egina e Corinto vão comprovar a reivindicada primazia dos gregos nessa arte. Nenhum dos vasos das coleções do rei de Nápoles ou de Sir William Hamilton pode ser comparado aos que Elgin obteve, no que se refere à elegância das formas, excelência dos materiais, delicadeza de execução ou beleza dos temas neles delineados.

Um túmulo, no qual foi iniciada uma escavação sob a supervisão de Elgin durante nossa residência em Atenas, proporcionou um tesouro de grande valor. É composto por um grande vaso de mármore, contendo outro de bronze de cinco pés de circunferência, de bela escultura, e

---

+ A origem dos pelasgos perde-se na Antigüidade. Criaram a teologia dos gregos e foram empregados por eles na construção da parte mais antiga das fortificações da Acrópole.

++ Cecrópia era o nome original de Atenas, de seu rei fundador, Cécropo.

rodeado por uma grinalda de mirto esculpida em ouro. Perto dele estava um vaso menor, de alabastro, bem reforçado. Esse túmulo está localizado na estrada que leva do porto do Pireu à balsa de Salamina e à cidade de Elêusis.

Do teatro de Dioniso, Elgin obteve o antiqüíssimo relógio de sol que já existia na época de Ésquilo, Sófocles e Eurípides – e também uma grande estátua de Dioniso erigida por Trásilo em gratidão por ter obtido o prêmio de tragédia no festival panatenaico. Um lindo pequeno templo coríntio próximo a ele, erguido por um prêmio semelhante ganho por Lisícrates, e comumente chamado Lanterna de Demóstenes, foi também moldado e desenhado por nossos artistas, com minuciosa atenção. Minha amizade com o bispo de Atenas proporcionou-me a permissão para examinar o interior de todas as igrejas e conventos de Atenas. Essa busca propiciou inúmeros valiosos baixos-relevos, inscrições, quadrantes antigos, uma cadeira de mármore de ginasiarca, nas costas da qual estão as figuras de Harmódio e Aristogíton com punhais nas mãos; e a morte de Leena, que preferiu morder e cuspir a própria língua a confessar que sabia da conspiração contra os Pisistrátidas.

A fonte que ficava no pátio da casa de nosso cônsul Logothétis era decorada com um baixo-relevo de bacantes, no estilo chamado greco-etrusco, e ele a presenteou a Elgin, assim como uma quadriga em baixo-relevo, com uma Vitória a pairar sobre o cocheiro, provavelmente um ex-voto por uma vitória nos Jogos Olímpicos.

Dentre as lápides funerárias encontradas em diversos lugares estão as de alguns nomes notáveis, sobretudo a de Sócrates. No cemitério de Cerâmico, Elgin descobriu uma inscrição em versos elegíacos sobre os atenienses que caíram em Potidéia, e cujo elogio foi feito com grande eloqüência na oração fúnebre de Péricles.

Isto, senhora, (até onde posso lembrar) é uma lista dos artigos originais em mármore pentélico obtidos por Elgin e mandados a Londres até o momento. Temos certeza de que muitos mais se seguirão, pois Lusieri está empenhadíssimo no trabalho de mais aquisições, em Atenas e em diversas outras partes da Grécia.[2]

Durante a longa detenção na França, Elgin foi continuamente criticado por suas atividades na Grécia. O principal protagonista dessas críticas foi Lord Byron. O jovem poeta estabelecera uma correspondência íntima

---

[2]Ibid., 330ss.

com o cônsul britânico em Atenas e recentemente escrevera a Logothétis para informá-lo de que ele e seu amigo John Cam Hobhouse estavam de partida de Falmouth, em uma grande viagem pelo continente, e esperavam poder hospedar-se na casa de Logothétis ao chegarem a Atenas.

Byron acabara de receber seu mestrado em artes, que considerava um diploma para nobres e uma farsa, e, para comemorar o acontecimento, os dois colegas de faculdade, antes de embarcarem para a viagem, entregaram-se em Newstead Abbey* a estranhos ritos em trajes de monge, instalando-se em vários apartamentos com seus convidados.

Byron e seus colegas passaram algum tempo na Itália depois de deixarem Genebra, onde Byron travou um relacionamento estético com o poeta Shelley. Em Veneza, ele se apaixonou por Teresa Guiccioli, a jovem esposa de um conde idoso. Antes de deixar a Itália, corria o boato de que também seduzira uma centena de mulheres das classes mais baixas.

Em seguida, viajaram para os Dardanelos e, em uma quente manhã de primavera, Byron e um tenente britânico de nome Ekenhead atravessaram a nado o estreito, uma distância traiçoeira de mais de oito quilômetros. A água estava gelada, e a violenta correnteza causada pelo derretimento das neves das montanhas dificultou extremamente a façanha.

If, in the month of dark December,
Leander, who was nightly wont
(What maid will not the tale remember?)
To cross thy stream, broad Hellespont! [3+]

Logothétis aguardava a chegada de Byron com grande expectativa. Em uma das cartas de Byron ao cônsul, vários parágrafos eram dedicados à tendência do jovem poeta à obesidade; ele só conseguia lidar com o problema de peso, escreveu ele, por meio de uma rigorosa dieta de biscoitos, arroz e vinagre. A vida desregrada, porém, já deixara marcas em sua psique. "Sou muito instável, sendo sucessivamente tudo, mas nada por muito tempo. Sou uma mistura tão estranha de bem e de mal, que é impossível que alguém me conheça de verdade."[4]

---

[3]Lord Byron, "Written after Swimming from Sestos to Abydos". [Escrito depois de nadar de Sestos até Ábidos.

[4]Byron, *Correspondence*, sec. 1.

* O lar ancestral de Lord Byron. Situado "na floresta encantada de Sherwood, perto de Nottingham, fora um mosteiro da Ordem de Santo Agostinho". (André Maurois, *Byron*, p. 3).

+ Literalmente: "Se, no escuro mês de dezembro,/ Leandro, que estava todas as noites acostumado/ (Que donzela não se lembrará da história?)/ a atravessar tua corrente, largo Helesponto!"

Quando a notícia da chegada de Byron ao Pireu chegou a Logothétis, ele começou a comprar freneticamente bebidas e alimentos para a casa, mas passados três dias sem nenhum sinal de Byron, o cônsul, profundamente ofendido, ordenou a dois de seus empregados que iniciassem imediatamente uma busca pela cidade. Os dois criados só voltaram bem depois da meia-noite, quando todas as pessoas da casa já se haviam recolhido, à exceção de Logothétis e de Lusieri.

Por alguma razão, Byron optara por se instalar, juntamente com Hobhouse e William Fletcher (o criado de Byron em Newstead Abbey) no mosteiro dos frades capuchinhos, a um quilômetro e meio da casa de Logothétis. O cônsul achou aquilo imperdoável e, acompanhado de Lusieri, saiu logo ao amanhecer do dia seguinte para ir ter com o jovem poeta. Antes de entrar no mosteiro, eles pararam por um momento diante do portão. "O Himeto assomando à frente e a colina da Acrópole por trás. Um monumento a Lisícrates ficava na entrada, e logo à esquerda havia um tranqüilo bosque de laranjeiras."[5]

No pátio quadrangular, deram com um grupo de monges encapuzados que formavam um círculo, dentro do qual dois jovens noviços, com um bastão nas mãos, lutavam com o torso nu. Altos gritos eram lançados a cada golpe, muitos dos quais emitidos pelo mais velho do grupo, um abade de cabelos grisalhos, cujo capuz caía-lhe em desordem sobre os ombros frágeis. Um terceiro homem estava entre os jovens lutadores. Era de estatura média e impressionantemente magro. Quando viu Logothétis, saiu do círculo e correu para abraçá-lo.

> O cônsul repreendeu Byron por ter desdenhado sua hospitalidade, e em seguida fez perguntas sobre os jovens lutadores que estavam prontos para retomar suas posições, de armas erguidas e punhos cerrados. Byron riu e exclamou que os dois noviços estavam envolvidos em uma velha e feroz batalha: a liça entre o Leste e o Oeste, o Patriarca e o Papa! Por enquanto, o representante papal parecia estar vencendo, o que fez com que Logothétis corresse até o noviço grego e pedisse que vingasse sua religião e sua raça. Embora o rosto do jovem estivesse inchado, com manchas vermelhas, e o sangue lhe escorresse do nariz e da boca, ele de certo modo respondeu ao desafio de Logothétis, e com novo ímpeto de força, lançou um golpe desesperado contra o estômago do adversário, fazendo com que este se curvasse de dor. O

[5]André Maurois, *Byron*, 139.

abade, obviamente contrariado, adiantou-se e interrompeu a luta, enquanto Byron urrava: Viva Bizâncio![6]

Os monges dispersaram-se lentamente pelas celas e logo o pátio quadrangular reverberava com as fortes badaladas do sino da capela a anunciar o almoço. Byron convidou-os a entrar no refeitório, onde eram servidas tigelas de sopa de feijão. O mosteiro era um edifício precário, com teto baixo e paredes rachadas. Os monges enfileiraram-se de pé, impacientes atrás de seus bancos, enquanto o abade fazia suas bênçãos, e antes mesmo de ele terminar, atacaram a comida, tomando ruidosamente a sopa e levando à boca enormes bocados de pão preto.

Byron parecia gostar de tudo aquilo. Ele e Hobhouse foram ao canto mais distante do refeitório e se sentaram com os monges. Logothétis, visivelmente constrangido na presença dos monges, empurrou discretamente Lusieri até a mesa e se sentaram junto a Byron e Hobhouse. Entre os bocados, Byron começou a falar com entusiasmo de suas viagens.

> E quando deixamos Falmouth, o Hobhouse aqui trouxe consigo uma centena de canetas, com dois galões de tinta e um suprimento de papel para um ano. Alma infeliz! Ele se faz de escritor... e nunca em minha vida ouvi tantas lamúrias até William Fletcher, sentado ali à sua direita, decidir viajar conosco. Ele era meu criado em Newstead e queria desesperadamente juntar-se a nós, apesar do fato de ter-se casado poucos dias antes. Durante toda a viagem, ele chorou e quis voltar para a sua Sally. Enquanto isso, o oceano era cruel com Hobhouse e chegou até mesmo a levá-lo a vomitar seu primeiro jantar e depois suas aborrecidas impressões de toda a viagem. E eu tomei o jorro bem entre os olhos! [7]

Byron mordeu ferozmente um bocado de pão antes de prosseguir com a animada narrativa de suas aventuras a caminho da Grécia.

> Em Lisboa deparamos com um continente em guerra. Os ingleses haviam acabado de tomar a cidade das mãos dos franceses e ela estava em um estado deplorável: cadáveres jaziam expostos nos adros com pires sobre o peito, com seu enterro adiado até que esses pires recebessem dinheiro suficiente para os padres. Mesmo assim, havia lugares encantadores em Portugal. Adorei as laranjeiras que polvilhavam os

---

[6]Ibid., 140ss.

[7]Byron, *Correspondence*, sec. 1.

verdes vales com seus colares de ouro. Nadei no Tejo; cavalguei um jumento; conversei em latim com monges; roguei pragas em português; tive diarréia e levei picadas de insetos.

Ele parou para observar Logothétis por um momento e em seguida riu bem alto.

Quem sai à cata de prazeres não deve esperar conforto. Em seguida, viajamos de Lisboa a Sevilha a cavalo, através de uma região em que amor e morte se misturavam. As mulheres de Sevilha são as mais deliciosas do mundo. Seus olhos negros e suas formas perfeitas eram para mim uma obsessão. Alojamo-nos em uma casa com duas dessas criaturas e quando chegou a hora de partir, a mais jovem das duas irmãs me abraçou e cortou um cacho dos meus cabelos e em seguida cortou outro cacho dos seus próprios cabelos, com um metro de comprimento. Suas palavras de despedida foram: "*Adieu*, meu belo amigo. Você me agrada muito".[8]

Hobhouse e Fletcher permaneceram calados enquanto Byron falava sem cessar. Hobhouse tinha dezessete anos, era muito loiro, com traços marcantes; Fletcher era mais escuro e baixo. Por fim, os monges terminaram a refeição e, após uma rápida bênção do abade, começaram a sair do refeitório em fila única. Enquanto isso, Byron se servia de outra tigela de sopa, ao mesmo tempo em que prosseguia com o relato da viagem.

Em seguida, embarcamos em Gilbraltar no paquete de Malta e caminhamos pelo convés, observando o mar, aspirando a maravilhosa poesia dos rochedos de Gibraltar. Com a luz das lanternas, eu seguiria em frente e me sentaria no velame amontoado, ficando ali durante horas a olhar os raios do luar a dançar sobre as ondas. Sem dúvida, meus companheiros de viagem confundiram meu desejo de solidão com uma fria arrogância e me julgaram com severidade. Pior ainda, uma vez assumida essa postura de isolamento, tive de permanecer com ela, pois eu ainda estava arrebatado pelo pensamento imaturo de que fosse nobre procurar um prazer melancólico como esse.[9]

Em Malta, Byron disse ter recebido aulas de árabe de um velho monge egípcio; "também teve um caso de amor platônico com a esposa do

---

[8]Maurois, *Byron*, 125.

[9]Byron, *Correspondence*, sec. 1.

arquiinimigo de Elgin, Sir John Spencer Smith".[10] Chegaram por fim à Albânia, uma terra de bárbaros cujas montanhas fizeram Byron recordar-se da Escócia. Os pastores de cabras até vestiam saias que iam até os joelhos. Quando o paxá de Ioánina soube de sua chegada, imediatamente os convidou a irem à sua casa, onde lhes foi oferecido um jantar elegante e eles se viram rodeados por albaneses de túnicas bordadas, tártaros de chapéus altos, um sem-número de eunucos negros e um ininterrupto rufar de tambores. Enquanto isso, os muezins cantavam em cada um dos minaretes da cidade: "Não há outro Deus além de Alá!".

O paxá da Albânia tinha setenta anos completos e uma espessa barba branca; estava sempre sorrindo e tinha as maneiras de um cavalheiro inglês. Não titubeava, porém, em mandar assar os inimigos na fogueira ou jogar dez mulheres montanha abaixo se elas tivessem aborrecido sua nora. Byron, que acreditava firmemente que a santidade e a virtude fossem mais fáceis de encontrar em um bando de libertinos do que sob a batina de um padre, achou intrigante essa conduta. Apesar da aparente fragilidade de seu corpo, ele possuía uma força de espírito que parecia transformá-lo em um titã. Todos os dias, os três jovens ingleses escalavam as impassíveis montanhas albanesas, e quando enfim deixaram o país e embarcaram em um navio de guerra turco rumo à Grécia, foram surpreendidos por uma súbita tempestade.

> Estávamos quase perdidos em um navio de guerra turco, em razão da ignorância do capitão e da tripulação. Fletcher gritou por sua esposa, os gregos invocaram todos os seus santos, os muçulmanos clamaram por Alá, enquanto o capitão se derretia em lágrimas e descia do convés, rogando-nos que rezássemos a Deus. Suas invocações, porém, não foram ouvidas, e enquanto o barco estava sendo feito em pedaços, Fletcher choramingava: "Vamos ter um túmulo de água!". A tempestade prosseguiu por quase três horas, e quando finalmente amainou, o barco estava encalhado em uma praia. Foi quando apareceu um bando de suliotas [habitantes das montanhas do norte da Grécia] de aspecto selvagem. O capitão e a tripulação temiam que fôssemos atacados, mas os suliotas, pelo contrário, secaram nossas roupas, alimentaram-nos e divertiram-nos com suas canções cléfticas, e quando com a maré cheia íamos partir, ofereci ao seu chefe algumas moedas. O velho suliota repreendeu-me duramente: "Quero que você goste de mim, não que me pague!".[11]

---

[10]Maurois, *Byron*, 128.
[11]Ibid., 130-31.

Antes de ir ao mosteiro capuchinho, Byron deteve-se na casa de uma viúva em Atenas, e lá se apaixonou imediatamente pelas suas três filhas, todas elas com menos de quinze anos. E para complicar ainda mais a situação, também se apaixonou por Teresa, a mãe delas.

Maid of Athens, ere we part
Give, oh give me back my heart;
Or since that has left my breast
Keep it now and take the rest.
Hear my vow before I go:
*Zoe mou sas agapo!** [12]

Muitos dias depois, o cônsul grego e Lusieri fizeram outra visita ao mosteiro capuchinho. O dia estava insuportavelmente quente; o ar, pegajoso. Quando entraram no sufocante pátio quadrangular, viram Byron nu até a cintura, tomando um soco atrás de outro de um monge noviço, de altura duas vezes maior que a sua. Assim que o monge notou o cônsul Logothétis, abaixou os braços e correu até ele, explicando que Byron pedira para ser espancado; que irrompera na cela dos noviços ao nascer do sol e lhe ordenara que fizesse aquilo.

> Em um instante fugaz, rostos flutuaram diante de mim, rostos que antes transbordavam de vida e alegria. Mas agora já se foram. Infelizmente, há algo incompreensível na morte. No mundo inteiro, só duas pessoas se preocuparam comigo. Preocuparam-se de verdade. E ambas se foram! E tu, Matthews, encantador mas cínico, quantas vezes te avisei: "Matthews, nadas mal. Se teimares em manter a cabeça tão erguida, com certeza te afogarás!" Caronte [barqueiro que transportava os mortos pelo rio Estige], o que me tomaste? Minha mãe e meu melhor amigo! Mas que os mortos descansem em paz; retomemos a enfadonha faina de viver. Quanto à imortalidade, se as pessoas devem viver de novo, por que morrer? Se nossas carcaças devem nascer uma vez mais, merecem nascer? E se este for o caso da minha, espero que receba um melhor par de pernas do que este!"[13]

---

[12]Lord Byron, "Maid of Athens, Ere We Part".
[13]Byron, *Correspondence*, sec. 1.
* Literalmente: "Donzela de Atenas, antes de nos separarmos/ Devolve-me, ah, devolve-me o meu coração;/ Ou, já que ele saiu de meu peito/ Guarda-o e toma o resto./ Ouve minha promessa antes que eu me vá:/ Vida minha, eu as amo!" O último verso está em grego no original.

Byron recuperou-se depois de um copo de brandy e, com a ajuda do monge noviço, Logothétis e Lusieri o levaram até a fresca sombra de sua cela, onde as palavras desconexas de Byron finalmente se articularam. Fletcher, ao que parece, partira para a Inglaterra para pôr em ordem as propriedades da falecida mãe de Byron; quanto a Matthews, afogara-se no Cam um mês antes; nadando mal e sozinho, ficou preso nas elódeas.

Foi então que o cônsul Logothétis pediu novamente a Byron que deixasse o mosteiro e fosse hospedar-se em sua casa, mas Byron lançou-lhe um olhar desamparado.

> Se você pudesse olhar minha alma e ver o seu tormento! Sou como um frágil barquinho na tempestade. Minha vida não tem sentido, não tem direção. Quando o padre D'Yvrée* me deu permissão para habitar uma destas celas, beijei em lágrimas seu crucifixo.[14]

A religião, como tudo o mais, tinha de ser uma expressão apaixonada para Byron. Em meio às lamentações, de repente se voltou para Lusieri e começou a denunciar Lord Elgin, ameaçando-o mesmo de humilhá-lo perante o mundo, se não afastasse dali seus saqueadores do Partenon. "Que direito ele tem de remover as preciosas pedras de uma nação fraca? Que direito ele tem de erguer a mão contra um edifício que se manteve inteiro por dois mil anos?".[15]

But who of all the plunderers of yon fame
On high, where Pallas lingered, loth to flee
The latest relic of her ancient reign,
The last, the worst, dull spoiler, who was he?
Blush, Caledonia! Such thy son could be.
England! I joy no child he was of thine;
Thy free-born men should spare what once was free,
Yet they could violate each saddening shrine
And bear these altars o'er the long reluctant brine.

What! Shall it e'er be said by British tongue
Albion was happy in Athena's tears?
Though in thy name the slaves her bosom wrung,
Tell not the deed to blushing Europe's ears;

---

[14]Maurois, *Byron*, 143.
[15]St. Clair, *Marbles*, 189.
* O abade do mosteiro capuchinho de Atenas.

The ocean queen, the free Britannia, bears
The last poor plunder from a bleeding land;
Yes, she whose generous aid her name endears
Tore down those remnants with a Harpy's hand,
Which envious Eld forbore and tyrants left to stand.

Cold is the heart, fair Greece! That look on thee,
Nor feels as lovers o'er the dust they loved;
Dull is the eye that will not weep to see
Thy walls defaced, thy mouldering shrines removed
By British hands which it had best behoved
To guard those relics ne'er to be restored.
Cursed be the hour when from their isle they roved
And snatched thy shrinking gods to northern climes
Abhorr'ed.[16+]

Félicité assumiu seus deveres de modo admirável, por mais complicados e difíceis que fossem. Era excepcionalmente competente com o pequeno William e passava a maior parte dos momentos de lazer com ele. Lady Elgin prosseguiu sua vida agitada em Pau durante aquelas longas semanas de inverno. Ocasionalmente, o sr. e a sra. Cockburn reuniam-se aos Elgins para jogarem uíste, mas o sr. Cockburn era um mau jogador, e Lady Elgin tinha lá suas dúvidas de que ele algum dia viria a entender o jogo. Uma vez por semana, os *détenus* jantavam juntos, mas isso era aborrecido para Elgin, cuja mente estava a quilômetros dali. Ele não só manifestava continuamente seu nervosismo em relação aos mármores do Partenon que esta-

[16]Lord Byron, "Childe Harold's Pilgrimage", canto 2.
+ Literalmente: Mas quem foi de todos os saqueadores da alta e distante fama/ Onde Palas morava, relutante em abandonar/ A derradeira relíquia de seu antigo reino,/ O último, o pior, o mais estúpido salteador?/ Cora, Caledônia! Ele era teu filho./ Inglaterra! Não me alegro por ser ele teu filho;/ Teus homens nascidos livres deveriam poupar o que outrora foi livre,/ Embora violassem cada santuário aflito,/ E levassem esses altares pelo grande e relutante mar.// Quê! Dirá um dia uma língua britânica/ Que Albion se alegrou com as lágrimas de Atena?/ Embora em teu nome os escravos seu seio comprimissem,/ Não conte a façanha aos ouvidos enrubescidos da Europa;/ A rainha do oceano, a livre Bretanha, carrega/ O último e miserável saqueador de uma terra que sangra;/ Sim, ela, cujo generoso auxílio seu nome faz amar,/ Arrasou esses vestígios com mão de Harpia,/ Que, invejosa, a Antigüidade evitou e os tiranos preservou.// Frio é o coração, linda Grécia!, que olhar para ti,/ E não se sentir como os amantes sobre o pó que amaram;/ Estúpido é o olho que não chorar ao ver/ Teus muros derrubados, teus santuários desfeitos em pó e removidos/ Por mãos britânicas a que mais cabia/ Proteger essas relíquias de qualquer restauração./ Maldita seja a hora em que de sua ilha eles vieram / E seqüestraram teus humilhados deuses para os climas nórdicos/ abominados.

vam nas docas do Pireu, como também continuava a enviar uma enxurrada de cartas a Lusieri, convencendo-o a fazer outras aquisições e escavações, custasse o que custasse. Já muito endividado com seus banqueiros de Londres, conseguiu um empréstimo junto a um banco de Malta. Só em janeiro, ele escreveu por três vezes à mãe, avisando-a para não poupar despesas para confiscar o friso do Partenon de Choiseul-Gouffier, "que durante todo esse tempo esteve guardado sob pesadas taxas na alfândega de Londres".[17]

No segundo dia de fevereiro de 1804, Lady Elgin recebeu uma notícia sobre a mãe que estava na Escócia: "A sra. Nisbet finalmente se entusiasmou com a *paramana* grega, e chegou ao ponto de reconhecer que não há babás inglesas que possam comparar-se a essa grega gorda que cuida das crianças exatamente do mesmo jeito, estando ou não presente a sra. Nisbet".[18] Mas o gosto da *paramana* grega pelo alho e pelos molhos espessos ainda não era bem visto em Archerfield. Lady Elgin ficou contente em saber que Bruce prosseguia com afinco o estudo da língua grega. Com lágrimas nos olhos, ela se lembrava da sua saudação diária em Constantinopla, tão carinhosa e repleta de amor : "*Kali mera. Mitera, S'agapo*! [Bom dia, mamãe. Eu te amo!]" E Mary e a pequena Matilda faziam tudo para imitá-lo, com seus lábios finos percorrendo cada uma das estranhas sílabas, tropeçando mas nunca desistindo. Autênticas escocesas!

Mas, aqui na França, a saúde do pequeno William preocupava Lady Elgin. Ao contrário de seus outros filhos, sua constituição era muito delicada, mais suscetível a doenças e, sem dúvida por essa razão, excessivamente apegado a ela:

> Nasceu o primeiro dentinho do William, sem nenhuma febre e sem nenhum problema. Ele é mesmo a melhor criança que já vi. De cílios longos – tão firme, de pele tão boa – e tem uma carinha tão inteligente e tão alegre que tenho certeza iria cativá-la. Não sei o que faríamos sem ele; é a alegria da casa.[19]

William tinha pouco apetite, e Lady Elgin se preocupava com isso, pois acreditava que fosse um sintoma de alguma doença terrível. A sra. Cockburn indicou um médico de Pau, considerado uma autoridade em enfermidades infantis. O médico, depois de um demorado exame, declarou que William gozava de boa saúde, para irritação de Lady Elgin, convicta de que o filho estava gravemente doente. Para aumentar o apetite de William, o médico

---

[17]Smith, *Elgin*, 295.
[18]Nisbet, *Letters*, 354.
[19]Ibid., 324.

francês receitou uma colher-de-chá de vinho tinto antes de cada refeição; Lady Elgin também foi aconselhada a submeter o filho a visitas regulares aos banhos de Barèges, assim que começasse o verão.

Eles nunca foram a Barèges.

Na primeira semana de abril, as autoridades francesas de Pau comunicaram aos Elgins que já estavam livres para voltar a Paris. Uma noite, visitaram os amigos e todos pareciam de bom humor, até mesmo o sempre rabugento sr. Sterling. O coronel Craufurd divertiu-os contando antigas histórias da vida militar no Egito.

Hunt saiu cedo de casa na manhã seguinte e tratou de alugar duas carruagens. Por volta do meio-dia, já estavam prontos para partir. Depois que os cocheiros cuidaram da bagagem, Félicité entrou na carruagem, com William nos braços. Lady Elgin sentou-se ao seu lado no banco de trás, enquanto Hunt e Elgin dividiram o da frente. Toda a bagagem foi posta na segunda carruagem. Nos arredores de Pau, o cocheiro dirigiu-se para a estrada de Bordeaux, mas Lady Elgin, já tendo percorrido algumas vezes aquela estrada, sugeriu que seguissem por Toulouse e Lyon. O itinerário pouco importava a Elgin; estava simplesmente feliz por deixar Pau. Até o pequeno William parecia contente, aconchegado em seu cobertor, com um tom rosado no rosto.

Enquanto as carruagens corriam pelos campos, desfilavam diante deles vilarejos e cidades. Lady Elgin via um novo brilho de alegria nos olhos do marido, certamente provocado pela esperança de uma liberdade iminente e a promessa de finalmente rever a Escócia. Toulouse passou quase despercebida: umas poucas casas miseráveis de estuque branco, uma igreja solitária de granito, vacas a pastar pelo campo tranqüilo. Foi uma viagem excessivamente longa, e Hunt ficou pensando se afinal não deveriam ter ido pela estrada de Bordeaux, mas Elgin não via sentido em voltar atrás agora. Aliás, ele sempre quisera conhecer Lyon.

Pouco antes do anoitecer, quando entravam em uma pequena aldeia, Lady Elgin ficou de repente preocupada com o filho. A testa da criança estava muito quente, e seu corpo tremia. Elgin decidiu fazer uma parada ali. O nome da aldeia era Burlats, e conseguiram alojamento em um pequeno albergue na rua da igreja. William tomou leite quente e por fim caiu no sono. No meio da noite, porém, ele pregou um susto em Lady Elgin, mostrando-se gravemente doente, com vômitos e febre alta. Hunt vestiu-se rapidamente, chamou um dos cocheiros e juntos correram até o vilarejo vizinho de Brassac, onde conseguiram encontrar um médico. O velho médico deu uma olhada no menino e imediatamente o submeteu a uma aplicação de oito sanguessugas em cada têmpora, seguida pela provação adicional de corte e sangramento. William estava fraco demais para resistir.

No meio da tarde, a febre cedeu, e ele conseguiu tomar um pouco de caldo de carne, que a mulher do dono do albergue gentilmente lhe preparara. Elgin estava ansioso por prosseguir viagem, mas tanto Lady Elgin quanto Hunt conseguiram convencê-lo a aguardar até que William estivesse melhor para viajar. Elgin ficou emburrado durante algum tempo, mas no jantar já estava melhor, a ponto de entrar em uma discussão política acalorada com o dono do albergue.

Saíram de Burlats no dia seguinte, bem cedo.

Lyon realmente os assombrou: balneários, tumbas, relíquias de um teatro antigo, três aquedutos e até mesmo vestígios de um canal subterrâneo que antigamente levava as águas do Ródano até um lago construído especialmente para batalhas navais em miniatura. Assim que entraram na cidade, Hunt os inundou com a profundidade de seus conhecimentos, que ia até os gauleses e segusianos, explicando que antigamente Lyon ficava encravada entre o Ródano e o Saône, margeada por belos cais que eram unidos por vinte e quatro pontes. Agripa fizera de Lyon o ponto de partida de quatro grandes estradas, e Augusto dera à cidade um senado, tornando-a a sede de uma assembléia anual de deputados. Embora tenha sido arrasada pouco antes do nascimento de Cristo, Lyon foi sucessivamente ornamentada por Trajano, Adriano e Antonino. São Irineu sofreu martírio ali, durante a selvagem perseguição de Sétimo Severo; e no século XIII reuniram-se dois concílios eclesiásticos dentro da Catedral de Notre-Dame de Fourvière.

Enquanto Hunt falava, Lady Elgin ouvia-o só pela metade. A febre de William estava recrudescendo e, suplicante, ela sussurrou ao marido que procurasse um médico.

William faleceu em Paris a 8 de abril de 1805. Lady Elgin ficou transtornada, à beira do delírio.

> Reze por mim, querida mamãe, pegue-me em seus braços. Suas orações serão ouvidas, embora as minhas não o tenham sido. Perdi o meu William, meu anjinho William. Minha alma era louca por ele; meu filho me absorvia intensamente. Desde que ele nasceu até à noite fatal em que Deus quis chamá-lo, eu me devotei a ele.
>
> Estou resignada com a Vontade do Todo-Poderoso, mas minha alegria foi destruída para sempre. Meu William, meu adorado William foi embora, partiu e me deixou aqui.[20]

[20]Ibid., 351.

Lady Elgin recusou-se a enterrar a criança na França, e enquanto Elgin defendia seu caso junto a Talleyrand em Paris, ela conseguiu fazer com que William fosse embalsamado e colocado em um esquife. Muitas semanas se passaram antes que Talleyrand enfim desse uma resposta: Bonaparte cedera e concordara em dar a ela e a Hunt uma autorização para voltarem à Escócia, para que o menino pudesse ser sepultado no túmulo da família Elgin em Dunfermline, mas Elgin devia permanecer na França, às ordens de Napoleão.

Lady Elgin ficou muito perturbada por abandonar o marido em uma hora daquelas, mas não suportava ficar mais um dia sequer na França; e para agravar seu sofrimento, estava agora grávida do quinto filho. Obteve-se uma passagem para embarque em três dias em um brigue inglês que estava atracado em Calais. "Robert Fergusson, soube ela mais tarde, também voltaria à Inglaterra a bordo do mesmo navio."[21]

Em outubro de 1805, na manhã da partida, soldados franceses irromperam na suíte do Hôtel de Richelieu e ordenaram que Elgin se levantasse. Ele foi preso e imediatamente conduzido à prisão de Melun.

> Quando eu estava detido em Paris, recebi uma misteriosa carta de um viajante inglês que se queixava do fato de Lusieri ter retirado o friso do Partenon. Na manhã seguinte, um policial comum veio, tirou-me da cama e me mandou para uma prisão fechada em Melun, longe de minha família. Era essa a influência exercida pelos franceses na época.

Lady Elgin odiou ter de separar-se do marido em tais circunstâncias, mas nada podia fazer.

A travessia do canal da Mancha foi cheia de perigos. Ventos de tempestade tragaram o brigue assim que saíram de Calais, obrigando Hunt a se trancar na cabine durante toda a viagem, enquanto Lady Elgin preferia permanecer no convés, enrolada em vários cobertores e negando-se a olhar para a pouco amistosa costa francesa.

À primeira vista de Dover, a tempestade amainou, e o brigue navegou tranqüilamente ao redor de Folkestone, rumando diretamente para Portsmouth. Um vento favorável logo inflou suas velas e o brigue prosseguiu velozmente por Hastings e Brighton, chegando por fim ao porto de Portsmouth. Antes de sair do navio, Lady Elgin jantou à mesa do capitão. Robert Fergusson sentou-se a seu lado e, notando seu estado físico abatido, ofereceu-se para assumir toda a responsabilidade pelo enterro de William em Dunfermline.*

---

[21]Lewis, *Napoleon*, 183.

* Fergusson escoltou o esquife até a Escócia e esteve presente ao funeral.

Quando chegaram a Londres, Hunt despediu-se dela. Suas esperanças de conseguir uma fortuna independente estavam em frangalhos. Elgin não lhe pagara um tostão até então, e Hunt agora se via obrigado "a transferir seus serviços para o duque de Bedford".[22]

Essa revelação foi um golpe para Lady Elgin, e ela implorou a Hunt que reconsiderasse a decisão, mas ele estava muito ressentido e não queria mais nada com Elgin.[+]

Mais tarde naquele mesmo dia, Lady Elgin recebeu um jornal contendo uma matéria que exigia o retorno imediato dos mármores do Partenon à Grécia. O artigo era apimentado pela história de que um famoso pugilista chamado Gregson fora convidado a se despir no museu de Elgin em Park Lane e a posar durante duas horas, em várias posições, para que sua anatomia pudesse ser comparada à das estátuas. "Um número considerável de cavalheiros ingleses chegaram a pagar até um guinéu para assistir à exibição."[23] Cerca de um mês mais tarde, duas lutas de boxe de verdade ocorreram dentro do museu, entre os melhores pugilistas da época.

Durante a longa estada em Londres, Lady Elgin residiu no número 60 de Baker Street. Seus pais possuíam uma casa de inverno suntuosa nas proximidades de Portman Square e pediram-lhe que fosse morar ali, mas ela precisava urgentemente de paz e tranqüilidade, e preferiu permanecer em Baker Street. Embora estivesse ansiosa por ver os filhos, sentiu que não devia partir para Archerfield antes que a saúde o permitisse. A criada de confiança da sra. Nisbet, a sra. Gosling, foi enviada a Lady Elgin em Baker Street, juntamente com duas outras criadas.

Em 15 de janeiro de 1806, Lady Elgin deu à luz o quinto filho, uma menina de nome Lucy. Poucos dias depois do nascimento da criança, escreveu ela ao marido na França: "Sofri tanto desta vez que nunca mais vou me sujeitar a uma relação com você que possa produzir tais efeitos!".[24]

Durante todos esses meses, Robert Fergusson era um visitante assíduo do número 60 de Baker Street, "mesmo depois que o último convidado já tivesse partido".[25] Durante a longa convalescença, Lady Elgin sentia remorsos em relação ao marido e, para aliviar esse estado de espírito, escreveu uma longa carta ao rei Jorge III, implorando-lhe que intercedesse por Elgin. Também escreveu ao rei da Prússia e ao imperador Alexandre da Rússia.

---

[22] *Select Committee Report*, 43.

[23] Philip Hunt, *A Narrative of What Is Known Respecting the Literary Remains of the Late John Tweddell*, 4; também na Biblioteca Nacional da Escócia, 5645 F 210.

[24] Farington, *Diary*, 20 de junho de 1808.

[25] *The Trial of R. Fergusson, Esq.*, 6.

[+] Só Hamilton, de todo o grupo que partira para Constantinopla, permaneceria leal a Elgin até o fim.

Enquanto isso, o furor contra o seqüestro feito por Elgin dos mármores do Partenon prosseguia inquebrantável. Durante os prolongados debates, *The Times* de Londres publicou o seguinte artigo:

> Um dos ministros de confiança de Bonaparte revelou recentemente que qualquer intercessão da parte de reis e imperadores com relação à prisão de Lord Elgin na França pode muito bem prolongar o cativeiro de Sua Senhoria, pois o orgulho de Napoleão fará com que sejam rejeitadas. Contudo, observou-se que se a solicitação vier de uma associação cultural inglesa que alegue que Sua Senhoria é um patrono liberal e esclarecido das artes e recuperou muitas ruínas da Antigüidade, o que lhe custou muito dinheiro, não é improvável que o pedido seja atendido.[26]

Lady Elgin nada tinha a perder e, uma vez que Robert Fergusson era membro da Royal Society, pediu a ele que propusesse esta petição formal:

Aos colegas do Instituto de França

> A fúria guerreira não deve interromper o intercâmbio entre os cientistas, e nos alegramos pelo progresso e pelo bom êxito de vossos esforços. Estando sempre prontos, de nossa parte, a prestar assistência aos vossos cientistas que visitem nosso país, pedimos permissão para apresentar o seguinte caso à vossa consideração:
>
> Um fidalgo inglês, um embaixador imbuído de amor pelas artes e pela ciência, com grandes despesas pessoais remeteu à Inglaterra uma imensa coleção de arte grega antiga. Mas esses preciosos restos não foram publicados nem tampouco exibidos, para grande decepção dos artistas e do público culto, pois, em sua ausência, é impossível efetuar quaisquer arranjos neste sentido. Esses nobres fragmentos de antigüidades permanecem encaixotados e estão mofando no escuro, expostos aos perigos da negligência e dos acidentes. Retirados da destrutiva ignorância dos turcos, que já haviam reduzido a cal muitíssimas obras semelhantes do gênio grego, eles passaram agora a mãos cultas, sem proporcionar nenhuma das muitas vantagens que se poderia esperar obter de seu estudo e inspeção.[27]

---

[26] Ibid., 5ss.

[27] *St.* Clair, *Marbles*, 134.

Antes de deixar a França, Lady Elgin fora instruída pelo marido a estabelecer um inventário completo da coleção de Park Lane antes de partir para a Escócia. Ela se preparou para a provação, caminhando devagar até o museu, que ficava perto de uma ruazinha atrás de Piccadilly. Passou por um jardinzinho cujas árvores e flores pareciam tristes e desdenhadas e por fim chegou a uma ampla construção de madeira. A porta da frente estava aberta, e diversos grupos de visitantes apinhavam-se ao redor das métopes e das estátuas espalhadas ao acaso pelo chão. Nervosa, ela fez um registro de cada peça, descrevendo sua exata posição e arranjo. Quando se viu diante da cariátide, foi como se entrasse em um túmulo. Ela caminhou ao acaso pelo salão, passou pelo torso de Íris que fora retirado do frontão oeste do Partenon e em seguida pelo de Ilissos e pelas magníficas métopes dos centauros em batalha contra os lápitas. Incapaz de prosseguir, lançou um último olhar preocupado à Afrodite reclinada sobre o colo da mãe, com as pregas das vestes coladas à pele.

Quase não dormiu aquela última noite em Baker Street. Uma carruagem estava à sua espera na manhã seguinte bem cedo, e só depois de entrar nela sentiu-se realmente à vontade, sabendo que enfim estava a caminho de sua amada Escócia. Com ela ia a sra. Gosling, levando o bebê Lucy nos braços, enquanto as outras duas criadas e a bagagem seguiam em um cabriolé.

Chovia quando as carruagens saíram de Londres. Após passarem por Waltham Abbey, a tempestade agravou-se e foram obrigadas a parar em Cambridge para passar a noite. De manhã, abriram caminho através da chuva e da lama para chegar a Wainfleet, onde encontraram acomodações em um albergue pequeno, mas confortável. A viagem foi mais rápida no terceiro dia. A sra. Gosling negociou uma troca de cavalos à tarde, e seguiram por uma estrada sinuosa que margeava o Witham. Pararam em York para tomar chá com biscoitos e em seguida seguiram até Richmond, onde se alojaram em um albergue espaçoso, no centro da cidade.

Chegaram a Darlington no dia seguinte e, enquanto almoçavam em um pequeno albergue à margem do rio Tees, Lady Elgin ficou contente com o voraz apetite e com a tolerância à viagem da pequena Lucy. Na margem oposta ficava Stockton, com suas sujas chaminés a lançar grossas colunas de fumaça púrpura ao céu nublado. Depois de atravessar a velha ponte de madeira até Stockton, chegaram a Newcastle ao cair da noite.

Na manhã seguinte bem cedo, partiram novamente. Lady Elgin afundou-se no assento e cravou os olhos nas colinas monótonas. Havia muito verde em toda parte. Como seu coração bateu forte ao ver de novo as urzes! Afundando-se ainda mais no assento, ela fechou os olhos, e quando acordou descobriu que era muito mais tarde do que imaginara. O sol já se havia posto atrás das colinas ocidentais e uma neblina gelada assentava-se sobre os campos.

As carruagens chegaram rapidamente a Berwick-upon-Tweed, mas a cidade estava às escuras e Lady Elgin nada viu, salvo as luzes nas janelas. Passaram a noite em um pequeno hotel nas redondezas da cidade; ela, porém, não conseguiu dormir, sabendo que Archerfield e seus filhos estavam agora a pouco mais de cinqüenta quilômetros de seu coração.

Escócia

Lusieri presumiu que, depois de tanto tempo, os Elgins tivessem chegado à Escócia – afinal, haviam-se passado dois anos sem que recebesse notícias deles –, e suas longas missivas continuavam a chegar a Archerfield todos os meses, regularmente. A carta a seguir foi escrita no dia 30 de junho de 1804:

Atenas

Meu caro Lord:

Imediatamente após sua partida de Atenas, fiz planos para novas remoções e escavações, de acordo com sua recomendação. Logo reunimos outra grande coleção de mármores e conseguimos transportá-los até o Pireu para o embarque – nesse meio tempo, porém, o conde Sébastiani persuadiu os turcos a romperem a aliança com a Rússia em favor dos franceses, e quando os ingleses souberam da notícia, enviaram sua frota em ajuda à Rússia. Entretanto, quando seus navios passavam pelos Dardanelos para dar uma demonstração de força a Constantinopla, os turcos dispararam contra eles dos fortes dos Estreitos, provocando pesadas perdas.

Isso, conseqüentemente, teve efeitos devastadores sobre nossa remessa de mármores. O voivode impediu-nos de levá-los a bordo do navio de guerra que estava à espera e fui obrigado a fugir de Atenas, deixando os finos tesouros de Vossa Senhoria à mercê dos franceses. Os caixotes que continham uma vasta coleção de vasos foram violados e em seguida enviados por terra a Épiro, no noroeste da Grécia, de onde foram mandados à França e ao Museu do Louvre. Mas a presa real, a fina coleção de mármores de Vossa Senhoria, representava um problema mais difícil para os franceses. Em razão de seu peso excessivo, não puderam ser transportados pelas montanhas a partir de Ioánina, a capital de Épiro, e por conseguinte o almirantado francês foi chamado em socorro, mas por sorte de Vossa Senhoria nenhum navio francês pôde ser poupado ao esforço de guerra.

Parti para a Sicília e só consegui chegar lá depois de muitas tribulações. Em Palermo, entabulei negociações com um agente do Levante para que ele agisse como representante de Vossa Senhoria, e chegamos a traçar um plano para salvar os mármores, o que envolvia não só persuadir Lord Nelson a mandar mais um navio ao Pireu, mas também o esquema mais ousado de capturar o agente francês Fauvel pela força das armas e mantê-lo como refém até que os mármores que estavam nas docas fossem embarcados em segurança. Entreguei ao representante de Vossa Senhoria uma grande quantia em dinheiro, que tive de pedir emprestado de diversas fontes até que Vossa Senhoria possa reembolsá-las. Boa parte desse dinheiro foi para a compra de pistolas de prata e de relógios ingleses, pois era de esperar uma propina adicional para os turcos. Lord Nelson foi então alertado de que qualquer navio enviado ao Pireu deveria também ser acompanhado de um grande navio de transporte, juntamente com cavalos, apetrechos, cordas e carretas.

O representante de Vossa Senhoria na Companhia do Levante foi imediatamente a Constantinopla e obteve um firmã que me permitia voltar a Atenas. Apresentei-o ao voivode e, ao tomar posse de minha casa, encontrei as portas e janelas arrombadas. Uma escada estava apoiada ao muro do jardim, permitindo a entrada de qualquer pessoa. Tudo o que havia de valor fora roubado: vasos, andaimes, cordas e todo o meu equipamento. Minha primeira preocupação, porém, foram os mármores que estavam nas docas do Pireu. Para minha total surpresa, eles ainda estavam ali, intactos. Agindo com presteza, obtive permissão do voivode para embarcar a coleção em um navio fretado da ilha de Hidra. Os mármores foram rapidamente levados a bordo e o navio estava pronto para zarpar quando chegou uma ordem vinda da Porta, exigindo que todos os mármores fossem imediatamente desembarcados.

Bonaparte e seus agentes mais uma vez nos haviam frustrado, e enquanto os caixotes eram levados para fora do navio e postos nas docas, Fauvel lá estava, de bengala na mão, triunfante.

No dia seguinte, o navio de guerra e o de transporte de Lord Nelson chegaram ao Pireu. Fui ter com o voivode e o enchi de presentes, mas ele se recusou a permitir que embarcássemos os mármores nos navios. Em duas semanas, porém, os turcos se desencantaram totalmente com os franceses, por alguma razão, e mais uma vez deram uma guinada na direção de uma aliança com a Inglaterra.

O representante de Vossa Senhoria em Constantinopla escreveu-me pouco depois disso e disse ter sido bem-sucedido em obter a ordem do sultão ao voivode para o embarque dos mármores. O firmã chegou a Atenas no dia 2 de junho, mas a essa altura, infelizmente, os navios de Nelson já haviam deixado o Pireu. Nem é preciso dizer que Fauvel ficou encantado com isso. Lord Nelson, porém, mais uma vez veio em auxílio de Vossa Senhoria e enviou ao Pireu um navio de guerra, vindo diretamente de Esmirna. Mesmo aí os franceses tentaram obstar nossos planos, através das propinas e das intrigas de Fauvel, mas o firmã do sultão era soberano e por isso os mármores foram levados para bordo do navio de guerra, que finalmente partiu para Malta e dali para a Inglaterra.

Devo agora relatar a Vossa Senhoria a cena de rebelião que teve lugar nas docas enquanto o navio de guerra estava sendo carregado. O problema foi instigado pela pena de Lord Byron, cujos poemas inflamaram o mundo contra o fato de Vossa Senhoria levar os mármores do Partenon.[1] Incluo aqui um breve trecho da *Childe Harold's Pilgrimage* de Byron, Canto II, Nota 2:

> É de lamentar que uma guerra mais do que civil esteja a ser travada a respeito das atividades de Lord Elgin na Grécia. Todos nós podemos sentir ou imaginar a dor com que são vistas as ruínas de cidades outrora capitais de impérios – mas nunca a pequenez do homem ou a vaidade de suas melhores virtudes de patriotismo e de bravura na defesa de seu país se mostraram mais evidentes do que na história daquilo que Atenas foi e na certeza do que ela é agora. Esse teatro de contenda entre facções poderosas – as lutas entre oradores, a exaltação e a deposição dos tiranos, o triunfo e o castigo de generais – hoje se transformou em um cenário de intriga mesquinha e de briga pessoal entre os exaltados agentes de Lord Elgin e Bonaparte. As raposas selvagens, as corujas e as serpentes das ruínas de Babilônia com certeza eram menos degradantes do que eles. Os turcos têm a desculpa da conquista para a sua tirania; e os gregos sofreram a sorte da guerra, natural aos mais valentes. Mas qual não é a decadência dos poderosos, quando dois homens lascivos brigam pelo privilégio de pilhar o Partenon, cada um triunfando por seu turno, conforme o teor dos sucessivos firmãs! Sula não pôde

[1] Lusieri a Lord Elgin, 20 de junho de 1804, St. Clair, *Marbles*, 138.

> punir; Filipe, conquistar; e Xerxes, queimar. Restou para um insignificante escocês e seu desprezível pintor tornar Atenas tão vil quanto eles mesmos.[2]

Lusieri concluiu a carta pedindo para ser libertado dos vínculos de seu contrato com Elgin. Como em sua mensagem anterior, mais uma vez ele recordou a Elgin que "ainda estava por receber todos os salários a ele prometidos".[3] Como Hunt, Carlyle e todos os outros membros da equipe de Elgin, Lusieri não ganhou um tostão por seus esforços. E o que é pior, era agora visto pelo mundo com ódio e desprezo.

Depois de vários meses de um miserável confinamento, Elgin por fim obteve a soltura da prisão de Melun e foi autorizado a voltar a Londres. "Sua libertação deveu-se em boa medida a um pedido direto a Bonaparte feito por Lord Grenville, durante seu breve exercício do cargo de primeiro-ministro."[4] Antes de obter o salvo-conduto para a França, Lord Elgin foi obrigado a assinar um documento na presença de Talleyrand, prometendo voltar à França todas as vezes que o governo francês o solicitasse.

Elgin ficou radiante por finalmente voltar para casa. Era agora de conhecimento geral que gastara uma fortuna enorme para trazer a Londres os mármores do Partenon, mas tinha esperanças de recuperar esses gastos propondo imediatamente ao Parlamento a compra de sua coleção para o Museu Britânico.

Sua alegria por estar livre, porém, foi mais do que ofuscada pela descoberta de que sua mulher estava tendo um caso ilícito com outro homem, Robert Fergusson. Através de vários de seus amigos, como seu secretário em Constantinopla, Alexander Stratton, Elgin estava de posse de diversas cartas trocadas por sua mulher e Fergusson, e elas eram irrefutáveis. Na verdade, a troca de correspondência começara quando eram ainda prisioneiros na França. Assim começava a carta de Fergusson:

> Posso gabar-me de te amar com uma paixão nunca sentida antes, e espero que a hora de nossa união esteja chegando. Meu Deus! Como podes submeter-te à conversa grosseira desse homem? Como é que se pode ter essa linguagem com a esposa? A conversa de teu marido é para ti execrável, e tens de romper os grilhões.[5]

---

[2]Lord Byron, *Childe Harold's Pilgrimage*, canto 2, n. 2.
[3]Lusieri a Lord Elgin, 26 de junho de 1805, St. Clair, *Marbles*, 208.
[4]British Library, Manuscritos Adicionais 38266 F 5.
[5]Robert Fergusson a Lady Elgin, 10 de dezembro de 1806, *The Trial of R. Fergusson*, 10.

Uma segunda carta de Fergusson a Lady Elgin era ainda mais inflamada. "Tens de demonstrar e agir sobre tua repugnância; exasperá-lo; considerar a abordagem dele uma violação de tua pessoa e forçá-lo à separação!"[6]

Em outra carta ainda, havia uma forte declaração do profundo amor de Fergusson por Lady Elgin. "Se alguma vez o amor reinou em toda a sua pureza, foi em nossos corações. Morrerei com tua imagem em meu coração, e erguerei o rosto para o céu e declararei meu mais fiel amor, mesmo ao morrer."[7]

Com a cumplicidade de seu ex-secretário em Constantinopla, William Richard Hamilton, Elgin também confiscara muitas das cartas que Lady Elgin escreveu a Fergusson, como esta:

> Elgin estava realmente muito agitado, mas não disse nada. Depois do chá, ele se levantou de repente e foi para o quarto por algumas horas. Tossia terrivelmente, o que sempre acontece quando está contrariado. Falei a ele de meu desejo de ir ver onde jaz o meu querido William, e que queria ir sozinha. Isto é uma coisa que não posso te explicar, mas eu sinto como se ele fosse nosso. Elgin saiu cedo esta manhã. Não o vi. Para ser justa com ele, devo dizer que aceitou manter a promessa e permitiu que eu volte à Inglaterra sem ele, mas não acho possível que ele continue assim. Eu me arrepio quando ouso pensar nisso e também sei com certeza que não posso viver sem ti.[8]

De fontes idênticas, Elgin confiscara outras cartas, a maioria escrita da mesma maneira, com instruções minuciosas sobre como o caso ilícito deveria ser levado adiante. O caso chegou a níveis tão estranhos, que os próprios amigos de Elgin estavam passando as cartas entre Fergusson e Lady Elgin.

Os irados ciúmes de Elgin exigiam imediata retaliação, e, embora tivesse vencido uma rápida ação civil em Londres, a lei inglesa o obrigava a submeter-se a um segundo e caríssimo julgamento em Edimburgo. O divórcio era permitido pela lei escocesa, ao passo que na Inglaterra era concedido apenas por meio de um Ato do Parlamento, particular e ainda mais caro. Fergusson não contestou a ação civil em Londres e, assim, a decisão foi tomada contra ele à revelia, mas ele e Lady Elgin estavam decididos a se defender em Edimburgo.

---

[6]Ibid., 11.

[7]Ibid., 11ss.

[8]Commissary Court, Scottish Records Office, Edimburgo, Escócia, "Decreet Divorce, Thomas, Earl of Elgin and Kincardine, against Mary, Countess of Elgin and Kincardine", 1808:6.

A família Nisbet, compreensivelmente, passou por turbulências nas semanas que se seguiram. A decisão de Elgin de levar vergonha e desgraça à esposa beirava a loucura, pois envolvia seu próprio nome na confusão. Todavia, o motivo real de seu ato ficou claro quando as seguintes contas foram publicadas no jornal *The Times*:

> As operações de Lord Elgin em Atenas o deixaram sem um tostão. Juntamente com sua proposta ao Parlamento de compra dos mármores do Partenon, Sua Senhoria referiu-se às suas enormes despesas:

Pagamento dos artistas em Atenas	£9.200
Transporte dos artistas para e do Oriente	£1.500
Pagamento de operários em Atenas e outros lugares	£15.000
Armazenamento dos nármores em Malta	£2.500
Custo do *Mentor*, seu salvamento etc.	£5.000
Custo do transporte dos mármores à Inglaterra etc.	£6.000
Total	**£39.200**[9]

Essa soma atordoante referia-se apenas à primeira coleção de mármores enviados à Inglaterra. Um número comparável pode ser atribuído às remessas seguintes, em um total de setenta e quatro mil libras. O Parlamento não estava disposto a pagar esse preço, e durante suas longas deliberações ocorreram dois incidentes que agravaram em muito o caso de Elgin. O primeiro envolveu John Tweddell, um jovem professor de capacidade excepcional, que fez uma grande viagem pela Suíça, Alemanha, Rússia, Turquia, Egito, Palestina e Grécia. Ele concluíra cinco enormes livros de diários, e também quatro volumes de inscrições gregas, sete pastas de desenhos, oito livros de águas-fortes e pinturas e inúmeras outras obras de valor artístico e acadêmico. Para conferir ao trabalho certa distinção profissional, contratou o famoso pintor francês Preaux, que antes trabalhara para Choiseul-Gouffier e Edward Daniel Clarke. Tweddell estava decidido a superar as grandes façanhas de Clarke, e chegou a comprar de Fauvel muitos desenhos excelentes, mas faleceu subitamente de febre, em Atenas, e Fauvel conseguiu que fosse sepultado no Tesêion.* [10]

---

[9] *The Times* (Londres), 16 de dezembro de 1805.

[10] A principal fonte sobre o caso Tweddell é um volume *in-quarto* publicado em 1816 pelo irmão de Tweddell, o reverendo Robert Tweddell, *The Remains of John Tweddell, Late Fellow of Trinity College, Cambridge, Being a Selection of His Correspondence, a Republication of his "Profusiones Juveniles", an Appendix Containing Some Account of the Author's Collections, Manuscripts,*

Uma grande coleção de papéis de Tweddell foi cedida a Thomas Thornton, da Companhia do Levante, para que a guardasse em Constantinopla, mas a maior parte dela foi destruída pelo fogo. O restante foi enviado pelo cônsul britânico em Atenas, Logothétis, a Sir John Spencer Smith, que na época era embaixador junto à Porta, com a solicitação de que fosse encaixotado e remetido aos herdeiros de Tweddell na Inglaterra.

Lord Elgin acabara de suceder a Smith quando os papéis chegaram a Constantinopla, após uma viagem arriscada em que o navio que os transportava naufragou no mar de Mármara. A maioria das caixas, porém, foi salva, embora estivessem danificadas quando chegaram à embaixada britânica em Constantinopla. Elgin pôs para secar todos os papéis no porão do Palácio Britânico, e ordenou a Hunt e ao professor Carlyle que os ordenassem e catalogassem. Terminado esse tedioso trabalho, Elgin ordenou que os papéis fossem empacotados e mandados à Inglaterra às suas custas, mas por alguma razão ocorreu um erro e os papéis nunca foram enviados. Inexplicavelmente, muitos dos desenhos foram parar na casa de William Nisbet, na Escócia; e mais tarde, Hunt reconheceu "que copiara algumas anotações dos diários de Tweddell, na esperança de que fossem úteis em suas viagens pela Grécia".[11]

Estes assuntos foram por fim levados à atenção de Sir John Spencer Smith, que escreveu à família de Tweddell e pôs a culpa toda em Elgin. O irmão de Tweddell, o reverendo Robert Tweddell, decidiu imediatamente investigar o caso todo. Escreveu a Elgin, solicitando-lhe gentilmente que relatasse todas as circunstâncias relativas à perda dos papéis, disfarçando seu objetivo real ao afirmar que pretendia escrever a biografia do irmão.

Elgin respondeu com uma narrativa completa de tudo aquilo de que se lembrava. O reverendo Tweddell escreveu-lhe de novo, pedindo que Elgin esclarecesse certos pontos mencionados. Elgin mais uma vez aquiesceu, enviando ao reverendo Tweddell um fluxo contínuo de cartas durante seis meses.

Drawings, etc., and of Their Extraordinary Disappearance, Preceded by a Biographical Memoir of the Deceased, and Illustrated with Portraits, Picturesque Views, and Maps [Os restos de John Tweddell, ex-adjunto do Trinity College de Cambridge, compostos por uma seleção de sua correspondência, uma republicação de suas "Profusiones Juveniles", um apêndice contendo um relato das coleções, dos manuscritos, dos desenhos etc. do autor e do seu extraordinário desaparecimento, antecedido por uma memória biográfica do falecido e ilustrado com retratos, vistas pitorescas e mapas]. O livro era vendido a três guinéus, e as 225 páginas do apêndice eram dedicadas inteiramente a maldosas acusações contra Lord Elgin. A defesa de Elgin neste caso foi publicada em uma longa carta ao editor da *Edinburgh Revue*, n. 50, 1815.

* Os motivos de Fauvel não se baseiam na lealdade. Escavando a sepultura de Tweddell, esperava desenterrar o túmulo de Teseu.

[11]Hunt, *A Narrative*, tal como citado em um artigo do *Christian Observer*, agosto de 1815.

O reverendo Tweddell valeu-se da mesma tática com Thomas Thornton, da Companhia do Levante, e também com Hunt. Uma vez que Carlyle morrera inesperadamente enquanto Elgin estava preso na França, o reverendo Tweddell entrou em contato com um dos amigos do professor e conseguiu tirar dele muitas recordações valiosas, que em seguida foram repassadas a um advogado. Quando Edward Daniel Clarke foi informado de tudo isto, rapidamente adicionou ao debate as suas próprias opiniões:

> O fato de que a propriedade literária desse cavalheiro, depois de ter sido indiscutivelmente confiada ao Embaixador Britânico em Constantinopla, tenha absolutamente desaparecido *in totum* e escapado às mais minuciosas investigações feitas por sua família e amigos, é assunto para o mais profundo pesar e constitui uma circunstância de natureza completamente inexplicável. Sobre este ponto, porém, o autor evita dizer tudo o que poderia, na esperança de ver o estranho mistério resolvido por uma mão irmã que possa com justiça aspirar à melhor informação.
> É de temer que se alguma outra parte das observações do sr. J. Tweddell acerca da Grécia venha um dia à luz, seja sob a forma adulterada de trechos retirados de seus escritos por aqueles que roubaram seus papéis, sem que nenhum agradecimento seja feito a seu real autor.[12]

Toda essa publicidade negativa se revelou nefasta durante as negociações de Elgin com o Parlamento, e quando a triste história enfim terminou, suas esperanças de conseguir uma venda satisfatória estavam gravemente comprometidas.

O segundo incidente infeliz está relacionado aos valiosos manuscritos que o professor Carlyle tomara emprestado dos mosteiros gregos antes de deixar o Oriente. Eles lhe haviam sido emprestados pelo patriarca de Constantinopla com a condição expressa de que Carlyle "prometa devolvê-los ao Patriarca quando os objetivos pelos quais foram emprestados forem atingidos, ou quando o Patriarca os pedir de volta".[13] Como secretário da embaixada de Elgin, a assinatura de Philip Hunt aparecia ao lado da de Carlyle, o que tornava o governo britânico parte responsável do contrato.

Esses manuscritos antigos remontavam do século X ao século XV e continham textos inestimáveis do Novo Testamento. Seis deles foram tirados do mosteiro de São Saba, na Síria; quatro vinham da biblioteca

---

[12]Clarke, *Travels in Various Countries*, parte 2, sec. 2:533.
[13]Philip Hunt a Robert Liston, 20 de junho de 1817, St. Clair, *Marbles*, 246.

do patriarca de Jerusalém em Constantinopla; e dezoito foram tomados em empréstimo de diversos mosteiros das ilhas Príncipe, perto de Constantinopla. A esperança de Carlyle era de que fossem examinados na Inglaterra, o que lhe permitiria publicar uma versão revista do Novo Testamento. Até essa época, muitos eruditos haviam tentado lançar mão desses raros manuscritos, mas os mosteiros gregos o proibiam estritamente, e seus monges estavam presos a um juramento que faziam antes de tomar votos: preservar e proteger toda a propriedade do mosteiro.

Superando esses obstáculos, mas somente com a sanção da embaixada de Elgin, Carlyle inegavelmente obteve os manuscritos por meios irregulares e, quando por fim chegou à Inglaterra, percebeu que sua coleção "constituía quase um décimo de todos os manuscritos do Novo Testamento que já haviam sido examinados na Europa".[14] Rapidamente reuniu um grupo de estudiosos e teólogos para ajudá-lo na gigantesca tarefa de examiná-los e cotejá-los. Para tornar a tarefa menos árdua, Carlyle imprimiu um memorando: "Sugestões e observações que o sr. Carlyle toma a liberdade de propor à consideração dos cavalheiros que gentilmente prometeram sua ajuda no exame e cotejo dos Mss. Gregos do Novo Testamento". Para facilitar o trabalho, os manuscritos de São Saba haviam sido marcados com um *S*, os quatro de Constantinopla traziam a marca *C* e os dezoito das ilhas Príncipe eram designados como *I*.

Justo quando o trabalho engrenara e caminhava para um final feliz, Carlyle repentinamente adoeceu e morreu. Sua família ficou arrasada. A viagem de Carlyle ao Oriente comprometera toda a sua riqueza, e os manuscritos eram a única coisa de valor que ele deixara. Para fugir à ruína financeira, a irmã de Carlyle conseguiu publicar uma edição póstuma dos poemas do irmão; também resolveu vender os manuscritos, mas antes de fazê-lo escreveu a Philip Hunt e pediu sua opinião. Hunt sugeriu-lhe que os manuscritos fossem guardados com o arcebispo de Cantuária, na biblioteca de Lambeth. Isso nunca ocorrera à srta. Carlyle, e ela respondeu agradecida a Hunt:

> Quanto aos manuscritos, acho que, como único sobrevivente, o senhor tem o inegável direito de dispor dos que foram trazidos de Constantinopla da maneira que melhor lhe aprouver; tampouco poderia ter determinado um lugar mais agradável do que sob o patrocínio do Arcebispo de Cantuária. Seria para mim motivo de grande dor separar-me do

[14] H. J. Todd, *An Account of the Greek Mss. Chiefly Biblical*, v.

> que tão caro nos custou reunir. Ao mesmo tempo, não me julgo autorizada a recusar certa compensação por eles, que o Arcebispo, depois de examiná-los, considere adequado oferecer-me. Meu irmão, um dia antes de morrer, disse-me que, como sua infeliz viagem custara muito à família, em termos financeiros, eu deveria fazer o que pudesse com seus manuscritos.[15]

Elgin haveria de sofrer muito com o ato impensado de Hunt. Enquanto sua proposta de venda dos mármores do Partenon estava sendo examinada e debatida no Parlamento, o novo embaixador inglês em Constantinopla enviou uma carta lacônica ao governo britânico, na qual afirmava que o patriarca solicitara formalmente a devolução dos manuscritos emprestados. Temendo um escândalo, o secretário de assuntos estrangeiros pediu ao arcebispo que honrasse o pedido do patriarca, mas o arcebispo se recusou a fazê-lo. Muitos meses depois, chegou outra carta do embaixador em Constantinopla, declarando em tom zangado "que o caráter nacional sofre com essa negligência e o Patriarca encara essa transação como um abuso de confiança!".[16] A mensagem terminava com uma forte crítica à embaixada de Elgin.

Sob essa pressão crescente, o arcebispo finalmente aquiesceu, mas devolveu apenas os quatro manuscritos que Carlyle marcara com a letra *C* de Constantinopla, ao passo que a solicitação do Patriarca incluía os seis manuscritos de São Saba e os dezoito das ilhas Príncipe. Isso desencadeou uma discussão longa e acalorada. A reputação de Elgin estava em jogo, e ele interveio junto ao arcebispo, mas o caso era sem esperança. O arcebispo recusou-se terminantemente.*

Além disso, Elgin teve de combater os incansáveis ataques de Richard Payne Knight, que teimava em que as coleções de Elgin não eram de forma alguma os mármores originais do Partenon, mas sim cópias romanas. Em resposta a essas acusações, Elgin ofereceu cento e cinqüenta libras a Ennio Quirino Visconti, diretor do Louvre, para que viesse a Londres e examinasse os mármores. Além dessa soma, Visconti deveria permanecer em Londres por duas semanas, às custas de Elgin, e em seguida preparar um memorando de seu exame antes de retornar a Paris.

Visconti fora diretor do Museu Capitolino em Roma e acompanhara as obras-primas da Itália até Paris, e agora dirigia provavelmente a maior

---

[15] Ibid., 38.

[16] Biblioteca Nacional da Escócia, 5645 F 210.

* Até hoje, os manuscritos estão na Biblioteca Lambeth.

coleção de obras de arte que o mundo já vira. Sua reputação de o maior *connoisseur* na Europa era bem merecida.[17]

Visconti aceitou a oferta, e seu memorando foi para Elgin um triunfo:

> Nem os desenhos de Stuart, nem tampouco os fragmentos e moldes de Choiseul-Gouffier puderam dar-me a idéia das obras de Fídias que a visão dos objetos reais me deu. O friso, as métopes, os frontões – tudo mostrou todas as perfeições e foi em tudo tão excelente quanto as famosas estátuas da Itália. Não há dúvida de que os mármores do Partenon foram executados sob a supervisão do próprio Fídias; e se as clássicas estátuas da Itália foram uma inspiração para os Michelangelos e os Rafaéis do século XVI, será que os Mármores de Elgin não vão inaugurar uma nova era de progresso para a escultura inglesa?[18]

Certo de ter finalmente derrotado Knight, Elgin imediatamente tratou de mandar imprimir uma edição do parecer de Visconti, para ser incluído em seu próprio *Memorando acerca das atividades do Conde de Elgin na Grécia*, e, assim que ele foi publicado, distribuiu cópias a cada um dos membros do Parlamento, com a sugestão de que o caso todo fosse remetido a um comitê seleto da Câmara dos Comuns, que então investigaria suas despesas e decidiria que preço o governo deveria oferecer pelos mármores. Durante as sessões do comitê seleto, Visconti enviou um relatório completo de seu exame, desferindo um rude golpe na tese de Knight de que as esculturas não haviam sido feitas por Fídias.

> Em sua nova situação, em meio a uma nação esclarecida e especialmente disposta a oferecer incentivos à escultura, os Mármores de Elgin vão despertar os talentos dos jovens artistas e os guiarão no caminho que leva à perfeição nessa arte. Só lamentamos que a nobre idéia que levou Lord Elgin a resgatá-los dos ataques diários de uma nação bárbara não tenha ocorrido um século e meio atrás.[19]

O comitê seleto era composto por dezoito membros do Parlamento, cada qual com um diferente matiz de opinião. Apenas dois tinham um conhecimento substancial da arte e da escultura gregas: F. S. N. Douglas e John Nicholas Fazakerly.

---

[17]St. Clair, *Marbles,* 220.

[18]Lord Elgin, *Memorandum on the Subject of the Earl of Elgin's Pursuits in Greece*, 78.

[19]*Select Committee Report*, E. Q. Visconti, "Two Memoires Read to the Royal Institute of France on the Sculptures in the Collection of the Earl of Elgin", *Memorandum*, 78.

Lord Aberdeen, um distinto erudito de grande memória e amplo conhecimento de literatura e de arte, foi interrogado por Henry Bankes, do comitê seleto, no dia 8 de março de 1816.

"Vossa Senhoria trouxe para casa algum mármore de Atenas e de alguma outra parte da Grécia?"

"Sim."

"Na opinião de Vossa Senhoria, poderia um viajante particular ter a oportunidade de realizar a remoção desses mármores?"

"Não creio que um indivíduo particular pudesse ter feito o que Lord Elgin conseguiu."

"Vossa Senhoria tem alguma opinião quanto às esculturas serem ou não obra de Fídias?"

"Pelo testemunho dos autores antigos, não pode haver dúvida de que foram executados sob sua imediata direção."[20]

Naquele mesmo dia, Fazakerly também foi argüido por Henry Bankes.

"O senhor estava em Atenas na época em que os Mármores de Egina foram removidos?"

"Não, estive lá imediatamente antes da remoção, em 1811."

"Sabe se foi muito difícil retirá-los da Grécia?"

"Certamente, muito difícil. Os Mármores de Egina foram depositados em um edifício quase secreto e lá considerados de certa forma um segredo. Não estavam abertos ao público e era claro que o governo turco se opusera à sua remoção. O sr. Charles Robert Cockerell, um jovem estudante de arquitetura, procurou-me para consultar o cônsul inglês acerca da maneira de retirá-los de Atenas. O cônsul disse-me que via muitas dificuldades quanto a isso, acrescentando que eles só poderiam ser removidos por propina ou secretamente."

"E onde estão esses mármores agora?"

"Em Munique. Foram vendidos por seis mil libras ao príncipe da Baviera."

Taylor Combe, uma autoridade em medalhas e moedas antigas, foi então convocado pelo comitê seleto para avaliar as moedas e medalhas que Elgin obtivera na Grécia, que também deveriam ser incluídas na coleção oferecida ao Museu Britânico.

"O senhor está familiarizado com as medalhas obtidas por Lord Elgin?"

"Estou."

"Quantas são?"

---

[20]Ibid., 135.

"Oitocentas e oitenta: sessenta e seis de ouro, quinhentas e setenta e sete de prata e duzentas e trinta e sete de cobre."[21]

Quando chegou a vez de ouvir o próprio Elgin, ele apresentou seu caso para o comitê seleto em um tom de voz convincente, relatando como a idéia de aperfeiçoar as artes britânicas lhe fora primeiramente sugerida por seu arquiteto, Thomas Harrison; como foi adiante às suas próprias custas, para obter o serviço de artistas, desenhistas, arquitetos e *formatori*; e como seu objetivo real de resgatar os mármores do Partenon foi impulsionado pela grande destruição perpetrada diariamente na Acrópole pelos turcos, por viajantes inescrupulosos e pelos estragos devidos ao tempo e ao clima.

Lembrou ao comitê que, quando convidado a falar dos mármores do Partenon, ele nunca se havia furtado a mostrar suas contas, que exibiam cada tostão gasto desde o primeiro dia de sua embaixada até o último. Só os seus muitos presentes às autoridades turcas em Atenas se elevavam a sete mil libras. Os juros das grandes quantias de dinheiro que tomou emprestadas dos banqueiros de Malta chegavam a 18%. Além disso, havia os artistas, as despesas com o transporte dos mármores ao porto de Pireu, o preço de três navios e a perda do *Mentor*. Uma pesada quantia também era atribuída ao museu de Park Lane e às chocantes tarifas da alfândega de Londres. Foram feitas a Elgin repetidas perguntas acerca da legalidade de suas operações, e sobretudo a respeito da validade dos dois firmãs emitidos pela Porta.

"Na realidade, tem Vossa Senhoria alguma cópia em inglês dessas permissões por escrito dadas pelo governo turco?"

"Nenhuma. Empreguei de trezentas a quatrocentas pessoas por dia em Atenas, e todas as autoridades locais estavam envolvidas no caso, assim como o governo turco."

Ao apresentar a enorme despesa de £ 74.240 ao comitê seleto, Elgin defendeu-se:

> Permitam-me repetir mais uma vez que não apresento esta conta de minhas despesas como um critério para o valor intrínseco de minha coleção. Sempre estive certo de que, em respeito ao público, esse valor deveria ser calculado sobre outras bases. Mas é, creio eu, suficiente provar que, ao reunir estes fragmentos de antigüidades em prol de meu país e ao protegê-los da destruição iminente e inevitável de que estavam ameaçados, por terem sido deixados como presa dos malignos turcos, que os mutilaram explicitamente para fins de diversão ou com

[21] *The Trial of R. Fergusson*, 23.

> o objetivo de vendê-los aos poucos aos viajantes ocasionais, não agi em proveito próprio nem fui dissuadido de fazer o que julguei ser um bem substancial por considerações de risco pessoal ou por medo de deturpações caluniosas.

Mas Richard Payne Knight não desistia facilmente. Impávido diante do parecer de Visconti, fez então o máximo para desacreditar os atos de Elgin na Grécia, exclamando a certa altura: "Você perdeu o seu tempo, Lord Elgin. Seus mármores estão sendo superestimados. Não são obra de Fídias. São romanos, do tempo de Adriano!".[22]

Elgin imediatamente revidou e convocou os mais eminentes nomes do mundo das artes para dar seu testemunho sobre a autenticidade dos mármores. Disse Joseph Nollekens: "Os mármores de Elgin são as coisas mais finas que já vieram a este país". John Flaxman (o Fídias inglês) concordou: "As mais belas obras de arte que já vi". Sir Thomas Lawrence, o retratista inglês, foi pródigo em elogios aos mármores:

> Há neles a união de uma primorosa composição e de uma forma grandiosa, com uma expressão mais verdadeira e mais natural do efeito da ação sobre o corpo humano do que o Apolo do Belvedere ou qualquer outra das mais célebres estátuas.

Benjamin West estava doente demais para comparecer às audiências; no entanto, enviou suas opiniões por escrito, defendendo energicamente a Elgin. Concordou que os mármores de Elgin não deveriam ser restaurados por Flaxman ou qualquer outra pessoa, e concluiu suas observações dizendo que a aquisição dos mármores de Elgin traria uma grande contribuição às belas-artes da Grã-Bretanha.

Durante todos os longos interrogatórios do comitê seleto, Benjamin Haydon "aguardou com paciência, esperando ser chamado, mas o dia passou e ele não foi convocado".[23] Três dias depois, escreveu uma carta venenosa que foi publicada nos principais jornais de Londres. O título era: "Sobre o fato de o julgamento de amadores ser preferido ao dos profissionais", e era evidentemente uma acusação contra Richard Payne Knight e o grupo de elite da Society of Dilettanti, a cuja opinião o comitê seleto estava dando prioridade sobre a dos artistas profissionais.

---

[22]Benjamin Robert Haydon, *Autobiography and Memoirs*, org. de Aldous Huxley, 207.
[23]Ibid., 232.

> Em nenhuma outra profissão a opinião de um homem que a estudou por diversão é preferida à de quem dedicou a alma a nela alcançar a excelência. Ninguém confiará as pernas a um cirurgião principiante; nenhum ministro perguntará a quem se inicia na arte da guerra como deve ser conduzida uma campanha; nenhum fidalgo se contentaria com a opinião de um amador no campo das leis sobre uma propriedade em litígio; e por que em questão de arte seria preferido um amador a um profissional?

O artigo de Haydon beneficiou mais ao artista do que a Elgin. "Ele foi amplamente divulgado e até mesmo traduzido em diversas línguas européias."[24] Os membros do comitê seleto afirmaram não terem sido influenciados por ele e já terem redigido seu relatório quando o artigo foi publicado; tampouco se teriam deixado influenciar pelos últimos esforços de Richard Payne Knight para distanciá-los dos defensores de Elgin. Na verdade, Knight prejudicou seu caso quando se apresentou como testemunha ante o comitê seleto.

> P. Você conhece a coleção de Elgin?
> R. Sim, eu a examinei, não só anteriormente, mas a examinei recentemente no que se refere a seu valor.
> P. Em que categoria de arte você situa as melhores obras desta coleção?
> R. Acho que, entre as coisas que ainda se conservam, eu diria que são de segunda classe – algumas delas. São muito desiguais. As melhores, diria que são de segunda classe.
> P. Você acha que nenhuma delas é de primeira classe?
> R. Não como o Laocoonte ou o Apolo e aquelas obras que têm sido consideradas arte de primeira classe. Ao mesmo tempo, devo observar que seu estado de conservação é tal que não posso ter uma idéia muito precisa delas; em sua maior parte, sua superfície se perdeu.
> P. Você acha que elas são de grande antigüidade?
> R. Sabemos pela autoridade de Plutarco que os do Partenon, que são os principais, foram executados por Calícrates e Ictinos, com seus assistentes e aprendizes; e acho que alguns foram acrescentados na época de Adriano.
> P. Em que categoria você situa os fragmentos de figuras femininas com drapeamento?

---

[24]Ibid., 233.

R. Estão tão mutiladas que nada posso dizer. Mas acho que a maioria delas foram acrescentadas por Adriano. Elas têm pouco valor, exceto pelo interesse local, por terem feito parte do templo.[25]

Logo em seguida ao seu depoimento, Knight entregou um artigo ao comitê seleto em que finalmente eram atribuídos valores aos principais itens da coleção de Elgin. O total era de menos de vinte e cinco mil libras, e as observações finais foram um claro insulto a Elgin. "Esta quantia é muito mais de duas vezes superior ao preço que os mármores poderiam alcançar no mercado!"[26]

As opiniões de Knight foram prejudiciais a Elgin. Depois de duas semanas inteiras de investigações e exames, o relatório do comitê foi enfim preparado e publicado. Recomendava firmemente um preço de trinta e cinco mil libras, menos da metade do que Elgin gastara do próprio bolso. Durante as acaloradas negociações, Elgin se viu inesperadamente livre de uma de suas dívidas: Giovanni Battista Lusieri caiu vítima de uma morte horrível em Atenas, provocada pela ruptura de um vaso sangüíneo. Ele suportara todo o peso da animosidade grega contra Elgin, e todas as noites tinha de defender com barricadas a sua casa, temendo por sua vida. No dia de sua morte, a vizinhança ficou surpresa por vê-lo ausente da Acrópole. Foram até sua casa e o encontraram estendido no chão, em uma poça de sangue. Um gato preto estava deitado em seu peito. Espalhados ao seu redor estavam alguns panos esfarrapados, seu onipresente guarda-sol e diversos desenhos, todos eles inacabados.*[27]

Depois de uma longa estada no continente, Byron voltou à Inglaterra no fim de 1811. A *Childe Harold's Pilgrimage* acabava de ser publicada, "e em três dias a edição se esgotou; outras quatro edições seriam impressas naquele mesmo ano. Quase da noite para o dia, Lord Byron, o jovem de má fama, tornou-se um dos mais célebres e mais procurados homens da Inglaterra".[28]

Boa parte do segundo canto da *Childe Harold's Pilgrimage* era um forte ataque contra Lord Elgin. Elgin fora prevenido acerca de Byron por Lusieri* e Logothétis, mas recusou-se a levar a sério o poeta, pelo menos abertamente. Em uma carta a Hobhouse, porém, escrita muito depois, Byron fez uma revelação chocante:

---

[25] Michaelis, *Ancient Marbles*, 148.

[26] Haydon, *Autobiography*, 233; também citado no *Select Committee Report*, 92.

[27] *Select Committee Report*, xvii.

[28] Robert Walsh, *A Residence at Constantinople*, sec. 1:122.

* Lusieri foi sepultado nas terras do mosteiro dos capuchinhos de Atenas. Vários benfeitores ingleses erigiram um monumento a ele, que ainda pode ser visto ao lado do túmulo de John Tweddell, ao lado da igreja inglesa.

> Lord Elgin tem me importunado para me ver, estes últimos dias. Escrevi-lhe, a pedido dele, tudo o que sabia sobre os seus roubos e, por fim, escrevi-lhe para dizer que, como é minha intenção publicar em Childe Harold algo sobre esse assunto, considerei adequado, já que ele insistia em me ver, avisá-lo disso, para que não pudesse ter mais tarde a oportunidade de me acusar de jogo duplo.[29]

É possível que Elgin tenha desejado toda essa publicidade, mesmo que desfavorável. De qualquer forma, ele foi influenciado de maneira decisiva em sua atitude para com Byron por seu secretário Hamilton, que, depois de ser informado das críticas de Byron contra Elgin, observou:

> não o considero [a Byron] um inimigo muito terrível em seu ataque premeditado, e ficaria muito surpreso se seu ataque contra o que você fez não acabasse se transformando em um dos atos mais favoráveis que ele pudesse realizar. Ele criará um interesse no público, provocará a curiosidade, e quanto mais conhecida for a real vantagem para o país e o mérito de seus esforços, mais serão eles percebidos e reconhecidos.[30]

Hamilton estava redondamente enganado. Elgin jamais sonhou que seria eternamente estigmatizado em um poema. Em toda a sua obra, Byron ataca uma única vez um indivíduo, e essa pessoa é Lord Elgin. Em poucos meses, um sonhador desconhecido e um "versificador obsceno tornara-se um grande poeta romântico, e *Childe Harold* foi avidamente lido em todas as salas de estar da Inglaterra".[31]

A união de forças do príncipe regente com Byron provocou uma onda de ataques pessoais contra Elgin. Edward Daniel Clarke, sempre presente e disposto, entrou na briga, cumprimentando Byron pela publicação de *Childe Harold* e censurando Elgin e seus agentes por "falta de gosto e total barbárie. Retirados de seu lugar de origem, os mármores do Partenon perderam toda a excelência!".[32]

Elgin logo se deu conta de que uma legião de outras vozes se pronunciariam contra ele, em sua maior parte de viajantes recém-vindos do Oriente, como o membro do Parlamento e viajante F. S. N. Douglas. "Considero uma flagrante injustiça despojar uma nação amiga e desprotegida de todos os bens de valor. Imagino o descaramento da mão que se aventurou a remover o que Fídias colocara sob a inspeção de Péricles."[33]

---

[29]Lord Byron a John Cam Hobhouse, 31 de julho de 1811, *Byron's Correspondence*, sec.1:43.
[30]Smith, *Elgin*, 313.
[31]St. Clair, *Marbles*, 187.
[32]Clarke, *Travels in Various Countries*, parte 2, sec. 2:484.
[33]Douglas, *An Essay on the Ancient and Modern Greeks*, 89.

Um bom número desses viajantes não teve oportunidade de criticar Elgin, pois eram eles mesmos saqueadores. Um deles, Edward Dodwell, censurou Elgin por sua "barbárie insensata e escândalo devastador, que jamais deixará de ser deplorado";[34] o reverendo T. S. Hughes falou da "leviana devastação e avidez por pilhagens"[35] de Elgin. J. C. Eustace, escritor e viajante, teve a ousadia de condenar Elgin "sem ter sequer estado em Atenas".[36]

Esses contundentes ataques não vieram só da Inglaterra. Os franceses também manifestaram sua indignação. Chateaubriand demonstrou seu apoio à causa contra Elgin, "embora também levasse uma peça do Partenon no bolso quando deixou Atenas".[37]

O furor não tinha fim. Elgin era constantemente alvo de uma avalanche de piadas e chacotas cruéis, "e até mesmo a feia deformação de seu nariz foi maldosamente atribuída a uma doença venérea".[38]

Outro forte ataque veio do poema de Byron "The Curse of Minerva" [A maldição de Atena]. Um dos amigos de Elgin tentou impedir sua publicação, e durante algum tempo parecia que Byron iria condescender. Tempos depois, o jovem poeta foi visitado pelo estadista e orador americano Edward Everett, de Massachusetts, e Everett lhe perguntou "se o poema a que se refere como já impresso mas não publicado seria um dia dado ao mundo". "Ah, não!" respondeu Byron. "É uma sátira contra Lord Elgin, que um amigo meu pediu que não publicasse."[39]

Byron, porém, mandou imprimir umas poucas cópias e as enviou para alguns amigos seletos, como Edward Daniel Clarke. Uma cópia-pirata chegou até o *New Monthly Magazine*,[40] e o poema logo chamou a atenção do mundo. Começa com o poeta sentado, inconsolável, entre os muros em ruínas do Partenon, enquanto cai a noite sobre Atenas. De repente, aparece Atena, mas de forma alguma se parece com a deusa – sua égide não tem força, a armadura está amassada e a lança, partida:

> *Mortal! – twas thus she spake – that blush of shame*
> *Proclaims thee Briton, once a noble name;*
> *First of thy mighty, foremost of the free,*
> *Now honour'd less by all, and least by me;*
> *Chief of thy foes shall Pallas still be found,*

[34]Dodwell, *A Classical and Topographical Tour*, sec. 1:324.
[35]Hughes, *Travels*, sec. 1:261.
[36]J. C. Eustace, *A Classical and Topographical Tour through Italy*, sec. 2: 20.
[37]François-Auguste-René de Chateaubriand, *Travels to Jerusalem*, sec. 1: 187.
[38]Sloane, *Notebooks*, 13 de agosto de 1816; também Gennadios, *Invasions*, 77.
[39]St. Clair, *Marbles*, 194.
[40]"The Malediction of Minerva", *New Monthly Magazine*, abril de 1815.

Seek'st thou the cause of loathing? Look around.
Lo! Here, despite of war and wasting fire,
I saw successive tyrannies expire.
Scaped from the ravage of the Turk and Goth,
Thy country sends a spoiler worse than both.
Survey this vacant violated fane;
Recount the relics torn that yet remain:

These Cecrops placed, this Pericles adorn'd.
That Adrian rear'd when drooping Science mourn'd.
What more I owe let gratitude attest –
Know, Alaric and Elgin did the rest.
That all may learn from whence the plunderer came,

*The insulted wall sustains his hated name!**
For Elgin's fame thus grateful Pallas pleads,
Below, his name; above, behold his deeds!+ [41]

Mais adiante no poema, Vênus (Afrodite) conclama Minerva (Atena) à vingança, e lança sua própria maldição contra Elgin:

Yet still the gods are just, and crimes are cross'd:
See here what Elgin won, and what he lost!
Another name with his pollutes my shrine;
Behold where Dian's beams disdain to shine!
Some retribution still might Pallas claim,
When Venus half avenged Minerva's shame. * *

---

[41]Lord Byron, *The Curse of Minerva*.

* Os nomes de Elgin e Mary Elgin foram entalhados profunda e claramente mais ou menos no meio de uma das colunas do Partenon, em um lugar especialmente reservado por Hunt. O nome de Elgin logo foi apagado, mas o de Mary Elgin ainda podia ser lido em 1826.

** Literalmente: Mas os deuses ainda são justos, e os crimes são obstados:/ Veja aqui o que Elgin ganhou e o que perdeu!/ Outro nome com o dele polui meu templo;/ Fixe o olhar onde os raios de Diana se negam a brilhar!/ Uma retribuição ainda pôde Palas reivindicar,/ Quando Vênus (Afrodite) vingou em parte a vergonha de Minerva (Atena).

+ Literalmente: Mortal! – assim falou ela – esse rubor de vergonha/ te revela, Bretão, outrora um nome nobre;/ Primeiro dos fortes, principal dos livres,/ Hoje menos honrado por todos, e menos de todos por mim;/ Chefe de teus inimigos Palas ainda pode ser considerada, / Procuras a causa dessa aversão? Olha ao teu redor./ Vê! Aqui, apesar da guerra e do fogo devastador,/ Vi morrerem sucessivas tiranias. / Livre da devastação do turco e do godo,/ Teu país envia um saqueador pior que ambos./ Observa este templo vazio e violado;/ Conta as relíquias despedaçadas que ainda permanecem:// Estas Cécropo colocou, esta Péricles adornou. / Esta Adriano erigiu quando a abatida Ciência lamentou./ O que mais devo que a gratidão o ateste –/ Saibam que Alarico e Elgin fizeram o resto./ Que todos saibam de onde o saqueador veio,// A parede injuriada sustenta seu nome odiado!/ Assim, a grata Palas a fama de Elgin defende,/ Abaixo, seu nome; acima, vê seus feitos!

Agora Atena pede ao poeta que leve a maldição para o seu país de origem. O feito de Elgin é tão abominável, que não basta que só ele sofra. A Inglaterra também tem de ser punida. Será assaltada por uma série de guerras devastadoras que por fim a destruirão. "Seu tirânico império será abalado em seus fundamentos!" Seu comércio diminuirá, a fome e a peste irromperão em suas terras e por fim será invadida e devastada. Mas o principal impacto da maldição deve cair sobre Elgin e sua família:

First on the head of him who did this deed
My curse shall light – on him and all his seed;
Without one spark of intellectual fire,
*Be all the sons as senseless as the sire!***

O romancista escocês John Galt foi testemunha ocular do saque do Partenon e do Erectêion por Lusieri e seus operários em março de 1810, e até mesmo participou de uma tentativa de impedir que um navio da ilha de Hidra carregasse mais uma remessa de mármores do Partenon no Pireu.

> Duas circunstâncias ocasionaram esta interferência de minha parte: um artista italiano, representante de Lord Elgin, teve uma briga com o cônsul da França, o sr. Fauvel, acerca dos mármores. Fauvel, sem dúvida, ambicionava obter esses preciosos fragmentos para o museu de Napoleão em Paris; e com certeza usou de toda a sua influência para fazer com que fosse proibida a remoção deles. Às vésperas da partida do navio, ele enviou uma enérgica representação sobre o assunto ao governador da cidade, afirmando, o que creio fosse muito verdadeiro, que Lord Elgin nunca teve um firmã ou autoridade suficientes para as dilapidações que cometera no templo. Lusieri (o artista italiano acima citado) ficou alarmado e me chamou ao mosteiro da Propaganda Romana (mosteiro capuchinho), onde eu então residia, e ficou acertado que, se fosse tentada alguma detenção, eu protestaria junto ao governador e lhe declararia que uma tal retenção de propriedades britânicas seria considerada um ato de hostilidade.[42]

Para não ser passado para trás por Fauvel, Lusieri armou-se de mais outro firmã do caimacão. Além disso, ele teve o apoio do HMS *Pylades*,

---

** Literalmente: Primeiro sobre a cabeça daquele que fez este feito/ Minha maldição se acenderá – sobre ele e sua descendência;/ Sem nenhuma centelha de fogo intelectual, / Sejam todos os seus filhos tão tolos quanto o pai!

[42]John Galt, *The Life and Studies of Benjamin West, Esq.*, sec. 2: 75.

mandado ao Pireu com o objetivo explícito de escoltar o navio de Hidra e sua valiosa coleção de mármores. Com essa vitória aparentemente final sobre Fauvel, Lusieri enviou a Elgin uma mensagem triunfal.

> Recobrindo todas as minhas desgraças passadas com um esquecimento eterno, entrego-me à mais pura alegria ao ver as antigüidades a bordo da polaca (o HMS *Pylades*). Lamento não poder acompanhá-las, pois sou obrigado a permanecer aqui como garantia de pagamento do que devo e de cumprimento das promessas que fiz ao voivode.[43]

John Galt embarcou nesse mesmo navio de Hidra, mas só até a ilha de mesmo nome.[44] Antes de embarcar, escreveu a seu banqueiro em Malta e o instruiu a comprar os mármores assim que o navio chegasse ao porto. Galt previu que os banqueiros de Elgin não lhe concederiam mais créditos, pois Elgin já contraíra pesadas dívidas com eles: "Era a oportunidade de que as mais finas relíquias artísticas do mundo se tornassem minhas, e uma especulação com a venda delas em Londres renderia uma fortuna".[45]

Para sorte de Elgin, o plano de Galt fracassou quando seu banqueiro se recusou a lhe conceder o empréstimo, e assim mais uma coleção era enviada à Inglaterra: quarenta e oito caixotes de mármores, com o melhor das esculturas do Partenon. Enquanto isso, Galt estava ansioso para vingar-se de Elgin e, tão-logo voltou à Escócia, escreveu uma sátira cruel, que chamou de "Atheniad". Como acontecera com "A maldição de Atena", Elgin tentou impedir sua publicação, valendo-se da influência de William Richard Hamilton, seu ex-secretário, que agora ocupava o cargo de curador do museu de Elgin em Park Lane.*

A "Atheniad" é "uma peça amadorística de épica humorística, bastante bem-humorada em seu todo, mas ali onde 'A maldição de Atena' atacava duramente Lord Elgin, a "Atheniad" apenas demonstrava mau gosto".[46] Galt disfarça seus personagens principais no poema. Lusieri é "Dontitos" e Lord Elgin é chamado "Brucides". O poema tem início quando Dontitos visita Brucides e lhe diz que precisa resgatar o Partenon das mãos dos turcos. Na esperança de se tornar famoso, Brucides assume a tarefa, mas durante os seus esforços, os deuses do Olimpo demonstram sua cólera e imediatamente começam a vingar-se. Posídon faz naufragar o navio de

---

[43]Foreign Office, *British Foreign and State Papers*, 78/68.
[44]Smith, *Elgin*, 280.
[45]John Galt, *Autobiography*, sec. 1:159.
[46] St. Clair, *Marbles*, 198.
* Mais tarde, Hamilton seria subsecretário da chancelaria britânica.

Brucides em Cerigo, e logo em seguida Brucides perde o cargo em Constantinopla, pois Atena pegou seus despachos militares e diplomáticos e, adulterando-os, transformou-os em um palavrório sem sentido. Em seguida, a deusa segue Brucides até a França e, sob o disfarce de Talleyrand, convence Bonaparte a deter como prisioneiros de guerra todos os ingleses. Ares também se vinga, e provoca guerras terríveis no Egito e na Rússia. O ato final de vingança é deixado para Atena: o casamento de Brucides é arruinado, seus filhos morrem, e Eros lança uma tocha acesa em seu rosto, desfigurando-o tanto que ele se transforma em uma estátua sem nariz.

Embora Byron se recusasse a admiti-lo, ele tomou muitas idéias da "Atheniad". Eis um exemplo evidente disso: Galt denomina Heróstrato "o jovem que incendiou o palácio de Éfeso",[47] ao passo que "A maldição de Atena" traz "o idiota que incendiou o palácio de Éfeso".

Os inimigos de Elgin não se contavam apenas entre os poetas e os romancistas. De longe, o impacto principal do ataque contra ele na Inglaterra foi comandado por Richard Payne Knight. A influência de Knight como patrono das artes era sensível em toda a Europa. Quando jovem, ele escreveu o diário de uma viagem à Sicília, que tanto impressionou a Goethe que imediatamente se tratou de publicá-lo na Alemanha. O melhor livro de Knight, *Uma investigação analítica dos princípios do gosto*, é um estudo penetrante sobre os sentidos, as idéias, a paixão e a verdade. Afirmando não existir a beleza ideal, Knight admite certos padrões de excelência que todas as culturas reconheceram em teoria, muito embora os desrespeitassem na prática. Assim, os preciosos restos da escultura grega conferem realmente beleza, graça e eloqüência à forma humana. Sua perfeição não pode ser questionada.[48]

Os partidários de Elgin também formavam um grupo. Knight, porém, um dos primeiros a examinar os mármores do Partenon no museu de Park Lane, concluiu erradamente que estes não eram gregos, mas sim romanos. Benjamin West, o venerável presidente da Royal Academy que tentara encontrar um artista inglês para a embaixada de Elgin, logo saiu em sua defesa.

> Encontrei nessa coleção de esculturas tanta excelência artística e uma variedade tão magnífica e infinita, que todos os ramos científicos ligados às belas-artes não podem deixar de ganhar alguma coisa com essa coleção. Vossa Senhoria, ao trazer para Londres esses tesouros da primeira e melhor época da escultura e da arquitetura, fundou uma nova Atenas, para emulação e exemplo dos estudantes britânicos.[49]

---

[47] John Galt, "Atheniad", *Monthly Magazine*, n. 49 (1820).
[48] Richard Payne Knight, *Analytic Inquiry into the Principles of Taste*, in Smith, *Elgin*, 322.
[49] St. Clair, *Marbles*, 167.

Os principais artistas da Inglaterra elogiaram Elgin por seus esforços, e muitos deles pediram permissão para entrar no museu de Park Lane para fazer esboços e pinturas das esculturas. Fazia parte desse grupo o pintor de paisagens Joseph Farington, que considerava as esculturas "a mais alta qualidade de arte, uma união de grandeza e natureza".[50] Sir Thomas Lawrence, o retratista britânico, também era um visitante assíduo, assim como o escultor britânico Joseph Nollekens, e até mesmo o grupo de pintores rejeitados por Elgin em Broomhall, em 1799. Todos eles reconheciam agora ter perdido uma grande oportunidade. J. M. W. Turner, em especial, escreveu a Elgin "para prestar homenagem ao empenho de Vossa Senhoria nesse resgate das mãos da barbárie".[51]

Estadistas, dignitários estrangeiros e todos os nomes importantes da sociedade londrina, juntamente com os artistas, pediram permissão para visitar o museu de Elgin em Park Lane, que foi construído com o dinheiro de sua mãe. As primeiras objeções à presença dos mármores na Inglaterra foram rapidamente esquecidas. Os mármores de Elgin eram agora o principal assunto de conversa em Londres, e o seu mais notável campeão era o jovem pintor histórico Benjamin Robert Haydon, que até essa época não tivera êxito em seus esforços para provar que estava predestinado a formar uma nova e brilhante escola inglesa de pintura histórica. Graças à influência de um amigo, Haydon obteve uma entrada, e suas impressões foram registradas em um diário, que mais tarde constituiria sua autobiografia:

> Fomos então a Park Lane, e depois de atravessarmos o saguão e um jardim aberto, entramos em um aposento onde estão os mármores, ao alcance das mãos e da vista. A primeira coisa em que fitei os olhos foi o punho de uma figura de um dos grupos femininos, em que era visível, embora sob forma feminina, o rádio e o cúbito. Fiquei pasmo, pois nunca os vi sugeridos em nenhum punho feminino antigo. Olhei para o cotovelo e vi o côndilo externo afetando visivelmente a forma, como na natureza. Essa combinação de natureza e idéia, cuja falta eu tanto sentia na grande arte, era aqui exibida com uma clareza meridiana. Meu coração disparou! Se nada mais tivesse visto, já teria visto o bastante para me manter fiel à natureza pelo resto da vida. Mas quando me voltei para o Teseu e vi que cada uma das formas era alterada pela ação e pelo repouso – quando vi que os dois lados de suas costas eram diferentes: um dos lados estirado a partir da escápula

[50]Farington, *Diary*, 27 de fevereiro de 1808.
[51]St. Clair, *Marbles*, 168.

e puxado para a frente, e o outro lado da escápula comprimido, pressionado para junto da espinha dorsal, enquanto ele se apóia sobre o cotovelo, com o ventre plano porque os intestinos caem sobre a bacia quando ele se senta – e quando, voltando-me para o Ilissos, vi o ventre saliente da figura deitada de lado – e mais uma vez, quando na figura da métope de luta vi o músculo retesado sob uma das axilas, naquela ação instantânea de lançar o dardo, e em repouso sob a outra, porque não necessário – quando vi na verdade o mais heróico estilo artístico combinado com todos os pormenores essenciais da vida real, estava tudo concluído de uma vez por todas. Ali estavam os princípios que o senso comum do povo inglês compreenderia; ali estavam os princípios por que lutei em meu primeiro quadro, com timidez e apreensão; ali estavam os princípios que os grandes gregos, em sua melhor época, estabeleceram, e ali estava eu...

Ah, como agradeci intimamente a Deus por estar preparado para entender tudo aquilo![52]

A partir de então, durante vários meses, Haydon passou cada momento de folga a desenhar no gelado museu de Elgin. Desenhava de dez a quinze horas de cada vez, prosseguindo sob a luz de velas até que o porteiro viesse para fechar, à meia-noite:

Muitas vezes eu fui para casa sentindo frio, entorpecido e úmido; minhas roupas fumegavam quando as punha para secar; então eu espalhava meus desenhos pelo chão e punha ali uma vela. Tomava o meu chá à uma da manhã, em êxtase, e enquanto o seu calor escorria por meu corpo, eu olhava para a minha pintura, e me demorava em meus desenhos, e refletia acerca da mudança dos impérios, e pensava que estivera contemplando aquilo que Sócrates olhara e Platão vira – e então, erguendo-me com o ímpeto de minha própria alma, rezava a Deus para que Ele iluminasse a minha mente, para que eu descobrisse os princípios dessas coisas divinas – e então tinha a íntima certeza da glória futura, e quase vendo em imaginação a influência divina em meu quarto, deitava-me em minha cama acolchoada e logo caía em um sono rico e balsâmico.[53]

---

[52]Haydon, *Autobiography*, 66.
[53]Ibid., 69.

Apesar dessas longas horas de labuta, Haydon continuamente acrescentava novas entradas em seu diário:

> 8 de setembro: Desenhei no museu de Lord Elgin das dez até às duas e meia, e das três até quinze para as seis; então caminhei e observei essas produções ímpares. Considero realmente que esta é a maior bênção que este país já recebeu: terem elas sido trazidas para cá.[54]

O objetivo original de Lord Elgin ao aceitar o cargo em Constantinopla com certeza foi alcançado com as anotações de Haydon para o dia 5 de novembro: "Desenhei no museu de Lord Elgin – seis horas. Meu gosto, graças a Deus, está maravilhosamente melhor".[55]

Mas mesmo com o apoio de todos esses artistas, a reputação de Elgin sofreu muito com os contínuos ataques de Richard Payne Knight. Como o principal porta-voz da Society of Dilettanti que estava distante de seu objetivo original de "reunir-se uma vez por mês no Star and Garter e brindar ao gosto grego e ao espírito romano",[56] Knight era incansável em sua batalha contra Elgin e até mesmo se ofereceu para redigir o texto da mais nova publicação da associação: *Espécimes de Escultura Antiga*, que continha excelentes gravuras de pelo menos sessenta obras de arte pertencentes a diversos membros da associação.

Ao escrever o texto de *Espécimes de Escultura Antiga*, Knight não foi indulgente com os mármores de Elgin, embora surpreendentemente não mencionasse o nome dele.

> Sobre o estilo geral de composição de Fídias, os frisos e métopes do Templo de Atena, em Atenas, publicados pelo sr. Stuart* e depois disso trazidos à Inglaterra, podem oferecer-nos informações relevantes, mas como são apenas esculturas arquitetônicas executadas a partir de seus desenhos e sob sua direção, provavelmente por operários de pouca expressão entre os artistas, e destinadas a serem vistas a mais de quarenta pés de altura, elas só podem lançar pouca luz sobre os pormenores mais importantes de sua arte. O relevo das métopes é

---

[54]Haydon, *Diary*, 8 de setembro de 1808.
[55]Ibid., 5 de novembro de 1808.
[56]St. Clair, *Marbles*, 176.
* Stuart era um competente desenhista contratado pela Society of Dilettanti para fazer "um registro preciso e minucioso do que restou dos antigos edifícios de Atenas. O resultado foi a publicação em 1762 do volume I de *The Antiquities of Athens*, um magnífico in-fólio cuja beleza e arte eram ressaltadas por uma erudição e uma precisão nunca antes alcançadas na arqueologia clássica". (William St. Clair, *Lord Elgin and the Marbles*, p. 176.)

> muito mais alto, exibindo as figuras quase completas, e os detalhes são executados de modo muito mais preciso e elaborado; mas são tão diversas entre si quanto ao grau de mérito, que torna evidente que são obra de muitas pessoas diferentes, sendo que algumas delas não mereceriam a categoria de artistas em uma época muito menos culta e delicada.[57]

Apesar da grande pressão dos problemas conjugais e das pesadas dívidas, Elgin ficou contente em saber que uma multidão de visitantes vinha todos os dias ver os mármores do Partenon em Park Lane. Acima de tudo, ele estava especialmente feliz pelo claro reflorescimento da arte grega que suscitara na Inglaterra. Os principais pintores da época visitaram Park Lane e fizeram desenhos em escala natural dos mármores. Benjamin Haydon estava sempre de plantão e não raro obsequiava os dignitários régios e os artistas visitantes com sua clara demonstração de entusiasmo pela presença dos mármores de Elgin na Inglaterra.

Embora a decisão do comitê seleto já tivesse sido tomada, no Parlamento ainda se cochichava sobre a venda, e muitos dos seus membros questionavam seriamente se Elgin tinha o direito de usar sua posição de embaixador para adquirir uma coleção tão imensa. O mais forte ataque no comitê seleto veio de um de seus principais membros, Hugh Hammersley:

> É de lamentar que o governo não tenha impedido esse ato de pilhagem; mas, já que ele foi cometido, devemos empenhar-nos em varrer essa mancha e não colocar em nosso museu um monumento de nossa desgraça, e ao mesmo tempo devolver a propina que nosso embaixador recebeu, para desonra dele e de seu país.[58]

No longo debate que se seguiu, Hammersley propôs a seguinte emenda,

> Este comitê, portanto, julga justificado que vinte e cinco mil libras sejam oferecidas ao Conde de Elgin pela coleção, para recuperá-la e reuni-la para o governo de que foi indevidamente tomada, e ao qual este comitê é de opinião que um comunicado seja imediatamente emitido, afirmando que a Grã-Bretanha detém estes mármores apenas em confiança, até que sejam solicitados pelo presente ou por algum futuro governador da cidade de Atenas; e a tal solicitação, compromete-se a, sem questionamento ou negociação, devolvê-los na medida do possível aos lugares de onde foram tirados, e que neste ínterim eles devem ser cuidadosamente preservados no Museu Britânico.[59]

[57]Richard Payne Knight, *Specimens of Ancient Sculpture*, vol. 1: xxxix.
[58]Hansard, *Parliamentary Debates*, 7ª. ser., 34 (1816): 1008-26.
[59]Ibid., 1027-40.

Quando a emenda de Hammersley foi fragorosamente derrotada, os jornais de toda a Grã-Bretanha se enfureceram com a venda. Lord Brougham, um assíduo colaborador da *Edinburgh Review*, censurou o governo britânico por ignorar as reais necessidades do povo: "Se não podemos dar-lhes pão, não nos deveríamos permitir a compra de pedras!".[60] Cruikshank* valeu-se do tema para criar uma de suas mais conhecidas charges.

Em um ameno dia de março de 1817, no auge de todo esse furor, Haydon levou seu jovem amigo John Keats ao Museu Britânico, e o poeta escreveu dois sonetos sobre a visita:

On seeing the Elgin Marbles

My spirit is too weak – mortality
Weighs heavily on me like unwilling sleep,
And each imagin'd pinnacle and steep
Of godlike hardship tells me I must die
Like a sick eagle looking at the sky.
Yet 'tis a gentle luxury to weep
That I have not the cloudy winds to keep
Fresh for the opening of the morning's eye.
Such dim-conceived glories of the brain
Bring round the heart an indescribable feud;
So do these wonders a most dizzy pain,
That mingles Grecian grandeur with the rude
Wasting of old Time – with a billowy main –
A sun – a shadow of a magnitude.[61]**

---

[60]St. Clair, *Marbles*, 182.

[61]John Keats, *Poetical Works*, org. por H. W. Garrod.

* George Cruikshank (1792-1878), artista, caricaturista, pintor e ilustrador inglês. Durante toda uma geração, seus desenhos retrataram os *whigs*, os *tories* e os radicais com aguda imparcialidade. Patriota extremado, era um franco campeão dos pobres e desfavorecidos, e expunha destemidamente as loucuras da realeza.

** Literalmente: Sobre a visão dos mármores de Elgin – Meu espírito está fraco demais – a mortalidade/ Pesa gravemente sobre mim como um sono relutante,/ E cada imaginado pico e despenhadeiro/ De divina miséria me diz que devo morrer/ Como uma Águia doente a olhar para o céu./ Mesmo assim, é um luxo delicado lamentar/ Que não tenho de manter os ventos nebulosos/ Frescos para o abrir-se do olho da manhã./ Tais glórias do cérebro, confusamente concebidas,/ Trazem ao coração uma indescritível contenda;/ Assim produzem essas divagações uma dor muitíssimo vertiginosa,/ Que mescla a grandeza grega ao rude/ Desgaste do Tempo antigo – a um mar revolto –/ A um sol – a uma sombra de magnitude.

O segundo soneto é pródigo em louvores a Haydon e desdém a Richard Payne Knight e seu grupo de diletantes:

To B. R. Haydon, with the foregoing sonnet on the Elgin Marbles

Haydon, forgive me that I cannot speak
Definitely on these mighty things;
Forgive me that I have not Eagle's wings –
That what I want I know not where to seek;
And think that I would not be over meek
In rolling out upfollow'd thunderings
Even to the steep of Heliconian springs,
Were I of ample strength for such a freak –
Think too, that all these numbers should be thine;
Whose else? In this who touch thy vesture's hem?
For when men star'd at what was most divine
With browless idiotism – o'erwise phlegm –
Thou hadst beheld the Hesperean shine
Of their star in the East, and gone to worship them.[62+]

Embora estes não sejam os melhores poemas de Keats, os mármores de Elgin certamente o inspiraram na criação de duas obras-primas: a "Ode sobre uma urna grega" e "Hipérion". "Para o jovem poeta que não sabia grego, os mármores de Elgin descortinaram uma vistação do mundo clássico."[63]

Keats visitou os mármores de Elgin "repetidas vezes, e se sentava por uma hora ou mais de cada vez ao lado deles, mergulhado em devaneios. Joseph Severn, o grande pintor, encontrou-o em uma dessas ocasiões. Os olhos de Keats brilhavam tanto e seu rosto resplandecia de tal modo em algum devaneio visionário que Severn discretamente se afastou".[64]

[62]William Sharp, *Life and Letters of Joseph Severn*, 32.
[63]St. Clair, *Marbles*, 267.
[64]Sharp, *Joseph Severn*, 32ss.
[+]Literalmente: A B. R. Haydon, com o soneto anterior sobre os mármores de Elgin – Haydon, perdoa-me por não poder falar/ Realmente sobre essas coisas fortes;/ Perdoa-me por não ter asas de Águia –/ Pois o que quero não sei onde buscar;/ E pensa que eu não seria excessivamente dócil/ Em aplainar sucessivos trovões/ Até mesmo no despenhadeiro das fontes do Hélicon,/ Se tivesse a ampla força para tal aberração –/ Pensa também que todos esses números deveriam ser teus;/ De quem mais? Nisso, quem alcança a bainha de tua veste?/ Pois enquanto os homens olhavam para o que foi mais divino/ Com inexpressiva idiotice – sapientíssima fleuma –/ Viste o brilho Hespério/ De sua estrela no Leste, e foste cultuá-lo.

Thomas Hardy também visitou o museu para ver os mármores de Elgin, mas sua reação foi muito diferente da de Keats. Hardy imaginou os mármores como prisioneiros a conversar tristemente no dia de Natal:

We are those whom Christmas overthrew
Some centuries after Pheidias knew
How to shape us
And bedrape us
And to set us in Athena's temple for men's view.

Oh it is sad now we are sold
We gods! For Borean people's gold,
And brought to the gloom
Of this gaunt room
Which sunlights shuns, and sweet Aurore but enters cold.

"For all these bells, would I were still
Radiant as on Athena's Hill!"
"And I!" "And I!"
The others sigh.
Before this, Christ was known, and we had men's good will.[65+]

Entre a multidão que visitava o museu de Park Lane, não era raro ver um severo professor de equitação a ensinar seus alunos como montar corretamente pelo estudo de certo friso do Partenon. "Esse mesmo friso tornou-se um tema comum dos papéis de parede da Regência; e do vaso dos jardins do palácio de Buckingham que comemoravam a batalha de Waterloo."[66]

A Society of Dilettanti logo percebeu seu grave erro e repreendeu oficialmente Richard Payne Knight, omitindo seu nome da lista de convidados daquele ano. Ao mesmo tempo, a associação informou a Elgin, por escrito, que ele fora eleito membro, honra que não lhe coubera aqueles anos todos em razão do antagonismo de Knight. A resposta de Elgin ao secretário da sociedade disfarçava a dor profunda que sofrera.

---

[65]Thomas Hardy, *Winter Words: Christmas in the Elgin Room.*

[66]*Report of the Select Committee on Arts and Manufacturers*, Parliamentary Papers, v, 1835. Também Cornelius Vermeule, *European Art and the Classical Past*, 141.

+ Literalmente: Somos aqueles que o Natal depôs/ Alguns séculos depois de Fídias saber/ Como moldar-nos/ E agasalhar-nos/ E colocar-nos no templo de Atena para os homens nos verem.// Ah, é triste termos agora sido vendidos/ Nós, deuses! Pelo ouro do povo nórdico,/ E trazidos à escuridão/ Desta sala lúgubre/ Que a luz do sol evita e a doce Aurora só adentra fria.// "Por todos estes sinos, estivesse eu ainda/Tão radiante como na colina de Atena!"/ "Eu também!" "Eu também!"/ Suspiraram os outros./ Antes disso, conhecia-se a Cristo e tínhamos a boa vontade dos homens.

> Ninguém melhor que o senhor sabe que os motivos que me levaram aos esforços realizados na Grécia tinham o único objetivo de proporcionar à Grã-Bretanha, e por ela à Europa em geral, o conhecimento e os meios mais efetivos possíveis de progredir, pela excelência da arte grega, na escultura e na arquitetura. Meu bom êxito, na grande medida em que se deu, nunca deixará de ser para mim motivo da maior satisfação. Se, quando foi inicialmente revelada ao público, se pensasse que a mesma energia poderia ser considerada útil à Society of Dilettanti, eu teria ficado muitíssimo contente de poder contribuir com tudo o que estivesse ao meu alcance. Mas essa esperança já se foi há muito, e não creio que serei considerado impertinente se declinar da honra que me é oferecida nesta minha décima primeira hora.[67]

Mesmo em meio à vista querida de sua tranqüila Archerfield no inverno de 1806, Lady Elgin ficou arrasada com a rápida virada em sua vida. Por mais que tentasse, não conseguia esquecer-se do terrível trauma da ira de seu marido. Uma tarde, de volta da caminhada diária até Aberlady Bay, foi informada de que seus filhos tinham sido levados para Broomhall. "Promulgou-se em Edimburgo uma ordem judicial pondo as quatro crianças sob a custódia de Elgin, na dependência do resultado do processo de divórcio."[68] Aquela mesma noite foi-lhe entregue uma intimação da polícia de Dirleton, instruindo-a a comparecer à sala principal do tribunal da Casa do Parlamento de Edimburgo, às dez da manhã do dia seguinte.

Ao nascer do sol, a carruagem já estava pronta. Sobre Archerfield, o céu estava carregado de agourentas nuvens negras, e um fino lençol de neve se estendera sobre a terra gelada. O estômago de Lady Elgin se revirou quando o cocheiro da carruagem, Andrew Davidson, a ajudou a acomodar-se no assento. Seu pai sentou-se a seu lado, calado, com ar grave. A sra. Nisbet queria ir também, mas sentiu-se mal durante a noite e seu médico recomendou-lhe ficar em casa.

Auld Reekie (o apelido de Edimburgo) parecia sufocar sob pesadas camadas de fumaça preta. Lady Elgin lembrou-se de quando seu pai pronunciou pela primeira vez o nome para ela: ele rolou o *r* até perder o fôlego. Aqueles tinham sido dias de paz e felicidade, seu mundo inteiro recheado de amor, e nenhum mau pensamento no universo!

---

[67]St. Clair, *Marbles*, 271.

[68]Commissary Court, Edimburgo, "Decreet Divorce".

Uma multidão já se reunira em Princess Street. Mais a oeste se erguia Calton Hill, com suas grotescas lápides a espetar o céu e seus velhos mortos a arrepiar-se dentro de suas profundas e implacáveis entranhas. A neve caía forte agora, e enquanto a carruagem se aproximava da General Register House, William Nisbet virou-se de lado e reconfortou a filha. Em poucos instantes, a carruagem estacionava em frente à Casa do Parlamento, onde outra multidão se apinhava nos degraus e nos dois lados da rua. Havia vendedores em toda parte, com seus carrinhos de castanhas quentes; outros brandiam os jornais bem alto e gritavam: "Todos os detalhes da vida particular de Sua Senhoria! Narrativas exclusivas de seus casos na França e na Inglaterra!"[69]

Robert Fergusson estava à espera diante da porta da Casa do Parlamento. Visivelmente abalado com todo aquele caso, ele nervosamente os apresentou a seu principal advogado, o sr. Topping, um homenzinho calvo que de repente mudou de aspecto ao colocar a beca e a peruca. O grande saguão estava exatamente como Lady Elgin dele se lembrava, quando o mestre-escola da paróquia de Dirleton ali trouxera a classe na visita anual aos locais antigos de Edimburgo: o teto maciço de carvalho, as janelas de vitral, os advogados em suas perucas e becas solenes, as estátuas de cada juiz-presidente, a partir de 1685. Enquanto entrava na biblioteca dos advogados atrás do sr. Topping, ela podia ouvir o retumbante eco da voz do mestre-escola: "Esta grande biblioteca abriga todos os livros publicados na Escócia desde a época de Carlos III".[70]

Topping só dispunha de um momento para dizer a ela que Elgin contratara os serviços de um caríssimo escritório de advogados de Londres e estava disposto a vencer o caso a qualquer custo. Ela ouviu distraída e, após sentar-se na sala principal do tribunal, não ousou erguer os olhos para o mar de rostos inquisidores que a observavam. Poucos metros à sua direita, um grande fogareiro a carvão vomitava enjoativas ondas de calor.

No silêncio surdo, a porta principal da sala de tribunal abriu-se ruidosamente e um austero juiz-presidente entrou, seguido de quatro juízes igualmente severos.

---

[69] *The Trial of R. Fergusson*, 19.
[70] Robert Miller, *The Municipal Buildings of Edinburgh*, 7.

Terceira parte

O julgamento[1]

de R. J. Fergusson, Esquire, por adultério com a Condessa de Elgin Corte Representante de Edimburgo 11 de março de 1808

Tendo o réu, o sr. Fergusson, sido julgado à revelia em um julgamento anterior, foi convocado hoje um júri com o objetivo de avaliar a quantia dos danos.

Membros do Júri

William Weston, Esq.	William Page, Esq.
Francis Dutton, Esq.	William Robertson, Esq.
John Townsend, Esq.	John Sherrard, Esq.
James Rogers, Esq.	John Sanderson, Esq.
Thomas Bates, Esq.	David Dean, Esq.
John Johnson, Esq.	Major Rhodes, Esq.
Joseph Oake, Esq.	William North, Esq.
Samuel Moody, Esq.	John Crawford, Esq.
John Anderson, Esq.	George Brown, Esq.
Thomas Baylis, Esq.	Thomas Gordon, Esq.

Samuel Gordon, Esq.

---

[1] *The Trial of R. Fergusson, Esq.*, publicado em 1807, em Londres, por T. Marshall e conservado na Biblioteca Nacional da Escócia, Edimburgo. *The Trial of R. Fergusson for Adultery with the Countess of Elgin, Wife of Earl of Elgin,* uma edição posterior, publicada em 1808 por J. Day, que também é conservada na Biblioteca Nacional da Escócia. *"Decreet Divorce, Thomas, Earl of Elgin and Kincardine, against Mary, Countess of Elgin and Kincardine"*, o registro completo dos procedimentos de divórcio ante a Corte Comissária de Edimburgo, a 11 de março de 1808, pp. 1243-1473, que é conservado no Scottish Records Office, Edimburgo.

Aconselhamento ao queixoso
Srs. Garrow, Dampier, Stewart.
Aconselhamento ao réu
Srs. Topping, Nolan, Adam, Horner.

O sr. Garrow dirige-se à Corte:

"Senhores e cavalheiros do júri, tenho a honra de servir a vocês em nome de meu nobre queixoso, o Sétimo Conde de Elgin e Décimo Primeiro de Kincardine, com vistas a apurar os danos a lhe serem pagos pela má conduta do réu, que deixou que um outro julgamento se desse à revelia.

"Dos muitos casos melancólicos de que minha experiência de vinte anos nas Cortes de Westminster me levou a tomar conhecimento, este supera de longe todos os demais. Trago à sua atenção o fato de o nobre queixoso ser o representante de uma das mais antigas e respeitadas famílias da Escócia. Ele se uniu solenemente em casamento com Lady Elgin, então Mary Nisbet, também ela de família muito respeitável e opulenta. Tinha ela na época vinte e um anos de idade e possuía todos os dons pessoais e espirituais que podiam dela fazer o objeto do mais caloroso apego. Sua Senhoria era cerca de doze anos mais velho que ela, mas não havia entre eles disparidade que pudesse fazer com que o casal fosse minimamente desigual. Pouco depois do casamento, Lord Elgin foi nomeado embaixador junto à Sublime Porta, em Constantinopla, e foi tal o ardor desse apego à esposa, que ele propôs abandonar todas essas esplêndidas perspectivas que lhe trazia essa nomeação e retirar-se para cenas de felicidade e afeto domésticos – se isso fosse mais agradável a ela. Todavia, ela concordou em acompanhá-lo em sua embaixada em Constantinopla, onde passaram juntos vários anos.

"Senhores e cavalheiros, é minha intenção provar que ao longo de todo esse tempo, Lord e Lady Elgin foram um exemplo da maior afeição e consideração mútuas, oferecendo um retrato verdadeiro da perfeita felicidade conjugal. Sua família bem organizada demonstrava um padrão das melhores maneiras inglesas e a mais constante atenção aos deveres domésticos e religiosos. Lady Elgin resistiu aos ataques da crítica e jamais ofereceu reuniões de jogatina aos domingos; nem se permitiu as loucuras da dissipação, então em moda. Muito pelo contrário, ela aderiu estritamente à prática daquelas virtudes em que fora educada por seus respeitáveis pais. Nesse ínterim, nasceram três crianças, um menino e duas meninas, e o casal encontrou dentro de si mesmo e no carinho das crianças toda aquela pura felicidade que a vida pode proporcionar.

"Concluído o trabalho de sua embaixada, Lord Elgin deixou Constantinopla com a família e, depois de passar pela Itália, chegou à França. Todos nós nos lembramos da ruptura da cortesia diplomática ocorrida então na França, em razão da qual todos os ingleses residentes no país foram feitos prisioneiros de guerra. O sr. Fergusson também estava em Paris na época. Em Lord Elgin, ele reconheceu um amigo e um vizinho de sua própria família, e assim seu relacionamento foi fixado em termos do maior respeito e honra.

"Pouco depois disso, Lord Elgin foi assaltado por uma indisposição que o forçou a procurar as águas de Barèges, para recuperar a saúde. Ali nasceu seu quarto filho, um menino a que foi dado o nome de William. Vários meses depois, Lady Elgin viajou a Paris e foi incansável em seu empenho em obter a libertação do marido. Mas, senhores e cavalheiros, era aquele seu único propósito ao visitar a infame capital da França? E era seu quarto filho realmente um rebento de Lord Elgin?

"Após a morte precoce do seu filho recém-nascido, Lady Elgin recebeu permissão para voltar à Inglaterra, enquanto Sua Senhoria permanecia detido na França. Ela residiu por um breve tempo com os pais em Portman Square, Londres, com quem seus filhos então viviam, mas logo depois de sua chegada ali, e em estado interessante, ela deixou a casa dos pais e passou a viver em sua própria casa, no número 60 de Baker Street, perto de Portman Square. E ali, senhores e cavalheiros, manteve uma relação adúltera com o dito Robert Fergusson, tendo se unido carnalmente a ele em Londres, antes e depois do parto, no mês de janeiro, e até deixar Londres para se estabelecer na Escócia, em junho seguinte.

"É agora meu dever apresentar a prova dessa correspondência criminosa. Espero não me demorar muito nesta parte do caso, pois não pretendo provocar mais dor no coração dessa dama a quem Lord Elgin tempos atrás venerava. Tampouco infligir mais uma ferida a estes respeitabilíssimos pais que já tanto sofreram pela indiscrição da filha. Meus senhores e cavalheiros, antes de chamar as testemunhas do nobre queixoso, permitam-me trazer certos fatos à sua atenção. Para manter uma ação em um caso de adultério, é necessário estabelecer dois pontos: que exista um casamento válido entre dois cônjuges e que haja intercurso sexual entre o réu e a esposa culpada.

"Como fundamento para o divórcio, o adultério pode ser provado por uma preponderância de provas. Contudo, a prova deve ser precisa o bastante para demonstrar a hora certa, o lugar da ofensa, as circunstâncias sob as quais foi cometida e a conclusão de que o acusado participou do ato ilícito. Devo aqui lembrar a vocês que é regra fundamental da jurisprudência inglesa que não é necessário provar o ato direto de adultério, pois não há um caso em cem em que tal prova possa ser obtida. É raro, de fato, que as partes sejam surpreendidas no ato direto. Em quase todos os casos, o fato é inferido das circunstâncias que levam a ele, caso contrário nenhuma proteção poderia ser dada aos direitos maritais. Assim, as duas partes não precisam ser surpreendidas no ato mesmo de adultério; o crime pode ser suficientemente demonstrado por provas indiretas ou circunstanciais, ou por provas que consistam parcialmente em ambas as coisas.

"Segundo, meus senhores e cavalheiros, alego-lhes que para demonstrar o adultério, não é necessário o completamento do intercurso sexual; tampouco é essencial o nascimento de uma criança. Para fins de divórcio, o mais importante elemento de adultério é uma intenção culpada. Além disso, a relação tem de ser voluntária. Um ato efetuado pela força ou pela fraude não constitui base suficiente para o divórcio. Assim, uma disposição adúltera entre duas pessoas costuma ser de desenvolvimento gradual, e mesmo que se possa mostrar que ela exista com provas comparativamente ligeiras e talvez com evidências circunstanciais desdenháveis, isso porém será suficiente para justificar a inferência de que ocorreu adultério.

"Tratarei agora de lhes fornecer essa prova. Meus senhores e cavalheiros, alego que o réu, o sr. Fergusson, na verdade seduziu gradualmente e de maneira especialmente apropriada ao caráter inocente e ingênuo de Lady Elgin. O comportamento, as idéias e os objetivos de Lord Elgin deveriam ser todos deturpados. Sua conduta pública e privada deveria ser atacada; ele deveria ser rebaixado da condição de objeto do amor e da adoração de Sua Senhoria, Lady Elgin, e se tornar alvo de desprezo e repulsa. Em meio a tais exortações, o réu era considerado um amigo da família. Demônio é um nome mais adequado! Seu único objetivo era o de convencer Lady Elgin a desprezar o marido e aliená-lo pela frieza de sua conduta. Por essa razão, o réu se ofereceu para acompanhar o caixão do filho morto de Lady Elgin até a Escócia. Mulher infeliz! Quão pouco ela previu seu destino, de que o próprio amigo do marido seria o meio pelo qual seus filhos se tornariam órfãos e se produziriam tantas conseqüências miseráveis!"

O sr. Topping faz uma objeção.

"Meus senhores e cavalheiros, tais gestos teatrais talvez sejam adequados nos tribunais de Westminster, mas com certeza não aqui em Edimburgo."

O juiz-presidente aconselha o sr. Garrow a chamar a primeira testemunha, ao que o sr. Garrow declara: "Em nome de meu nobre cliente, chamo o sr. William Richard Hamilton ao banco das testemunhas".

Ajoelhado e com a mão direita sobre o Santo Evangelho, a testemunha presta juramento e é purificada da malícia.

"Seu nome é William Richard Hamilton?"

"Sim."

"Qual a sua idade?"

"Acabei de completar trinta anos."

"E qual é a sua profissão?"

"Sou subsecretário da chancelaria britânica."

"O senhor trabalhou para Lord Elgin?"

"Sim."

"Qual era exatamente o seu emprego?"

"Era secretário particular de Sua Senhoria quando ele estava em Constantinopla."

"O senhor o acompanhou em sua embaixada?"

"Sim."

"Quando foi isso?"

"No terceiro dia de setembro de 1799, pouco depois de Sua Senhoria ter sido designado para o cargo."

"Lady Elgin esteve com ele durante todo esse tempo?"

"Esteve."

"Observou o comportamento deles, como marido e esposa?"

"Sim."

"Durante sua residência em Constantinopla, o senhor freqüentava constantemente a mesa do casal?"

"Sim."

"E durante todo o tempo de sua estada com eles, eles se comportaram um com o outro como marido e mulher?"

"Sem dúvida. Sua Senhoria era um marido afetuoso e carinhoso."

"E Lady Elgin?"

"Uma esposa zelosíssima."

"E também afetuosa e carinhosa?"

"Sim."

"Sr. Hamilton, de que maneira a família se comportava quanto à assiduidade aos ofícios religiosos?"

"Com grande propriedade. Havia um capelão adjunto à embaixada, o reverendo Philip Hunt, e suas orações eram acompanhadas pela família, aos domingos, com a maior regularidade."

"E o serviço era o da Igreja da Inglaterra?"

"Sim."

"Então, sr. Hamilton, o senhor teve a oportunidade de observar se o afeto de Lady Elgin permaneceu dirigido a Sua Senhoria, Lord Elgin, no que se refere às questões públicas e particulares?"

"Sua Senhoria, Lady Elgin, parecia interessar-se muito por tudo o que se referia a Lord Elgin, de natureza pública ou particular."

"Eles tiveram filhos enquanto o senhor estava em Constantinopla?"

"Um filho, chamado Bruce."

"O senhor teve oportunidade de observar o comportamento de Lady Elgin para com o filho?"

"No começo, ela era muito paciente."

"E depois?"

"Ela ficou mais reservada. Suspeito que era..."

O sr. Topping o interrompe.

"Meus senhores, devemos sujeitar-nos às suspeitas da testemunha?"

O sr. Garrow prossegue: "Sr. Hamilton, diria que essa reserva da parte de Lady Elgin se devia a alguma razão definida?"

"Sim, enquanto estava em Constantinopla, Lord Elgin contraiu uma febre grave, que acabou provocando-lhe a perda do nariz."

Ouve-se um murmúrio abafado na sala de tribunal, permitido pelo juiz-presidente.

"Sr. Hamilton, diria que o interesse de Lady Elgin por Lord Elgin começou a esmorecer naquele momento?"

"Sim."

"Em suas observações, viu manifestações externas do amor declinante de Lady Elgin?"

"Sim. Quem primeiro chamou minha atenção para isso foi Lord Elgin."

"Que lhe disse ele?"

Diante da hesitação da testemunha, o juiz-presidente aconselha-o a responder à pergunta.

"Sua Senhoria disse que, em razão da pouca idade, Lady Elgin sempre se comportava estranhamente quando em presença de homens bonitos."

Há uma segunda comoção na sala de tribunal antes de o sr. Garrow prosseguir:

"Poderia o senhor justificar a afirmação de Sua Senhoria?"

"Sim. Um dia, na presença de Lady Elgin, eu a ouvi comentar a respeito do *signor* Lusieri: 'Que lindo diabo ele é!'."[2]

"Quem é o *signor* Lusieri?"

"Um pintor, a quem Lord Elgin atribuiu a supervisão das obras em Atenas."

"Refere-se à retirada dos mármores do Partenon?"

---

[2]Nisbet, *Letters*, 76.

"Sim."

"E o *signor* Lusieri era de fato bonito?"

"Creio que sim."

"Havia outros homens, que o senhor saiba, acerca dos quais Lady Elgin teria expressado uma observação semelhante?"

"O conde Sébastiani."

"Quem é ele?"

"O representante pessoal de Bonaparte. Ele visitou a família em várias ocasiões, em Constantinopla e também em Pau."

"Diria que também ele tinha boa aparência?"

"Sim."

"Havia outros, sr. Hamilton?"

"O sr. Fergusson, é claro."

"O réu?"

"Sim."

"Peço-lhe agora que consulte sua memória, sr. Hamilton, e diga a este tribunal se alguma vez viu o sr. Fergusson na companhia de Lady Elgin."

"Vi."

"Estavam sozinhos?"

"Sim."

"Lembra-se de onde esses encontros ocorreram?"

"Na casa de número 60 de Baker Street, em Londres."

"O senhor deu com eles por acaso?"

"Não, tinha recebido instruções para observá-los."

"De quem?"

"Lord Elgin."

"Por que razão?"

"Sua Senhoria nutria fortes suspeitas a respeito do comportamento de Lady Elgin no que se referia aos homens. Essas suspeitas intensificaram-se quando Sua Senhoria soube que Lady Elgin deixaria a França no mesmo navio que o sr. Fergusson."

"O senhor não estava a bordo desse navio?"

"Não, eu estava residindo na Inglaterra, nessa época."

"Então, como pôde mantê-los sob vigilância?"

"Lord Elgin confiou uma carta ao capitão do navio e, na chegada do navio à Inglaterra, o capitão a levou à minha residência. Nessa época, Lady Elgin estava morando na casa de Baker Street, perto de Portman Square."

"E o senhor se encarregou da vigilância a partir desse momento?"

"Sim."

"O senhor foi notado?"

"Tomei todas as precauções."

"Sr. Hamilton, dirá à corte por quanto tempo Lady Elgin permaneceu no número 60 de Baker Street?"

"Cerca de doze meses, mais ou menos."

"E ali deu ela à luz outra criança?"

"Sim, uma menina chamada Lucy."

"Alguma vez o senhor viu o sr. Fergusson entrando na casa de Baker Street?"

"Sim, tanto antes quanto depois do nascimento da criança. De fato, o sr. Fergusson era um visitante assíduo."

"Por quanto tempo ele permanecia ali?"

"Até às primeiras horas da manhã."

"Depois de sair de Londres, Lady Elgin foi diretamente para a casa dos pais, em Dirleton?"

"Não, ela se hospedou em um hotel de Edimburgo."

"Lembra-se do nome do hotel?"

"Fortune and Blackwell."

"Sua missão estava agora concluída, sr. Hamilton?"

"Estava. Assim que reuni essas informações, escrevi imediatamente a Sua Senhoria, na França."

"E o senhor jura novamente que seu testemunho é verdadeiro?"

"Totalmente verdadeiro."

O sr. Garrow pegou então um pacote de cartas que estava sobre a mesa e o exibiu para a corte.

"Meus senhores e cavalheiros, tenho aqui certas cartas que caíram nas mãos de meu nobre queixoso durante certo tempo, e com sua gentil permissão passo agora a lê-las – mas, antes de fazê-lo, permitam-me dizer que quando se sela uma carta com cera e se sela também o envelope, essa operação derrete a cera da carta e faz com que ela se abra. Assim, quando Lord Elgin abriu o envelope já encontrou dentro essas cartas abertas, descobrindo então que elas haviam sido escritas pelo sr. Fergusson para Lady Elgin, e compostas em termos de tão grande afeto que Lord Elgin não teve dúvidas de que significavam uma proposta de relações criminosas. Enquanto Lady Elgin estava em Paris, trazia consigo um filho que morreu logo depois. Com seu corpo embalsamado, a criança foi então confiada aos cuidados do sr. Fergusson, que obteve liberdade para voltar à Escócia e em seguida acompanhou pessoalmente a sua deposição no túmulo da família de Lord Elgin, em Dunfermline. Nas várias cartas escritas pelo sr. Fergusson, não havia nenhuma alusão às crianças sobreviventes, mas a esse menino encontramos várias alusões. Em determinado momento, Lady Elgin expressa o desejo de visitar o túmulo de seu querido William, mas o sr. Fergusson pede-lhe que resista à tentação. 'Sei', diz ele, 'que você me obedecerá, e rogo-lhe que se lembre de quem pôs a cabeça dessa criança para repousar.'[3]

"No entanto, antes de o sr. Fergusson entrar em cena, a conduta de Lady Elgin era exemplar, como fica provado nos seguintes trechos de cartas que ela escreveu ao marido, enquanto ele estava preso na França:

> Meu muito querido Elgin: Não desanime, eu estarei com você. Willy é um bebê maravilhoso. Se o único modo de ficar com você for sob detenção, isso não me incomodará. Estou bem esta manhã, embora estivesse muito doente a noite passada. Escrevi ao sr. Talleyrand.[4]

"Em outra carta, ela diz:

'Escrevi de novo ao sr. Talleyrand e pedi-lhe que me recebesse. Também escrevi ao primeiro-cônsul (Bonaparte), e, se ele concordar, acredito que estamos no caminho certo para obter a sua troca. Que Deus abençoe meu queridíssimo Elgin. Estou me sentindo muito melhor, agora que estou plenamente convencida de que tudo isso não é de modo algum algo pessoal contra você. É apenas uma represália. Por favor, escreva-me. O sr. Talleyrand foi muito gentil comigo. Deus o abençoe, meu querido Elgin. Escrevi de novo ao primeiro-cônsul e agora a você. Não perdi meu tempo, não é? Por favor, cuide-se o máximo que puder, meu querido Elgin. Deus sabe que não tivemos muito conforto em nosso casamento. Mas superamos o pior. O melhor ainda está por vir. E virá, meu queridíssimo Elgin. Com certeza, virá!'[5]

"Meus senhores e cavalheiros, se essa pobre mulher pudesse saber que logo se separaria de seu devotado marido; que o sr. Fergusson seria o responsável pelo fim da sua felicidade doméstica e um dia a faria perder um filho e três filhas! Se ela percebesse que esse mesmo sr. Fergusson, por uma sedução engenhosa e sutil, haveria de destruir para sempre a sua felicidade! E por isso, o sr. Fergusson deve ser hoje responsabilizado.

"Eu havia proposto a este tribunal a leitura de outros trechos das cartas do sr. Fergusson a Lady Elgin, que mostram que ele conhecia muito bem o caráter dela e que ela fora educada nos melhores princípios de moralidade. Sabia que ela não era alguém a ser tomada de assalto; que qualquer tentativa contra a sua virtude só a alarmaria e a faria adotar uma postura defensiva;

---

[3]Robert Fergusson a Lady Elgin, 4 de março de 1808, *Trial of R. Fergusson*, 10.
[4]Ibid., 19.
[5]Ibid., 32.

e que tudo deveria ser feito só por artifício. Todavia, sinto agora uma dificuldade considerável por ter-me imposto esta tarefa, e portanto só os sobrecarregarei com este último trecho escrito pelo sr. Fergusson a Lord Elgin enquanto Sua Senhoria estava preso na França:

> Escrevi-lhe [*sic*] algumas linhas, meu senhor. Suas cartas a Lady Elgin comunicaram-lhe suas impressões. Esperemos ao máximo que nesse ato de severidade o senhor saia e veja a sua Lady Elgin. Devo informá-lo de que o sr. Talleyrand diz que permitirá que Lord Elgin seja trocado pelo general Boyer. Espero que o senhor seja solto. Não esmoreça; e trate de estar tão bem quanto possível.[6]

"Isso mostra claramente a situação confidencial em que o sr. Fergusson se colocava. Eu poderia ir em frente, meus senhores e cavalheiros, mas quero poupar os sentimentos de outros cujos nomes foram aqui mencionados. Portanto, não vou mais incomodá-los. Permitam-me, em vez disso, convocar a próxima testemunha de meu nobre cliente, o sr. John Morier."

John Morier, de trinta anos, solteiro e residente em Londres, jura solenemente e é inquirido pelo sr. Garrow:

"O senhor também acompanhou Lord Elgin a Constantinopla?"

"Sim."

"Em que condição?"

"Como segundo secretário particular de Sua Senhoria. Estive em Constantinopla até janeiro, durante dois anos seguidos."

"O senhor vivia na mesma casa, com Lord e Lady Elgin?"

"Sim."

"Então teve a mesma oportunidade que o sr. Hamilton, a testemunha anterior, de observar a conduta deles como marido e mulher?"

"Lord Elgin era um marido carinhoso e atencioso..."

O juiz-presidente aconselha a testemunha a responder apenas às perguntas que lhe são feitas e, na seqüência, o sr. Garrow reformula a pergunta:

"Sr. Morier, quais foram suas observações pessoais sobre o comportamento de Lord Elgin para com Lady Elgin?"

"Sua Senhoria era um marido carinhoso e atencioso."

O juiz-presidente permite por alguns instantes as risadas que se fazem ouvir no tribunal.

"E quais foram suas observações pessoais sobre o comportamento de Lady Elgin para com Lord Elgin?"

---

[6]Commissary Court, Edimburgo, "Decreet Divorce", 1622.

"No começo, Lady Elgin era uma esposa e uma mãe afetuosíssima."

"Quer dizer que seu comportamento mudou?"

"Sim."

"Quando, exatamente?"

"Quando a enfermidade de Lord Elgin se agravou."

"Está se referindo à perda do nariz de Sua Senhoria?"

"Sim."

"Sr. Morier, poderia distinguir manifestações reais da mudança de comportamento de Lady Elgin em Constantinopla?"

"Sim, Lady Elgin tornou-se muito rude toda vez que estava sozinha com Sua Senhoria."

"Prossiga."

"Lady Elgin também saía de casa cedo todos os dias."

"Com que objetivo?"

"Na verdade, não sei dizer. Porém, não se passava um dia sem um chá da tarde ou um passeio pelos jardins de Pera. Lady Elgin também gostava muito de ler."

"E quanto às noites?"

"Quando não lia ou jogava baralho, Lady Elgin muitas vezes preferia dormir cedo."

"Tinha ela seu próprio quarto?"

"Sim."

"Separado do de Sua Senhoria?"

"Completamente."

"Sr. Morier, quero que reflita atentamente antes de responder à próxima pergunta: Lady Elgin tinha um fraco pelos homens?"

"Lady Elgin é uma mulher muito bonita. Os homens a consideram muito atraente. Sim, eu diria que ela tinha, sim, um fraco pelos homens."

"O senhor se lembra de algum incidente real envolvendo essa fraqueza?"

"Muitas vezes observei um certo brilho nos olhos de Lady Elgin sempre que um homem, sobretudo um homem notadamente bem apessoado, visitava a casa."

"Que espécie de olhar era esse?"

"De admiração, acho."

"Nada mais?"

"De atração, também."

"Atração sexual?"

O sr. Topping protesta, e o juiz-presidente concorda, avisando ao sr. Garrow que está em um exame direto e que o tribunal não lhe permitirá conduzir suas testemunhas. O sr. Garrow então pede desculpas à corte e afirma que não tem mais perguntas a fazer à testemunha. Como o sr. Topping optou por não interrogá-la, o sr. Garrow chama em seguida o sr. Richard Sterling ao banco das testemunhas, onde presta juramento e é interrogado.

"Sr. Sterling, quando conheceu pela primeira vez Lord e Lady Elgin?"

"Em Paris, durante a nossa detenção."

"O réu, o sr. Fergusson, também estava em Paris na época?"

"Sim."

"O senhor tinha um relacionamento amigável com Lord e Lady Elgin?"

"Sim."

"Quais eram as suas impressões sobre os laços entre eles?"

"Achei um tanto forçados."

"Como assim?"

"Raramente estavam juntos."

"Alguma vez viu o sr. Fergusson sozinho com Lady Elgin?"

"Não, estavam sempre na companhia dos outros."

"Outros?"

"Os Cockburns, a sra. Fitzgerald e o coronel Craufurd."

"Eles também eram *détenus*?"

"Eram."

"Onde ocorreram esses encontros?"

"No Hôtel de Richelieu, em Paris; e também em Barèges e Pau."

"Sr. Sterling, pode dizer-nos algo mais acerca do relacionamento entre o sr. Fergusson e Lady Elgin?"

"Lady Elgin parecia muito interessada no sr. Fergusson, desde o começo. Estava sempre perguntando por onde ele andava. Na minha opinião, o relacionamento entre eles ia além da simples amizade."

"Seja por favor mais específico, sr. Sterling."

"Eu diria que Lady Elgin estava apaixonada pelo sr. Fergusson."

"O senhor pôde observar os sentimentos do sr. Fergusson para com Lady Elgin?"

"Sim, ele também parecia estar apaixonado por ela."

"Obrigado, sr. Sterling."

Mais uma vez, o sr. Topping não quis interrogar a testemunha. Charles Duff, de quarenta e cinco anos, casado, foi o próximo a prestar juramento e a ser interrogado pelo sr. Garrow.

"Creio que o senhor também era empregado de Lord Elgin?"

"Era."

"Onde reside, sr. Duff?"

"No número 1 de Weymouth Street, Portland Place, Londres."[7]

"O senhor permaneceu com Lord e Lady Elgin durante toda a estada deles em Constantinopla?"

"Sim."

"Que impressão teve da maneira como Lord e Lady Elgin se comportavam?"

"Nunca em minha vida vi um casal mais feliz."

"O senhor esteve presente ao funeral do filho deles que morreu na França?"

"Estive."

"Quem mais estava presente, sr. Duff?"

"O sr. Fergusson, a mãe de Lord Elgin, o reitor da igreja de Dunfermline e alguns parentes e amigos."

"Onde foi sepultada a criança?"

"No túmulo da família de Lord Elgin, em Dunfermline."

"Então, sr. Duff, recebeu instruções de Lady Elgin depois que ela voltou à Inglaterra, vinda da França?"

"Sua Senhoria me pediu que alugasse uma casa para ela, o que fiz."

"Por que ela lhe teria pedido isso? Seus pais não tinham uma casa em Londres onde ela podia ficar?"

"Exatamente. O sr. Nisbet me visitou um dia e disse que tanto ele quanto a sra. Nisbet estavam tristes por saber que Lady Elgin preferira morar em Baker Street. O sr. Nisbet, em especial, expressou sua desaprovação da recusa de Sua Senhoria em ficar na casa da família Nisbet, em Portman Square."

"Sr. Duff, o senhor teve ocasião de visitar os criados de Lady Elgin enquanto ela residia em Baker Street?"

"Sim, tive freqüentes conversas com a sra. Sarah Gosling, e também com a senhorita Nonweiler e com o sr. Robert Draper."

"Qual era o assunto dessas conversas?"

"O comportamento de Lady Elgin."

"Sob que aspecto?"

"As visitas diárias do sr. Fergusson."

"Poderia desenvolver esse ponto, sr. Duff?"

"O sr. Fergusson com freqüência chegava tarde à casa, entre meia-noite e uma da manhã, e ia embora às três ou quatro da manhã, às vezes até mais tarde. A sra. Gosling reprovava muitíssimo aquilo, mas jamais me disse que houvesse alguma ligação criminosa entre Lady Elgin e o sr. Fergusson."

O juiz-presidente aconselha a testemunha a simplesmente responder às perguntas que lhe são feitas.

---

[7]Ibid., 1624.

"Sr. Duff, lembra-se de conversas que possa ter tido com Lady Elgin nessa época?"

"Sim, eu estava ajudando Sua Senhoria a fazer as malas, antes de partir para a Escócia, e ela me pareceu muito agitada. 'Ah, Duff,' disse-me ela, 'eu estou muito infeliz. Se continuarem a me importunar, vou-me embora com o sr. Fergusson.'"[8]

"A quem ela se referia?"

"A Lord Elgin e aos pais dela."

"E qual foi sua resposta?"

"Disse a Sua Senhoria: 'Deus não permita que eu veja esse dia, minha senhora, pois não seria melhor vista do que uma moça da cidade, se fosse embora com o sr. Fergusson'."[9]

"Sr. Duff, estava ciente de uma correspondência por carta entre Lady Elgin e o sr. Fergusson?"

"Estava. Lady Elgin pediu à sra. Duff, por carta, que lhe permitisse anexar uma carta ao sr. Fergusson. Eu reprovei que ela se envolvesse nesse caso e, por minha vontade, a sra. Duff escreveu imediatamente a Lady Elgin e informou a Sua Senhoria que se recusava a receber ou entregar uma tal carta."

"O que sua esposa fez com a carta?"

"Destruiu-a."

"E esse foi o fim do caso?"

"Não. O sr. Fergussom veio à minha casa cerca de duas semanas mais tarde e pediu a carta de Sua Senhoria, mas eu lhe disse que ela havia sido destruída."

"Isto é tudo, sr. Duff."

No seu interrogatório, o sr Topping perguntou:

"Sr. Duff, é correto dizer que a maior parte de seu testemunho de hoje não tem origem em nenhuma observação pessoal relativa ao comportamento de Lady Elgin em Londres, mas na verdade foi provocado por informações de ouvir dizer de criadas e arrumadeiras?"

"Conheço a sra. Gosling há muito tempo, e também o sr. Draper. São pessoas respeitáveis."

"Antes de partir para a Inglaterra, quais eram suas observações reais sobre a conduta de Lady Elgin em Constantinopla?"

"Impecável."

"E o comportamento de Lady Elgin para com Lord Elgin e seus filhos?"

"Impecável também."

---

[8]Ibid., 1625.

[9]Ibid., 1625ss.

"O senhor diria que Lady Elgin era o tipo de mãe que deixa de lado as necessidades das crianças em favor de ocupações egoístas?"

"Absolutamente não."

"Obrigado, sr. Duff. Está dispensado."

Nesse ponto, o juiz-presidente anunciou um recesso de uma hora.

Quando a sessão foi reaberta, o sr. Garrow requisitou que o depoimento da sra. Sarah Gosling, que anteriormente tivera de "permanecer *in retentis*" até ser produzida uma prova, fosse agora aberto e passasse a fazer parte da prova da causa de seu nobre cliente. O sr. Topping fez uma objeção, mas ela foi rejeitada pelos senhores juízes, e permitiu-se a leitura do depoimento.*

Knightsbridge**

Apresentou-se Sarah Gosling, hoje residente em Knightsbridge, no condado de Middlesex, casada, trinta e três anos e, tendo solenemente prestado juramento de acordo com a forma prescrita pela Comissão, e tendo-lhe sido formuladas as perguntas de praxe, de natureza preliminar, ela jurou nada ter contra as partes em causa; que nunca recebeu nem nunca lhe prometeram dinheiro ou benefícios para testemunhar; que o sr. Bichnell ora presente lhe solicitou e perguntou o que sabia acerca da conduta da Condessa de Elgin, ao que a deponente respondeu, e o sr. Bichnell então lhe disse estar representando Lord Elgin, fazendo-lhe muitas perguntas a respeito das relações entre Lady Elgin e o sr. Fergusson; que a deponente trouxe de sua consciência e de seus conhecimentos.

O sr. Spottiswood, representando Lady Elgin, objetou então contra tal procedimento, argumentando que, como a testemunha fornecera ao sr. Bichnell uma declaração de fatos relativa à causa, com isso, segundo a Lei da Escócia, se desqualificara como testemunha. O Comissário rejeitou a objeção, e a testemunha, sendo então especificamente interrogada:

DEPÕE que era uma das criadas da acusada Lady Elgin, viveu com ela em Londres no ano de 1806, quando Sua Senhoria residia no número 60 de Baker Street.

---

* A sra. Gosling fora enviada pela sra. Nisbet para ser criada de Lady Elgin em Baker Street, e os advogados de Elgin esperavam que ela fosse a testemunha-chave, até que adoeceu. Os comissários de Edimburgo, portanto, concordaram em confiar a James Chalmer uma comissão de depoimento, que confirmasse o estado de saúde da sra. Gosling e permitisse a Chalmer interrogá-la na presença de William Moncur, escrivão do tribunal. A sra. Gosling faleceu pouco depois de prestar depoimento.

**Um subúrbio de Londres.

DEPÕE conhecer Robert Fergusson, *esquire* de Raith, e que ele costumava visitar Lady Elgin em sua casa em Baker Street durante a época do encarceramento de Lord Elgin na França; que o sr. Fergusson aparecia com freqüência durante o dia e muitas vezes à noite; que Lady Elgin tinha o hábito de sair muitas vezes à noite; que Sua Senhoria às vezes voltava para casa às dez, onze ou à meia-noite.

DEPÕE que o sr. Fergusson visitava Lady Elgin diversas vezes depois que ela voltava para casa de seus compromissos noturnos; que observou Lady Elgin mais de uma vez, depois de ter voltado de seus compromissos noturnos, tirar a roupa e vestir um robe folgado; e que era costume dela fazer isso.

DEPÕE ter visto Lady Elgin aceitar as visitas do sr. Fergusson depois de ter mudado de roupa; que nessas visitas não havia mais ninguém com Lady Elgin, a não ser o sr. Fergusson; que soube que o sr. Fergusson permanecia sozinho com Lady Elgin durante essas visitas por uma hora a cada vez, ou até mais; que quando o sr. Fergusson se retirava dessas visitas a deponente encontrava Lady Elgin na cama; que se lembra de uma visita da sra. Nisbet à filha, em Baker Street, à meia-noite, quando o sr. Fergusson estava na casa.

DEPÕE que, naquela ocasião, Lady Elgin recebeu a sra. Nisbet na sala de estar, mas o sr. Fergusson não estava na sala de estar enquanto a sra. Nisbet permaneceu com Lady Elgin; que o sr. Fergusson ficou no quarto de Lady Elgin durante a visita da sra. Nisbet e não saiu da casa até depois da saída da sra. Nisbet; que o sr. Fergusson, ao deixar a casa depois dessas visitas noturnas, era às vezes acompanhado até a porta pela deponente e às vezes pela criada de Lady Elgin e não por um dos lacaios; e que em diversas ocasiões os criados só foram deitar-se quando o sr. Fergusson saiu.

DEPÕE que soube que o sr. Fergusson permanecia com Lady Elgin até quatro ou cinco horas da manhã; que não havia outras pessoas na casa nessas ocasiões, a não ser o sr. Fergusson e Lady Elgin; que era costume de Lady Elgin mandar que a cortina da janela que fica atrás do sofá fosse baixada; que em geral ela dava essa ordem de manhã, ao entrar na sala, e ela permanecia baixada o dia inteiro; que nunca observou o estado do sofá depois que o sr. Fergusson tivesse estado com Lady Elgin, se estava amarrotado ou não, pois esse sofá fora fabricado de tal forma que uma pessoa podia nele se sentar sem deixar vestígios; e que, sendo interrogada pelo sr. Bichnell sobre o que queria dizer com o robe folgado que dissera que Lady Elgin usava à noite, descreveu-o como uma camisola folgada que as mulheres vestem quando se penteiam e que Lady Elgin costumava vesti-la todas as manhãs e todas as noites.

Tudo isto é verdade, como a depoente responderá perante Deus.

(Assinados) Sarah Gosling
James Chalmer, Comissário
William Moncur, escrivão[10]

Em seguida à leitura do depoimento, a srta. Ann Crerar, hoje residente em Edimburgo, solteira, de vinte e dois anos de idade, presta juramento e é interrogada pelo sr. Garrow:

"Qual é sua mais recente ocupação, srta. Crerar?"

"Eu era camareira no Hotel Fortune and Blackwell."

"Aqui em Edimburgo?"

"Sim."

"Onde fica exatamente esse hotel?"

"Na extremidade sul da Prince Street."

"Conheceu alguma vez o réu, o sr. Fergusson?"

"Eu era camareira de Lady Elgin quando ela residiu no hotel, no mês de agosto de 1806. O sr. Fergusson residiu ali na mesma época."

"A senhorita poderia dizer a este tribunal tudo o que sabe a respeito da estada deles no hotel?"

"No mesmo dia em que Lady Elgin se registrou no hotel, veio outra mulher também. Seu nome era Lady Harvey. Ela ficou por pouco tempo, e assim que foi embora, o sr. Fergusson ficou com seus aposentos, compostos por uma sala e um quarto, no mesmo andar dos aposentos ocupados por Lady Elgin. Os números dos quartos eram Sete e Oito e comunicavam-se entre si, separados por uma porta entre as duas salas. Fui ao quarto do sr. Fergusson na manhã seguinte à sua chegada ao hotel e observei que ninguém dormira em sua cama, que permanecia no mesmo estado de quando havia sido feita por mim, na noite anterior. Fui, então, ao quarto de Lady Elgin e, pela aparência da cama, fiquei convencida de que duas pessoas haviam dormido nela, pela aparência dos dois travesseiros e dos lençóis. Os travesseiros tinham a marca de duas pessoas, e os lençóis também mostravam as mesmas marcas.

[10] O depoimento da Sra. Gosling foi escrito e assinado no dia 14 de julho de 1807.

Naquela mesma manhã, vi o sr. Fergusson na sala de Lady Elgin. Fui diretamente a John Fraser, que era garçom no hotel, e lhe disse que duas pessoas haviam dormido na cama de Lady Elgin, e fiquei pensando se Lord Elgin viera e dormira ali. O sr. Fraser disse que ele não viera, e me aconselhou a ficar calada, pois Lady Elgin podia me pôr em maus lençóis."

"Isso é tudo, srta. Crerar. Está dispensada. Obrigado."

O sr. Topping não interrogou a testemunha. Foi chamado John Fraser, garçom no Hotel Fortune e Blackwell, casado, trinta e oito anos de idade, residente em Edimburgo, que confirmou o testemunho da srta. Crerar e acrescentou:

"Eu conhecia pessoalmente o sr. Fergusson, pois já se hospedara no hotel diversas vezes. Alguns dias depois de Lady Harvey ter deixado o hotel, o sr. Fergusson chegou e foi visto nos apartamentos de Lady Elgin, onde permaneceu com Sua Senhoria por cerca de quinze minutos. Ao sair, perguntou se poderia hospedar-se em aposentos do mesmo andar, e tendo ouvido de mim que poderia, alugou os aposentos que haviam sido ocupados por Lady Harvey. O sr. Fergusson passou o dia seguinte inteiro em companhia de Lady Elgin, e até mesmo se convidou para o chá, permanecendo com Sua Senhoria até às dez e meia, hora em que acendi para ele as luzes de sua própria sala. Ele quis, então, que as velas fossem acesas, pois tinha cartas a escrever. Mais tarde, a srta. Crerar veio ter comigo e disse que o sr. Fergusson não havia dormido em sua cama, e que, pela aparência da cama de Lady Elgin, duas pessoas haviam dormido ali. Quando o sr. Fergusson por fim deixou o hotel e pagou a conta, pediu que sua chegada não fosse anunciada nos jornais, pois nessa curta passagem pela cidade seria importunado com visitas de seus conhecidos. Não trazia consigo nem criados nem bagagem; e não o vi usar nenhuma capa."

Mais uma vez, não houve interrogatório da parte do sr. Topping. Mary Rupper foi chamada ao banco das testemunhas: criada em Broomhall, solteira, vinte e cinco anos de idade, trabalhou para Lady Elgin enquanto ela residia no número 60 de Baker Street, tendo começado a servi-la no dia 15 de novembro de 1805, permanecendo até o dia vinte e dois de junho seguinte, concordou com o testemunho do depoimento de Sarah Gosling:

"Quando a sra. Nisbet veio visitar a filha uma noite, o sr. Fergusson escondeu-se atrás de um biombo que ficava na sala de estar, e depois que a sra. Nisbet saiu, o sr. Fergusson permaneceu na casa até tarde da madrugada. No dia seguinte, mencionei à sra. Gosling que o cãozinho de Lady Elgin havia sujado uma almofada verde que estava no sofá. A sra. Gosling balançou a cabeça e disse que não havia sido o cachorro que sujara a almofada, mas aquele patife do sr. Fergusson."

"Srta. Ruper, a senhorita e os outros empregados da casa tinham alguma opinião sobre essa situação?"

"Claro que sim. Todos nós concordávamos que havia uma ligação imprópria entre o sr. Fergusson e Lady Elgin."

Sendo esmagadoras as provas contra Fergusson e Lady Elgin, o sr. Topping colocou a causa à mercê do tribunal, quando foi chamada a última testemunha do queixoso: Thomas Willey, ex-lacaio de Lady Elgin, despedido por Lord Elgin "por bebedeira, hoje criado de Sua Alteza Real, o duque de Kent",[11] viúvo, trinta e três anos de idade, e nada tendo contra qualquer uma das partes, afirmou que

"Estava a serviço de Lady Elgin enquanto ela residia no número 60 de Baker Street, Portman Square, Londres, vindo da Escócia para trabalhar para ela cerca de dois ou três meses depois que Lady Elgin passou a residir em Baker Street. Ocasionalmente, o sr. Fergusson aparecia à meia-noite, uma da manhã, conforme a volta de Lady Elgin de suas festas noturnas. Lady Elgin sempre estava em casa para o sr. Fergusson, e não me lembro de alguma noite em que o sr. Fergusson não tenha vindo, mais cedo ou mais tarde. Algumas vezes ele ficava até às três ou três e meia da manhã, e Sarah Gosling me disse que ela o acompanhou até a porta até mesmo às quatro da manhã. De fato, Lady Elgin demonstrava maior atenção para com o sr. Fergusson do que para com qualquer outra visita. Ela parecia mais feliz quando estava com o sr. Fergusson do que na companhia de qualquer outra pessoa. Todas as vezes em que se encontravam, eles se tomavam pela mão e demonstravam uma grande familiaridade. Lembro-me que um dia, por volta do meio-dia, seis semanas depois que Lady Elgin teve o filho, fui à sala de estar e abri a porta sem bater. Vi Lady Elgin inteiramente deitada no sofá e, à minha chegada, o sr. Fergusson pegou um xale e, muito confuso, jogou-o sobre as pernas de Lady Elgin."

"A saia de Lady Elgin estava levantada?"

"Não posso afirmá-lo."

"Por que não?"

"Havia uma pequena escrivaninha diante do sofá e fui impedido de ver exatamente se as pernas de Sua Senhoria estavam nuas ou não antes de o xale ser jogado sobre elas. Todavia, pelo modo confuso e afobado com que o xale foi jogado sobre as pernas de Sua Senhoria, eu diria que de fato sua saia estava levantada."

"E o que fez o sr. Fergusson então?"

---

[11] *Trial of R. Fergusson*, 31.

"Tentou acalmar Sua Senhoria. Ela ficou muito vermelha. Ele então caminhou até a lareira, com as costas voltadas para mim e, voltando só a cabeça, disse: 'É só o Thomas'."

"Você pôde ver se a braguilha do sr. Fergusson estava ou não abotoada?"

"Não pude ver nenhuma parte dele de frente. Ele permaneceu diante da lareira na mesma posição, de costas para mim o tempo todo."

"Sr. Willey, por que entrou na sala de estar sem bater?"

"Eu sempre costumava bater antes de entrar, mas, naquela ocasião, estava com pressa para entregar uma mensagem a Sua Senhoria."

"Isso é tudo, sr. Willey. Obrigado."

Como o sr. Topping mais uma vez não mostrou nenhum interesse por interrogar a testemunha, o sr. Garrow pediu que se apresentasse o sr. Hay Donaldson – oficial de tribunal, estabelecido em Edimburgo, para que prestasse juramento e fosse devidamente interrogado.

"Sr. Donaldson, tem alguma informação acerca dos bens que serão legados pelo pai do réu?"

"Tenho."

"A quem serão legados os bens?"

"Ao sr. Robert Fergusson, após a morte do pai, sem divisão."

"O sr. Robert Fergusson é o único filho?"

"Que eu saiba, sim."

"Em sua opinião profissional, diria que esses bens são substanciais?"

"Muito."

"Fez uma estimativa de seu valor real?"

"Não."

"Mas, em sua opinião, são opulentos?"

"Sim, muito."

Neste ponto, o sr. Topping se adiantou para interrogar a testemunha:

"Sr. Donaldson, quando foi a última vez em que viu o pai do réu?"

"Alguns dias atrás."

"E qual era o seu estado de saúde?"

"O pai do sr. Fergusson é um homem vigoroso e robusto; e muito forte para a idade."

"Acredita sinceramente que seus bens possam render vinte mil libras por ano?"

"Não posso dizer com certeza."

"Obrigado, sr. Donaldson. Está dispensado."

O sr. Garrow mais uma vez se dirige à Corte:

"Meus senhores, o caso de meu nobre cliente está encerrado."

Neste ponto, o sr. Topping se adianta e se dirige à Corte:

"Meus senhores e cavalheiros, tenho a honra de comparecer ante os senhores como o advogado do infeliz réu neste caso. Estou seguro sobre o uso do adjetivo, após ouvir a maneira como meu erudito amigo de Londres apresentou aos senhores o caso de seu cliente. Ousa fazê-los acreditar que este seja, de fato, um desses melancólicos exemplos de fraqueza humana, em que um homem se vê no caminho de tentações a que é impossível resistir. Talvez seja verdade. Basta-me recordar-lhes que o réu tinha vinte e sete anos de idade quando o suposto relacionamento criminoso teria ocorrido.

"Decerto não me queixarei de meu erudito amigo inglês. Ao contrário, eu o louvo. Além disso, espero e confio em que cada membro deste júri dê a devida atenção a todas as circunstâncias deste caso quando convocado a chegar a um veredicto. Confio que, em suas mentes judiciosas e perspicazes, os interesses de meu cliente em nada sejam prejudicados pela minha inexperiência em advogar casos deste gênero, nem sofram pela comparação que os senhores possam fazer com a maior e mais ampla experiência de meu erudito oponente inglês. Meus débeis esforços não podem comparar-se à sua eloqüência alta e superior, pois traz ele aqui um estudo incomparável e uma nobre competência, ao passo que eu, como os senhores, sou um mero escocês residente em uma humilde casa atrás das sujas saias de Auld Reekie."

O juiz-presidente permite os risos.

"No entanto, meus senhores e cavalheiros, sinto ser necessário, por meu lado, fazer algumas observações, que espero se gravem breve mas fortemente em suas mentes. Muito se falou do crime cometido pelo réu e no entanto não foi apresentada nenhuma prova real da infidelidade de Lady Elgin ao leito matrimonial. Ouvimos o depoimento de muitas testemunhas, durante os quais não poucas acusações foram feitas contra a honra e o bom nome de Lady Elgin e do réu. Nenhuma das testemunhas, porém, foi capaz de admitir que o sr. Fergusson tenha sido realmente visto em criminosa conversação com Lady Elgin.

"Quanto às cartas que foram parar nas mãos de Lord Elgin, permitam-me dizer que não oferecem nenhuma prova decisiva de que o adultério tenha sido de fato cometido. Não se esqueçam de que a saúde de Lady Elgin estava gravemente prejudicada na época, tanto física quanto emocionalmente. Meu culto amigo inglês julga que é dever dos senhores castigar o réu, em punição a uma ofensa dessa natureza. Graças a Deus, punir não é da alçada deste júri. Se houver uma injúria aqui, é de natureza civil, e a compensação, se houver, deve ser uma compensação por remuneração civil. Fico contente em dizer que as leis da Escócia não conhecem vingança em casos como este. 'A vingança a mim pertence, disse o Senhor!'

"Quando meu erudito amigo inglês fala de vinte mil libras como compensação, fico muito surpreso. Por um lado, ele reconhece que nenhuma retribuição pecuniária pode pagar a ofensa de seu nobre cliente, embora busque exatamente isso. E mais, pois transformaria essa transgressão civil, se é que foi provada, em um caso criminoso. Mas estou firmemente convicto de que os tribunais da Escócia jamais permitirão uma tal inovação na lei.

"No que tange à condição financeira do sr. Fergusson, tenho a liberdade de revelar que, na verdade ela não vale um tostão. Ele vive simplesmente graças à generosidade do pai. Não é filho único, mas o filho mais velho de uma família numerosa. Seu pai pode viver ainda muitos anos, e assim o sr. Fergusson só pode ser um usufrutuário, sem o poder de levantar vinte centavos, que dirá vinte mil libras. Ele também pode ser onerado em disposições pelos parentes, o que lhe tiraria toda possibilidade de algum dia pagar pesados encargos, mesmo que lhe sejam impostos hoje. Este é exatamente o seu estado e condição.

"Estou convencido de que sua causa está agora em mãos honradas e compassivas. Além disso, não tenho dúvidas de que os senhores o tratarão com clemência e consideração. Meus senhores e cavalheiros do júri, obrigado."

Nesse momento, o júri foi interpelado pelo juiz-presidente:

"Cavalheiros, chamo sua atenção para a importância deste caso, que envolve uma ofensa, talvez a maior ofensa que alguém possa infligir a outra pessoa. Em todas as ações dessa natureza, cabe ao queixoso demonstrar seus direitos e mostrar que essa reivindicação é bem fundada. Resta aos senhores agora dizer se essa reivindicação deve ser atendida. Os senhores devem agir com cautela, considerando deliberadamente se houve ofensa e, em caso positivo, qual a punição adequada. Estou plenamente convencido de que o seu veredito satisfará também ao público. Retirem-se, pois, para a sua sala. Este caso está totalmente em suas mãos."

Depois de uma hora, o júri retornou "com um veredito favorável ao queixoso: indenização de dez mil libras."[12]

Na ação civil que correu em Londres, Fergusson alegou que não houve adultério na França, sobretudo na voluptuosa e fascinante capital do império francês, onde a tentação está sempre à espreita. Mas quando Lady Elgin chegou à Inglaterra, sem a proteção do marido e com uma doçura capaz de seduzir um anacoreta, encantos que podiam fascinar e subjugar o mais frio coração, ele – aberto a toda essa excelência e beleza ímpares – sucumbiu como vítima devota de tal santuário.[13]

[12]Ibid., 33.
[13]Ibid., 19.

Essa admissão foi levada à atenção dos Comissários quando o decreto de divórcio foi ouvido, pouco antes do julgamento por adultério contra Fergusson:

> Em Edimburgo, com relação à ação e à causa de divórcio, suscitado, tencionado e levado ante o Comissário em nome do Muito Honrado Thomas, Conde de Elgin e Kincardine, contra Mary, Condessa de Elgin e Kincardine, em virtude do dito Comissário, sua ação queixosa lá proclamada a respeito da qual menciona que o dito Thomas, Conde de Elgin e Kincardine, querelante; e a dita Mary, Condessa de Elgin e Kincardine, ré, eram regularmente casados e coabitavam juntos como marido e mulher, eram tidos e reconhecidos mutuamente como tais e eram tidos, tratados e reputados como pessoas casadas pelos amigos e vizinhos, de cujo matrimônio foram gerados cinco filhos, quatro dos quais hoje vivos.
>
> E embora Mary, Condessa de Elgin e Kincardine, estivesse comprometida e obrigada a manter inviolado o leito conjugal, é verdade que ela, não obstante seus votos matrimoniais e o apego completo que deve persistir entre pessoas casadas, e seus deveres como esposa e mãe, manteve no passado intercurso carnal com um ou mais homens que reconhecidamente não eram o dito Thomas, Conde de Elgin e Kincardine, sendo culpada de um ou mais atos de adultério.[14]

Durante todo o longo processo, Lady Elgin se sentia como se estivesse de volta ao porto de Palermo, a bordo do *Phaeton*, debilitada e enjoada, terrivelmente só, enquanto Masterman continuava torcendo as mãos e choramingando: "Pobre senhora, que bela lua-de-mel é esta!".[15]

> E, mais particularmente, a dita Mary, Condessa de Elgin e Kincardine, teve tal conversação e intercurso carnal e cometeu tal ato ou tais atos de adultério com Robert Fergusson, *Esquire* de Raith, em todas ou uma das noites ou dias durante a viagem que fizeram juntos da França para Londres, e também na cidade de Edimburgo. E portanto concluindo que, segundo a lei, a eqüidade e a justiça, o dito nobre querelante deve obter do dito Comissário sentença e decreto considerando e declarando que o querelante está livre do matrimônio contraído, solenizado e concluído entre ele e a dita ré. E que o dito querelante pode casar-se quando e com quem quiser, da mesma maneira como se a ré tivesse morrido naturalmente ou como poderia fazê-lo se nunca se tivesse casado com ela.

---

[14]Edimburgo, "Decreet Divorce", 1273-80.

[15]Nisbet, *Letters*, 9.

> Deve por fim ser considerado e declarado que a dita Mary, Condessa de Elgin e Kincardine, perdeu todo tipo de direito, interesse ou proveito pelo dito casamento – quer legal, quer convencional. E que o nobre querelante tem o justo direito às provisões feitas em seu favor, dentre as quais o cuidado e a criação dos filhos sobreviventes. E assim o dito Comissário dá e pronuncia sua sentença e decreto na dita maneira – divorciando, separando, considerando e declarando.[16]

Nos meses que se seguiram, *The Times* e outras publicações inglesas escreveram continuamente sobre as desgraças de Elgin, relatando em pormenor suas imensas dívidas e sua legião de credores. Prevendo uma vida de humilhante pobreza, Elgin escreveu novamente ao primeiro-ministro Spencer Perceval, repetindo sua longa lista de despesas e solicitando mais uma vez

> um sinal de aprovação Real, como um pariato escocês. Escusado é dizer que um tal arranjo seria gratificante no máximo grau aos meus sentimentos, e se um tal pariato me for concedido, estarei preparado para aceitar pagamentos a prestação, ou em partes, por anuidade, se for mais conveniente.[17]

A resposta de Perceval veio rápida e aguda: "Devo simplesmente dizer que considero impossível recomendar qualquer arranjo dessa natureza!".[18]

A renda de Elgin, proporcionada por suas propriedades na Escócia, totalizava apenas duas mil libras por ano. Pelos padrões habituais da nobreza, ele nunca fora um homem rico, nem sequer "abastado em suas circunstâncias"[19] como sugerira Dundas ao rei Jorge III ao recomendar Elgin para a embaixada em Constantinopla. Embora o salário de Elgin em Constantinopla fosse de quase sete mil libras, mal chegava para as despesas domésticas, de mais de oito mil libras para manter a embaixada só no primeiro ano. Aí não estão incluídos os salários e despesas de sua grande equipe, a manutenção da casa no subúrbio de Pera, as despesas de correio, mensageiros e outros gastos consideráveis de uma embaixada grande e ativa. Mas, além disso, ele gastou cerca de vinte mil libras de seu próprio bolso para comprar tendas, cavalos, material médico, canhoneiras e equipamentos militares "para as Forças Expedicionárias Britânicas no Egito".[20]

---

[16]Commissary Court, Edimburgo, "Decreet Divorce", 1275.
[17]Museu Britânico, Manuscritos Adicionais 38246 F 119.
[18]Ibid., 38191 F 197.
[19]Historical Manuscripts Commission, "Fortescue", sec. 2:184.
[20]Smith, *Elgin*, 312.

O governo teimou em se recusar a lhe pagar essa quantia e por fim Elgin não teve alternativa a não ser aceitar apenas dez mil libras.

Os mármores de Elgin foram levados ao Museu Britânico em agosto de 1816, e sob os termos da lei aprovada pelo Parlamento, que transferiu sua propriedade para o governo inglês, Elgin e seus herdeiros deveriam passar a ser curadores do Museu Britânico. Do preço de compra de trinta e cinco mil libras, o governo reivindicou dezoito mil, "em pagamento de uma dívida astuciosamente transferida a ele por um dos credores de Elgin".[21] O resto do dinheiro foi então distribuído entre os credores com sorte suficiente para levar sua parte antes que ele desaparecesse, e assim o próprio Elgin não recebeu um tostão pela venda.

Ele se recusou a desistir, porém. Vários meses depois, escreveu ao sucessor de Perceval,* Lord Liverpool, e mais uma vez contou os muitos desastres de sua viagem de volta de Constantinopla e o esperado retorno à Inglaterra, tudo para ser detido na França e perseguido com a mais vingativa animosidade por Bonaparte. Também escreveu a Lord Liverpool sobre o caso Tweddell:

> Foi enquanto sofria sob esses rigores e separado de tudo, a não ser pelas mais constrangidas comunicações com minha família na Inglaterra, que a mais infecta e insidiosa intriga foi obscuramente tramada aqui, preparando a ruína de minha paz doméstica, criando prevenções contra a minha conduta oficial, as quais, porém, tive mais tarde a boa sorte de remover pelo menos da mente do sr. Perceval; tampouco foram os motivos reais dessa perseguição indefinida, inconfessa mas injuriosíssima levados à sua verdadeira origem de decepção e ciúmes até o sr. Spencer Smith, tendo no sr. Robert Tweddell um pronto instrumento para distorcer um dos mais banais incidentes que ocorrem em postos no estrangeiro, não conseguir conter-se de estar na linha de frente das publicações que então apareceram contra mim. E contando com a má vontade contra as minhas operações na Grécia, a que alguns viajantes tardios se entregaram, ele na realidade transmitiu aos jornais insultos contra mim, no momento mesmo em que a Câmara dos Comuns deliberava sobre os meus mármores.[22]

A última linha da carta de Elgin era um claro pedido de misericórdia: "Todo o dinheiro de que prestei contas publicamente, toda a renda de

---

[21] Ibid., 313.

[22] Lord Elgin a Lord Liverpool, 18 de abril de 1817, British Library, Manuscritos Adiocionais 38266 F 3.

* Perceval foi assassinado no dia 11 de maio de 1812, na entrada da Câmara dos Comuns.

meus bens patrimoniais, meu dote e todos os fundos privados à minha disposição foram completamente absorvidos!".[23]

Lord Liverpool foi simpático à solicitação de Elgin, mas mais uma vez o pedido de um pariato não foi satisfeito. Durante essas negociações, ele sofreu mais um revés: seu filho adoeceu gravemente e seus médicos de Edimburgo não foram capazes de diagnosticar ou curar a doença. Lutando desesperadamente para salvar seu único filho e herdeiro, Elgin levou o menino a Londres, onde foi examinado pelos melhores médicos da época. Todos eles concordaram em que Bruce era um epilético sem esperanças:

> *First on the head of him who did this deed,*
> *My curse shall light, on him and all his seed;*
> *Without one spark of intellectual fire,*
> *Be all the sons as senseless as the sire!*[24]*

Elgin tentou ignorar esses cruéis ataques desfechados por Byron, e, apesar de seus crescentes reveses, ainda tinha esperanças "de legar algo aos filhos, além das dívidas".[25] Obstinadamente, fez um pedido final de um pariato britânico, que mais uma vez ele lhe foi negado. Todos os bens que possuía foram então imediatamente postos sob *fideicomisso*. Para aumentar ainda mais seus embaraços, a deformação de seu rosto provocou-lhe uma depressão tão profunda, que ele começou a evitar as pessoas, mesmo as mais próximas. Logo em seguida, sua bem-amada Broomhall passou a ser alvo dos credores, e, embora a posse da propriedade fosse protegida por velhas leis inglesas, ele não podia mais mantê-la adequadamente. A maior parte dos quartos ficara sem mobília, e um grande número de empregados teve de ser dispensado.

Em 1820, Elgin retornou à Câmara dos Lordes, como um dos pares representantes da Escócia. Um ano depois ele foi, com Byron, que por tanto tempo desprezara, um dos primeiros a se inscrever no Comitê Filelênico, para amparar as forças revolucionárias gregas, que estavam agora a ponto de derrotar os turcos e expulsá-los do país.

---

[23]Ibid.

[24]Lord Byron, *The Curse of Minerva.*

[25]Biblioteca Nacional da Escócia, 1055 F 118.

* Literalmente: Primeiro sobre a cabeça daquele que fez este feito/ Minha maldição se acenderá – sobre ele e sua descendência;/ Sem nenhuma centelha de fogo intelectual,/ Sejam todos os seus filhos tão tolos quanto o pai!

Elgin não sentiu compaixão quando soube que Lord Byron, depois de uma série de ataques de febre, morrera na pequena aldeia grega de Missolongui, no dia 19 de abril de 1824. Byron fora para lá treinar tropas de camponeses que ele mesmo subsidiava. Durante três meses e meio, viveu uma vida espartana, mas a aldeia estava infestada de pântanos imundos, e o jovem poeta por fim sucumbiu à febre. Ele se considerava um completo fracasso em Missolongui. Sir Harold Nicolson pensava diferente: "Lord Byron nada fez em Missolongui, salvo seu próprio suicídio. Mas por esse único ato de heroísmo, garantiu a libertação da Grécia".[26]

Não foi surpresa para o povo de Edimburgo quando Elgin se casou novamente. Sua segunda esposa era Elizabeth Oswald of Dunnikeir, filha de um proprietário de terras vizinho, de Fife. Imediatamente depois do casamento, Elgin partiu com ela para a França, deixando as crianças aos cuidados de sua mãe, a viúva condessa de Elgin. Pelo resto da vida, "foi obrigado a viver na França para fugir aos credores".[27] Morreu em estado de abjeta pobreza em Paris, a 4 de novembro de 1841, e suas enormes dívidas "só foram finalmente pagas pela família após se passarem mais trinta anos. O seqüestro dos mármores deixou um amargo legado".[28]

Quanto a Lady Elgin, depois de esmorecido o furor e o sensacionalismo do processo, ela e Robert Fergusson casaram-se tranqüilamente e por um breve período viveram em Raith, o lar ancestral de Fergusson. Quando Fergusson entrou na vida política como membro do partido Whig, Lady Elgin o acompanhou a Londres, e eles passaram a residir na casa Nisbet, em Portman Square, até a prematura morte de Fergusson, pouco depois.

Os últimos anos de Lady Elgin passaram-se em Archerfield. A marca e a desgraça do processo de adultério a perseguiriam pelo resto da vida. Ocupava os dias sobretudo com leituras e com caminhadas com seu cão pelos rochedos pontiagudos que dominam Aberlady Bay. Um dia, enquanto olhava o mar revolto, ficou obcecada pela crua visão de um Partenon mortalmente ferido, com os andaimes aracnóides agarrando seu frontão ocidental enquanto Lusieri e os suados operários puxavam cordas e polés. Mesmo depois de todos aqueles anos, ela ainda podia ouvir o eco ensur-

[26] Harold Nicolson, "Byron Curse Echoes Again", *New York Times Magazine*, 27 de março de 1949, 12.
[27] St. Clair, *Marbles*, 270.
[28] Ibid., 270

decedor dos cinzéis a comer as veias do primeiro friso de mármore, o som assombrado daquela fina cornija a cair no chão e a se despedaçar, a voz selvagem de Elgin a manchar o céu ático de uma vergonha eterna, o *disdar* turco a levantar furioso os braços e a gritar: "*Telos*!".[29]

Mas aquilo não era o fim.

Aquele mesmo impulso do mar agora a puxava de volta para os infelizes mármores postos no chão frio de um museu. Na distância amortalhada, ela podia ouvir a maldição vingativa de Atena, enquanto ela permanecia de pé, paralisada, aterrorizada pelo incansável avanço do tempo, pelo feroz crescer da grama sob os pés, pelo pulso atroador do estuário sobre as costas da Escócia.

Era um terrível augúrio: "Que idéia desesperada e horrível a de que só a morte pode libertar-nos!".[30]

Em 1855, Lady Elgin foi posta "para descansar em um túmulo não só tosco e abandonado, como também anônimo. Somente em 1916 seu nome foi por fim gravado na horrenda pedra".[31]

---

[29]Clarke, *Travels*, sec. 2, parte 2:483.

[30]Lady Elgin a Robert Fergusson, 18 de dezembro de 1806, *in* Commissary Court, Edimburgo, "Decreet Divorce", 1634.

[31]Nisbet, *Letters*, 352.

Epílogo

Quase duzentos anos depois da pilhagem cometida por Elgin, a questão dos mármores do Partenon continua a ser acaloradamente discutida. Há vinte e cinco anos, o governo britânico rejeitou a solicitação formal do governo grego pelo seu retorno à Grécia, sendo a resposta oficial da Câmara dos Comuns encaminhada pelo sr. Ray Whitney, subsecretário da chancelaria:

> A coleção obtida por Lord Elgin, como resultado de transações concluídas com as autoridades legítimas e reconhecidas da época, cabe de direito, por uma Lei do Parlamento, aos Curadores do Museu Britânico em caráter perpétuo.[1]

O governo grego, é claro, rejeitou essa decisão e prometeu energicamente continuar com suas justas reivindicações. Segundo alguns documentos recentemente abertos ao público, porém, a atitude britânica foi muito diferente durante a Segunda Guerra Mundial, quando a Grécia era considerada uma aliada estratégica da Grã-Bretanha:

> Para os estrategistas britânicos, então como agora, a Grécia era parte essencial do complexo defensivo do Mediterrâneo oriental. Outrossim, uma presença britânica na Grécia representava uma ameaça não menos perigosa aos interesses alemães nos Bálcãs.[2]

Em um esforço por obter a cooperação da Grécia nessa questão, diversos altos funcionários da chancelaria britânica sugeriram que, uma vez terminada a guerra, a Grécia deveria receber de volta os mármores de Elgin. Posteriormente, no dia 30 de dezembro de 1940, o sr. S. H. Wright, da Câmara do Tesouro, Whitehall, enviou uma carta ao sr. Philip B. B. Nichols, chefe do Departamento do Sudeste Europeu da chancelaria britânica:

---

[1]Act of Parliament 47, Geo 3, cap. 36.

[2]Michael Howard, *The Mediterranean Strategy in the Second World War*, 10ss.

> Temos de dar uma resposta à seguinte Questão Parlamentar:
>
> SRTA. CAZALET (Thelma Cazalet-Keir, deputada Nacional Conservadora): Perguntar ao primeiro-ministro se ele introduzirá uma nova legislação para permitir que os mármores de Elgin sejam devolvidos à Grécia ao término das hostilidades, em reconhecimento à magnífica contribuição grega à civilização. Pedimos ao Museu Britânico suas observações acerca do modo como eles julgam que esta questão deva ser respondida. A chancelaria britânica sem dúvida também estará interessada, e devemos, portanto, ficar gratos pelas observações de seu Departamento.[3]

A srta. E. Welsford, bibliotecária do Courtauld Institute, discutiu o assunto com diversas autoridades universitárias e respondeu à chancelaria:

> Consultei meus professores, que concordaram em que, contanto que não fiquem expostos às vicissitudes do tempo, os estudos não seriam prejudicados se os mármores de Elgin fossem devolvidos à Grécia. Eis aí uma resposta direta. Indiretamente, porém, os estudos poderiam obviamente ser prejudicados por inúmeras considerações de ordem política. Os Bálcãs provavelmente vão continuar a ser a arena da Europa, e embora Londres não seja mais tão inviolável quanto antes, provavelmente eles estarão mais seguros se mantidos aqui, com acesso fácil e imediato a casas-fortes, do que se estivessem em Atenas, de onde podem ser roubados pelos turcos, por exemplo! Assim, enquanto estiverem aqui, oferecem eles um foco para o interesse da Europa ocidental na Grécia e na arte grega; ambos os professores acreditam que, por essa razão, é do interesse da Grécia que eles fiquem aqui – embora muito provavelmente a Grécia não compartilhe dessa opinião. Levar ao Partenon um conjunto dos melhores moldes possíveis seria o ideal, do ponto de vista dos professores, retendo os originais. Erigir os originais lá (em Atenas) seria um desastre, pois seriam destruídos pelas mudanças do tempo, e estariam longe demais para serem estudados. Se eles realmente voltarem à Grécia, será preciso construir um museu especial para eles.[4]

---

[3]Foreign Office, *British Foreign and State Papers*, 371/33195.
[4]Ibid.

A 8 de janeiro de 1941, o sr. R. James Bowker, vice-chefe do Departamento do Sudeste Europeu da chancelaria britânica, recebeu um memorando sobre a questão da srta. Cazalet acerca dos mármores de Elgin:

> Segue em anexo uma cópia do memorando do Museu Britânico de 31 último, como solicitado. Imagino que o senhor nos enviará o memorando geral que pretende escrever, uma vez que o Ministério da Fazenda é o intermediário entre o Museu Britânico e o Parlamento, e teremos, por isso, de verificar se o ponto de vista do Museu será considerado por nossos Ministros.[5]
>
> *Considerações jurídicas:* Mesmo que a aquisição dos mármores de Elgin não tenha sido feita pelo Parlamento, um Decreto do Parlamento seria necessário para retirá-los do Museu Britânico, pois os Curadores não têm o poder de alienar esse tipo de material.
>
> *Considerações morais:* Não há dúvida de que a ação de Lord Elgin foi correta sob todos os aspectos. Foi bom tirar as esculturas da Grécia e foi bom trazê-las a Londres; isso foi feito com a autoridade adequada, e todas as operações técnicas foram realizadas com perícia, mas os gregos consideram isso uma espoliação de sua herança nacional sob a tirania turca. Não vem ao caso que a exportação de antigüidades esteja hoje proibida na Grécia, na Itália e em todos os países do Oriente próximo. O princípio de vincular as obras de arte aos seus lugares de origem não é reconhecido pelas nações ocidentais, e as freqüentes reivindicações de que o que foi tirado deve ser devolvido nunca foram aceitas e parecem absurdas. O que importa é que a Acrópole de Atenas é o maior monumento nacional da Grécia, e que os edifícios a que pertencem os mármores ainda estão de pé ou foram reconstruídos.
>
> *Considerações de ordem prática:* Não pode haver a recolocação das esculturas nas construções, ainda que tenha restado o bastante do Partenon para suportar tudo o que lhe pertence. A exposição às mudanças do tempo não seria considerada pelas autoridades gregas ou, se o fossem, a opinião dos especialistas internacionais se oporia a ela. As peças que hoje estão em Londres seriam mantidas em um museu, provavelmente não na Acrópole, onde não há espaço para ampliar as construções já existentes e com certeza não há espaço suficiente dentro dela. O retorno dos mármores, portanto, não melhoraria a aparência do Partenon ou da

[5]Este memorando foi assinado por John Edgar Forsdyke, encarregado das antigüidades gregas e romanas no Museu Britânico de 1932 a 1936; Foreign Office, *British Foreign and State Papers*, 371/33195.

Acrópole, embora gratificasse os sentimentos gregos. Mas o orgulho grego pode ser razoavelmente ofendido pelo patrocínio (pressuposto em recentes correspondências dos jornais e nesta Questão Parlamentar), que propõe o retorno mais como um favor do que como um direito.

O sr. W. L. C. Knight, principal funcionário da secretaria grega da chancelaria britânica, enviou um esboço de resposta ao Ministério da Fazenda a 24 de janeiro de 1941:

Os Mármores de Elgin

A eterna questão do retorno dos mármores de Elgin a Atenas foi novamente trazida à baila recentemente de forma um tanto aguda, como uma Questão Parlamentar da srta. Cazalet.

A questão da srta. Cazalet já foi adiada uma vez, mas ela insiste em colocá-la devido "à pressão a que está sendo submetida por amigos ingleses e gregos". É, portanto, necessário considerar com urgência a natureza da resposta a ser dada à srta. Cazalet e, menos urgentemente, a natureza da decisão sobre a questão geral a que o governo de Sua Majestade deve por fim chegar. Que se deva chegar a tal decisão em um futuro razoavelmente próximo parece claro, à luz de nossas atuais relações com a Grécia, e pelo interesse que a questão agora assumiu junto ao público britânico, como demonstra a recente correspondência do *Times*. Das cartas publicadas, a grande maioria era a favor do retorno dos mármores à Grécia.

Em vista do tempo que pode ser necessário para uma decisão acerca da questão genérica, parece necessário, então, dar uma resposta não comprometedora à Questão Parlamentar. A resposta pode ser a de que o presente momento é inoportuno para uma decisão final acerca de um assunto que suscita diversas questões importantes e deu origem a muita controvérsia no passado; mas Sua Majestade não deixará de dar à matéria uma atenção simpática e minuciosa. O Ministério da Fazenda, que é o intermediário entre o Museu Britânico e o Parlamento, obteve do primeiro, e o comunicou à Chancelaria, um interessante memorando sobre os mármores de Elgin e a participação do Parlamento em sua aquisição para a nação. O retorno dos mármores de Elgin, se decidido, deve ser feito como um gesto de amizade para com a Grécia, e não com base no princípio de que as antigüidades devam voltar para o lugar de onde vieram, o que constituiria um precedente inconveniente e perigoso. O melhor momento para esse gesto seria depois da guerra, quando o transporte voltar a ser seguro. Isso selaria a amizade e colaboração anglo-grega da maneira mais sensível ao sentimento patriótico grego. Contudo, deveríamos provavelmente garantir para nós mesmos, em caráter perpétuo, uma parte do controle das disposições a serem tomadas para a preservação desses tesouros, como por exemplo uma representação britânica permanente no comitê. Para que o presente seja completo e plenamente aceitável, ele deveria incluir, além dos frisos do Partenon, a Cariátide e a coluna do Erectêion, e todas as outras esculturas que constituem os mármores de Elgin.[6]

Recomendações

1. A resposta à questão da srta. Cazalet deve basear-se em que o presente momento é inoportuno para uma decisão final sobre um assunto que suscita diversas questões importantes e deu origem, no passado, a tanta controvérsia; mas o governo de Sua Majestade não deixará de dar à matéria uma atenção simpática e minuciosa.

2. Submetido ao parecer do Ministro de Sua Majestade em Atenas, deve ser decidido, em princípio, devolver à Grécia os mármores de Elgin, inclusive a Cariátide, a coluna do Erectêion etc., com as seguintes condições:

   a) Deve ficar claro que a decisão de devolver os mármores tem a natureza de um gesto de amizade para com a Grécia e não se baseia em nenhum reconhecimento do princípio de que as antigüidades devam ser devolvidas ao seu lugar de origem.

   b) Os mármores não devem ser devolvidos até o fim da guerra.

   c) Antes de serem devolvidos, devem ser efetivadas as disposições necessárias para seu adequado alojamento, exibição e preservação.

   d) Ao governo de Sua Majestade deve ser garantida, em caráter perpétuo, uma participação no controle das disposições a serem tomadas para a preservação dos mármores.

[6]St. Clair, *Marbles*, 272.

Sir Stephen Caselee, um estudioso das coisas clássicas bem como funcionário do governo, apresentou sua opinião sobre o memorando de Knight: "Pessoalmente, sou absolutamente contrário ao projeto inteiro, mas uma vez que o Museu Britânico de certa forma recuou de sua rígida posição inicial, suponho que devamos ir em frente até onde foi sugerido".[7]

Outros, como Sir Orme Sargent, vice-subsecretário de estado, expressaram enérgicas reservas:

> Pode muito bem acontecer que, se dermos um presente para satisfazer o sentimento arqueológico grego, o imperialismo etnográfico grego exija ser igualmente satisfeito. No que se refere às condições sob as quais os mármores devam ser devolvidos, eu reprovaria a condição (d), de que ao governo de Sua Majestade deva ser garantida em caráter perpétuo uma participação no controle das disposições a serem tomadas para a preservação dos mármores. Isso estaria bem se uma proposta neste sentido viesse espontaneamente dos gregos, mas, partindo de nós, o amor-próprio grego seria ofendido e seria destruída boa parte do valor psicológico do presente. Além disso, do ponto de vista técnico, eu diria que isso seria completamente desnecessário.[8]

Em resposta, Sua Excelência Sir Alexander Cadogan, subsecretário de estado permanente, escreveu:

> Não sei onde tudo isso vai dar. De quem é o retrato do sultão feito por Bellini, que, ao contrário dos mármores de Elgin, foi obtido por fraude direta da parte de nosso Emissário? A atenção do público concentrou-se nos mármores de Elgin, mas eles foram adquiridos de maneira não mais indecorosa do que boa parte dos acervos dos museus europeus e americanos. Espero que pensemos duas vezes antes de tomar uma decisão final.[9]

Sir Anthony Eden, secretário de estado, escreveu no dia 15 de janeiro de 1941:

> Estou preparado para responder à Questão Parlamentar, tal como foi sugerido, mas não devemos ir mais adiante por enquanto. Como muitas outras questões artísticas e políticas, isso é algo que pode muito bem ser resolvido após a guerra.[10]

---

[7]Foreign Office, *British Foreign and State Papers*, 371/33195.
[8]Ibid.
[9]Ibid.
[10]Ibid.

Essas recomendações, porém, nem sequer foram enviadas ao Ministério da Fazenda britânico, e, alguns dias depois, o sr. M. L. C. Clarke remeteu uma nota a Knight, o funcionário da secretaria grega da chancelaria britânica:

> Os propagandistas alemães referem-se com freqüência aos mármores de Elgin, que os britânicos "roubaram" da Grécia e se recusam a devolver-lhe. Como sempre, o material de propaganda vem de fontes inglesas. Foi Byron que, em uma época em que todos consideravam correto transferir os tesouros da Grécia de um país onde eram ignorados e desdenhados para os países da Europa Ocidental, atacou Lord Elgin como um vândalo e um saqueador; e desde a época de Byron, houve e ainda há muitos ingleses que acham que os mármores deveriam estar em Atenas, e não em Londres. A contrapropaganda, se for julgada necessária, deveria seguir estas linhas: Elgin era inspirado por seu entusiasmo pela arte grega antiga, entusiasmo este que era compartilhado pelas pessoas cultas de outros países europeus, como por exemplo os alemães Stackelber e Haller, ativos escavadores, e Luís da Baviera, que obteve para a Gliptoteca de Munique as esculturas de Egina. O filelenismo autêntico dos literatos e eruditos alemães dos séculos XVIII e XIX devem ser contrastados com a atitude antipática que os alemães são forçados a adotar por seus propagandistas. Também podem ser feitas menções à notória sem-cerimônia com que os chefes nazistas se apropriam de obras de arte de coleções públicas e particulares.[11]

Todo o caso foi posto de lado em 23 de janeiro de 1941, com este diálogo final no Parlamento.

Mármores de Elgin

> *Srta. Cazalet:* perguntou ao Primeiro-ministro se introduzirá uma legislação para permitir que os mármores de Elgin sejam restituídos à Grécia ao fim das hostilidades, em reconhecimento à magnífica contribuição dos gregos à civilização.
>
> *Sr. Attlee*: o governo de Sua Majestade não está preparado para introduzir nova legislação a este respeito.[12]

---

[11]Ibid.

[12]*Hansard Parliamentary Debates* (1941): 319; também em John Torode, "The Day the FO Lost Its Marbles", *Guardian* (Londres), 21 de março de 1984; também em Gavin Stamp, "Keeping Our Marbles", *Spectator* (Londres), 10 de dezembro de 1983, 14-17.

Desde então, a questão da devolução à Grécia dos mármores do Partenon "tem sido reaberta a cada cinco anos e, a cada vez, o debate tem sido emocional e mal informado de ambas as partes."[13]

Na década de 1980, a ex-atriz e ministra da cultura da Grécia, Melina Mercouri, travou uma vigorosa batalha, acusando os britânicos de "vandalismo". Após sua morte, seu marido, o diretor de cinema internacionalmente famoso Jules Dassin, anunciou no dia 30 de março de 1994 uma campanha de âmbito mundial pelo retorno dos mármores do Partenon à Grécia. Dassin foi eleito presidente da fundação, cujo principal objetivo era buscar, em cooperação com o Estado e com o Ministério da Cultura, o retorno dos mármores do Partenon à Grécia, onde seriam instalados no novo museu, ao pé da Acrópole. A diretoria da fundação, composta por nove membros, dentre os quais diretores e produtores de cinema, arquitetos, cientistas, eruditos e juristas, reuniu-se em Londres no dia 18 de setembro de 1994 e reiterou o pedido de devolução dos mármores.

A 6 de junho de 1996, "trinta e três parlamentares do Partido Trabalhista britânico propuseram um esboço de resolução à Câmara dos Comuns, em favor do retorno dos mármores de Elgin à Grécia". A resolução exortava o governo britânico a iniciar imediatas negociações com o governo grego sobre o assunto. Os deputados trabalhistas também cumprimentaram as estações de televisão Channel 4, da Grã-Bretanha, pela qualidade e pelo bom êxito de seu recente documentário sobre os mármores do Partenon, e observaram que uma enquete telefônica efetuada depois do programa revelou que 92,5% dos 100 mil espectadores que participaram da pesquisa votaram a favor do retorno dos mármores à Grécia. Embora no passado tenha havido bons argumentos pela manutenção dos mármores do Partenon no Museu Britânico, os parlamentares observaram que "a pesquisa mostra com clareza que a opinião pública da Inglaterra é maciçamente favorável ao seu retorno à Grécia".[14]

Por fim, o ministro da cultura da Grécia anunciou no dia 4 de janeiro de 1997 que uma solicitação oficial fora enviada ao governo britânico, pedindo o retorno dos mármores do Partenon à Grécia.

Em meio a todas essas discussões e a esse furor reverberante, o atual Lord Elgin declarou que não ousava visitar a Grécia com seu nome verdadeiro "e que lamentava que seu trisavô tivesse [visto] aquelas malditas pedras!".[15]

---

[13]George Karo, "The Problem of the Elgin Marbles", in *Studies Presented to D. M. Robinson, 1951-1953*; também St. Clair, *Marbles*, 272-73.

[14]Como noticiado pela Agência de Notícias Cosmos, Atenas, na Grécia, em 6 de junho de 1996, na Internet.

[15]Donald Dale Jackson, "How Lord Elgin First Won – and Lost – His Marbles", *Smithsonian*, dezembro de 1992, 146.

Lord Elgin em um desenho de
C. P. Harding. *Museu Britânico*

Lady Hamilton,
por George Romney. *National Portrait Gallery, Londres*

Lord Byron aos vinte e seis anos de idade. Retrato de Thomas Phillips. *Newstead Abbey, Nottingham Public Library*

Lady Elgin, em uma pintura de John Hoppner. *Museu Britânico*

Lord Nelson, em gravura de W. Barnard, tirada de uma pintura de F. L. Abbott e anteriormente de propriedade de Lady Hamilton. *Museu Britânico.*

A sra. William Nisbet, mãe de Lady Elgin. Retrato de Thomas Gainsborough. *National Gallery of Scotland.*

O Partenon em 1776, vinte e três anos antes de Lord Elgin ser nomeado embaixador junto ao Império Otomano. Note-se a pequena mesquita em meio às ruínas. Aquarela de William Pars. *Museu Britânico*

O Partenon hoje. *Vas Vrettos*

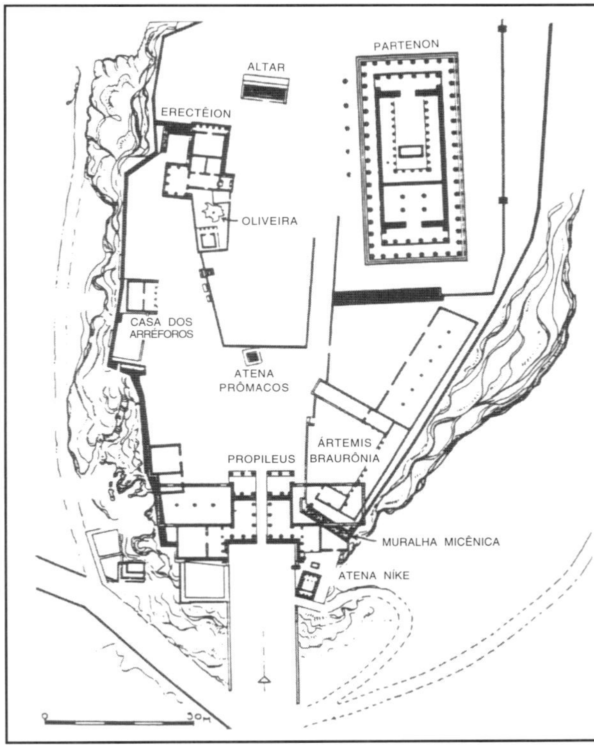

Plano da Acrópole,
cerca de 400 a. C.
University of Texas Press

Diagrama seccional do
Partenon, mostrando a
posição das esculturas.
University of Texas Press

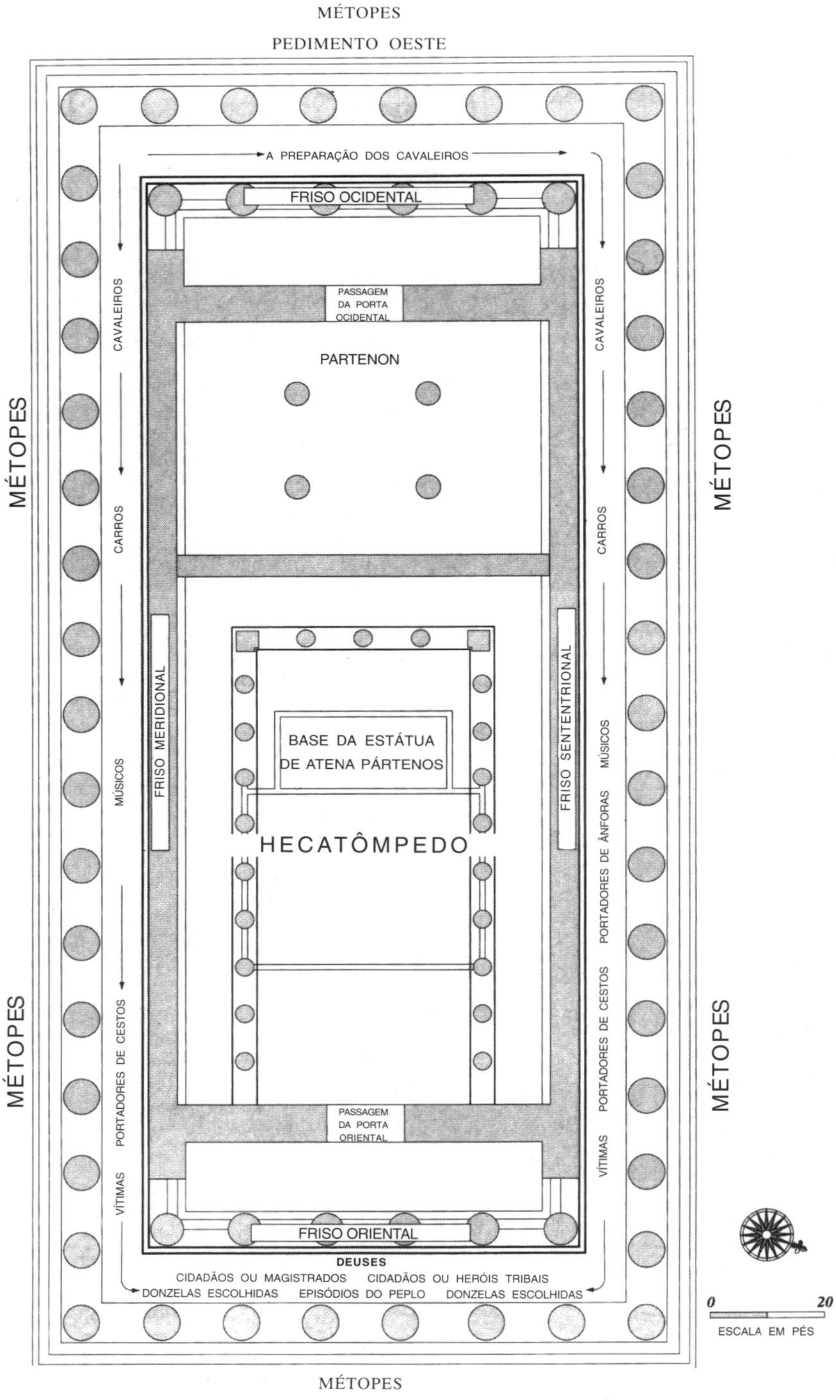

Plano do Partenon, mostrando a disposição da procissão panatenaica.

Grupo montado. Da procissão panatenaica.
Friso jônico do Partenon. *Museu Britânico*

Cavaleiros. Friso oeste, Partenon.
Museu Britânico

Cavaleiros. Friso norte, Partenon. *Museu Britânico*

Cabeça de cavalo, do frontão leste do Partenon. *Museu Britânico*

Os mármores de Elgin no Museu Britânico, em 1819.
De uma pintura de A. Archer. *Museu Britânico*

O Ilissos ou Rio Cefiso.
Frontão oeste, Partenon. *Museu Britânico*

Centauro arrebatando uma donzela.
Métope, Partenon. *Museu Britânico*

Combate entre os centauros e os lápitas.
Friso dórico, Partenon. *Museu Britânico*

A deusa Íris. Frontão oeste,
Partenon. *Museu Britânico*

Héstia, Dione e Afrodite. Frontão leste, Partenon. *Museu Britânico*

O Erectêion. Acrópole,
Atenas. *Vas Vrettos*

Cariátide do Erectêion da
Acrópole. *Museu Britânico*

Reação inglesa à compra dos Mármores de Elgin,
de um cartoon de George Cruikshank. *Museu Britânico*

OS MÁRMORES DE ELGIN! OU JOHN BULL COMPRANDO **PEDRAS** ENQUANTO SUA NUMEROSA FAMÍLIA QUER **PÃO**!!

1- Isto é uma pechincha, Johnny! Só 35 mil libras!! Comprei especialmente para você. Porque pensar em **pão** quando pode comprar **pedras** tão maravilhosamente baratas?

2- Não acho que essas **pedras** estejam em bom estado! Prefiro não comprá-las agora. O negócio é ruim, a mercadoria é muito cara, e minha família não pode **comer pedras**! Além disso, dizem que vai custar 40 mil libras só para construir um lugar onde guardá-las...Como os turcos as deram a troco de banana a nosso embaixador no cumprimento de suas funções oficiais e apenas como **cortesia** à nação britânica, acho que ele não deveria cobrar essa exorbitância só pela embalagem e remessa.

3- Não compre isso, papai! Não queremos as pedras dele. Queremos **pão**, queremos **pão**! Dê-nos **pão**!

4- Ele que devolva essas pedras aos turcos, não as queremos em nosso país!!

5- Só especulação pública!! Ou viagens pelo Oriente em busca de fragmentos de pedra em ruínas para John Bull, por Lord Elgin.

Bibliografia

Fontes Principais

Commissary Court, Scottish Records Office, Edimburgo, Escócia. "Decreet Divorce, Thomas, Earl of Elgin and Kincardine, against Mary, Countess of Elgin and Kincardine" 1808, pp. 1273-1472.

FARINGTON, Joseph. *Farington Diary.* Org. por James Grieg. Londres: Museu Britânico, 1922.

GENNADIOS, Ioannes. *Lord Elgin and the Previous Archaeological Invasions of Greece, Especially Athens 1440-1837.* Atenas: (publicação particular), 1930. Publicado em grego, este livro é inteiramente dedicado à reação dos viajantes à retirada dos mármores do Partenon por Lord Elgin.

HEROLD, J. Christopher. *The Age of Napoleon.* Nova York: American Heritage Publishing, 1963.

NISBET, Mary. *The Letters of Mary Nisbet, Countess of Elgin.* Londres: John Murray, 1926.

ST. CLAIR, William. *Lord Elgin and the Marbles.* Londres: Oxford University Press, 1967. Obra completa e precisa, este livro defende com energia a posição de Lord Elgin.

SMITH, Arthur Hamilton. "Lord Elgin and His Collection." *Journal of Hellenic Studies* (Museu Britânico), 1916. Este longo artigo, publicado no centenário da aquisição dos mármores de Elgin pelo Museu Britânico, é a principal fonte sobre os atos de Lord Elgin na Grécia. Smith era um parente da família Elgin e teve acesso a muitas cartas e documentos importantes.

The Trial of R. Fergusson. Edimburgo: J. Day Publisher, 1808.

Fontes Diversas

BARROW, John. *Life and Correspondence of Admiral Sir William Sydney Smith.*Londres: R. Bently, 1848.

BLACKSTONE, William. *Commentaries on the Laws of England.* Londres: Oxford University Press, 1765.

BLENNERHASSET, Lady Charlotte Julia, *Talleyrand.* Londres: J. Murray, 1894.

BRITISH MUSEUM. Additional Manuscripts. Londres.

BROWN, William J. *Syphilis and Other Venereal Diseases.* Londres: Cambridge University Press, 1970.

BURNS, Robert. *The Jolly Beggars.* Edimburgo: Anderson, 1905.

BYRON, Lord. *English Bards and Scotch Reviewers.* Londres: John Murray, 1809.

———. *The Curse of Minerva.* Londres: John Murray, 1812.

————. *Childe Harold's Pilgrimage.* Cantos 1 e 2. Londres: John Murray, 1812.

————. *Byron's Correspondence Chiefly with Lady Melbourne, Mr. Hobhouse, the Hon. Douglas Kinnaird, and P. B. Shelley.* Org. por John Murray. Londres: John Murray, 1922.

————. *Byron: A Self-Portrait, Letters and Diaries, 1798 to 1824.* Org. por Peter Quennell. Londres: John Murray, 1950.

CARLYLE, Joseph Dacre. *Poems.* Londres: Cadell and Davis, 1805.

CHANDLER, R. *Travels in Greece.* Londres, 1776.

CHATEAUBRIAND, François-Auguste-René de. *Travels to Jerusalem.* Londres: H. Colburn, 1835.

CHOISEUL-GOUFFIER, Comte de. *Voyage Pittoresque de la Grèce, 1782-1809.* Paris: J. P. Aillaud, 1812.

CIERVAL, Alexandre. *Chartres, sa cathédral, ses monuments*. Paris: Selleret, 1896.

CLARKE, Edward Daniel. *Greek Marbles*. Londres: Cambridge University Press, 1809.

———. *The Tomb of Alexander*. Londres: R. Watts, 1805.

———. *Travels in Various Countries of Europe, Asia, and Africa*. Londres: Cadell and Davis, 1823.

COCKERELL, C. R. *Travels in Southern Europe and the Levant, 1810-1817*. Londres: Longman, Green, 1903.

CREASY, E. S. *History of the Ottoman Turks*. Londres: Colonial Press, 1878.

CUST, Lionel, e COLVIN, Sidney. *History of the Society of Dilettanti*. Londres: Macmillan, 1898.

Description of the Collection of Ancient Marbles in the British Museum. Londres: British Museum, 1861.

d'HAUTERIVE, E. *La Police secrète du premier empire, bulletins quotidiens, adressées par Fouche à l'empereur*. Vol. 1. Paris: Perrin and Company, 1908.

DODWELL, Edward. *A Classical and Topographical Tour through Greece*. Londres: Rodwell and Martin, 1819.

DOUGLAS, F. S. N. *An Essay on Certain Points of Resemblance between the Ancient and Modern Greeks*. Londres: John Murray, 1813.

ELGIN, Lord. *Memorandum on the Subject of the Earl of Elgin's Pursuits in Greece*. Edimburgo: Balfour Kirkwood and Co., 1810.

———. Letter to the editor in response to "The Remains of John Tweddell" (in *Edinburgh Review*, N. L). *Edinburgh Review*, Mawman, 1815.

———. Postscript to a letter to the editor. *Edinburgh Review*, Mawman, 1815.

EUSTACE, J. C. *A Classical and Topographical Tour through Italy*. Londres: Mawman, 1813.

EVERETT, Edward. *Journal*. Library of the Massachusetts Historical Society, 1839.

FALCONER, William. *The Shipwreck*. Londres: Cadell and Davie, 1803.

FELLOWS, C. *Excursion in Asia Minor*. Londres: John Murray, 1839.

FERMOR, Patrick Leigh. *Mani: Travels in the Southern Peloponnese*. Nova York: Harper and Row, 1958.

Foreign Office Papers, Public Record Office, Londres.

FORTESCUE, J. B. *Historical Manuscripts Commission Report Preserved at Dropmore*. Há uma cópia *in* Foreign Office Papers, ser. 78, no Public Record Office, Londres.

FURTWANGLER, A. *Masterpieces of Greek Sculpture*. Londres: W. Heinemann, 1895.

GALT, John. *Autobiography*. Londres: Carey, Lea, Blanchard, 1883.

————. *Letters from the Levant*. Londres: Cadell and Davis, 1813.

————. *Life and Studies of Benjamin West, Esq*. Londres: Nichols, Son and Bentley, 1816.

————. *Life of Byron*. Londres: Colburn and Bentley, 1830.

GARDNER, E. A. *Ancient Athens*. Londres: Macmillan, 1915.

————. *Handbook of Greek Sculpture*. Londres: Macmillan, 1915.

————. *Six Greek Sculptors*. Londres: Duckworth, 1915.

GELDART, William H. *Elements of English Law*. Londres: Williams and Norgate, 1911.

GIBBON, Edward. *The Decline and Fall of the Roman Empire*. Nova York: Viking, 1952.

GILLIES, John. *History of Greece.* Londres: A. Strahan, 1786.

GOWER, Lord Grenville Leveson. *Private Correspondence.* Londres: J. Rivington, 1810.

HARDY, Thomas. *Winter Words: Christmas in the Elgin Room.* Dorchester, Dorset: Henry Ling, 1927.

HAYDON, Benjamin Robert. *Autobiography and Memoirs.* Org. de Aldous Huxley. Londres: Oxford University Press, 1926.

————. *Correspondence and Table Talk.* Londres: Chatto and Windus, 1876.

————. *The Diary of Benjamin Robert Haydon.* Org. de W. B. Pope. Cambridge: Harvard University Press, 1960.

HERTSLET, E. *Treatise Regulating the Trade etc. between Great Britain and Turkey.* Londres: Butterworth, 1875.

Historical Manuscripts Commission. "Report on the Manuscripts of J. B. Fortescue, Esq., Preserved at Dropmore." Londres, 1892-1927.

HOBHOUSE, John Cam. *A Journey through Albania and Other Provinces of Turkey, in Europe and Asia, to Constantinople.* Filadélfia: M. Carey and Son, 1817.

HOLDSWORTH, W. S. *History of English Law.* Londres: Methuen, 1909.

HOMERO, *The Odyssey.* Tradução inglesa de Alexander Pope. Londres: W. Bowyer,1752.

HOWARD, Michael. *The Mediterranean Strategy in the Second World War.* Londres: Weidenfeld and Nicholson, 1968.

HUGHES, T. S. *Travels in Sicily, Greece, and Albania.* Londres: J. Mawman, 1802.

HUNT, Philip. *A Narrative of What Is Known Respecting the Literary Remains of the Late John Tweddell.* Londres: (publicação particular), 1816.

HUNTER, John. *Treatise on Venereal Disease.* Londres: Royal Society of London, 1786.

KARO, Georg Heinrich. "The Problem of the Elgin Marbles". In *Studies Presented to D. M. Robinson 1951-1953.* Cambridge, Mass.: Harvard University Press, 1948.

KATSAINOS, George M. *Syphilis* (em grego). Atenas: (publicação particular), 1939.

KEATS, John. *Poetical Works.* Org. por H. W. Garrod. Londres: Oxford University Press, 1939.

KEITH, Admiral Viscount. *Keith Papers* (1927-1955). Navy Records Society. Londres.

KNIGHT, Richard Payne. *Specimens of Ancient Sculpture.* Londres: Dilettanti Society: 1809 e 1835.

————. *An Analytic Inquiry into the Principles of Taste.* Londres: Dilettanti Society, 1805.

LARRABEE, S. A. *English Bards and Grecian Marbles.* Nova York: Columbia University Press, 1943.

LAURENT, Peter Edmund. *Recollections of a Classical Tour.* Londres: G. and W. B. Whittaker, 1822.

LEAKE, W. M. *Journal of a Tour in Asia Minor.* Londres: John Murray, 1824.

LECHEVALIER, J. F. *Voyage de la Troade.* Paris: Dentu, 1802.

LEGRAND, Ph. E. "Biographie de Louis François-Sébastien Fauvel." *Revue Archéologique,* 3ª. série, 30 (1897).

LEWIS, Michael. *Napoleon and His British Captives.* Londres: Allen and Unwin, 1962.

MAITLAND, F. W. e POLLOCK, F. *History of English Law.* Londres: Cambridge University Press, 1898.

MARSHALL, T. *The Trial of R. Fergusson, Esq.,* na National Library of Scotland.

MAUROIS, André. *Byron*. Nova York: D. Appleton, 1929.

MEDWIN, Thomas. *Conversations of Lord Byron*. Org. por Ernest J. Lovell Jr. Londres: H. Colburn, 1824.

MENZIES, Sutherland. *Turkey, Old and New*. Londres: W. H. Allen, 1880.

MICHAELIS, A. *Ancient Marbles in Great Britain*. Londres: Cambridge University Press, 1882.

————. *Der Parthenon*. Leipzig: Breitkopf and Hartel, 1883.

MICHAUD, Louis Gabriel. *Histoire politique et vie intime*. Paris: Bureau de la Biographie Universelle, 1853.

MILLER, Robert. *The Municipal Buildings of Edinburgh*. Edimburgo: Town Council, 1895.

MOORE, T. (org.). *Letters and Journals of Lord Byron with Notices of His Life*. Londres: (publicação particular), 1830.

MORRITT OF ROKEBY, J. B. S. *Letters Descriptive of a Journey in Europe and Asia Minor in the Years 1794-1796*. Londres: John Murray, 1914.

MURRAY, A. S. *Sculptures of the Parthenon*. Nova York: E. P. Dutton, 1903.

NICOLSON, Harold. *Byron: The Last Journey*. Londres: Constable, 1940.

OTTER, W. *The Life and Remains of the Reverend Edward Daniel Clarke*. Londres: G. Cowie, 1825.

PATON, A. A. *History of the Egyptian Revolution*. 2ª. ed. Londres: Trubner, 1863.

PHILLIPS, O. Hood. *The Principles of English Law*. Londres: Sweet and Maxwell, 1939.

PLUTARCO. *The Lives of Noble Grecians and Romans*. Org. por John e William Langhorne. Londres: T. Longman, 1795.

PULLAN, R. P. *Principal Ruins of Asia Minor*. Londres: Texier and Pullan, 1865.

RUSSELL, Jack. *Nelson and the Hamiltons*. Londres: Blond, 1969.

SCHLIEMANN, H. *Troy*. Londres: John Murray, 1875.

Select Committee Report of the House of Commons on the Earl of Elgin's Collection of Sculptured Marbles. Londres: John Murray, 1816.

SHARP, William. *Life and Letters of Joseph Severn*. Londres: Sampson, Low, Marston Ltd., 1892.

SICILIANOS, D. *Old and New Athens* (em grego). Atenas: Aetos, 1953.

SOANE, John. *Notebooks*. Londres: Sir John Soane Museum, 1816.

SMITH, Arthur Hamilton. *The Sculptures of the Parthenon*. Londres: British Museum, 1910.

————. *Catalogue of Sculpture in the Department of Greek and Roman Antiquities*. Londres: British Museum, 1892.

SMITH, Edward. *Life of Sir Joseph Banks*. Londres: J. Murray, 1911.

STEVENS, G. P. *The Erechtheum*. Cambridge, Mass.: Harvard University Press, 1927.

TALLEYRAND-PÉRIGORD, Charles Maurice de. *Mémoires*. Paris: Napoleon Society, 1895.

TODD, H. J. *Catalogue of the Archiepiscopal Manuscripts in the Library of Lambeth Palace*. Londres: Law and Gilbert, 1812.

————. *An Account of the Greek Mss. Chiefly Biblical Which Had Been in the Possession of the Late Professor Carlyle, the Greater Part of Which Are Now Deposited in the Archiepiscopal Library at Lambeth Palace.* Londres: Law and Gilbert, 1820.

TWEDDELL, Robert. *Remains of John Tweddell, Late Fellow of Trinity College, Cambridge, Being a Selection of His Correspondence, a Republication of His "Profusiones Juveniles," an Appendix Containing*

Some Account of the Author's Collections, Mss, Drawings etc., and of Their Extraordinary Disappearance, Preceded by a Biographical Memoir of the Deceased, and Illustrated with Portraits, Picturesque Views and Maps. Londres: J. Mawman, 1816.

VERMEULE, Cornelius. *European Art and the Classical Past.* Cambridge, Mass.: Harvard University Press, 1964.

WALDSTEIN, C. *Essays on the Art of Pheidias.* Londres: Cambridge University Press, 1885.

WALPOLE, Robert. *Memoirs Relating to European and Asiatic Turkey.* Londres: Longman, Hurst, Rees, Orme, and Brown, 1817.

WALSH, Robert. *A Residence at Constantinople.* Londres: Westley and Davies, 1836.

WILLIAMS, H. W. *Travels in Italy, Greece, and the Ionian Islands.* Edimburgo: (publicação particular), 1820.

WITTMAN, William. *Travels in Turkey, Asia Minor, and Syria.* Londres: R. Phillips, 1803.

Índice Remissivo

Os mármores do Partenon

Theodore Vrettos, através de exaustivo trabalho de documentação, premiou-nos com o presente livro, no qual recria em detalhes o seqüestro de partes do frontão e frisos do Partenon. O templo de Palas Atena, construído durante o período de Péricles, sob direção do célebre e notável escultor Fídias, tornou-se para a posteridade o símbolo das fundamentais realizações que o espírito helênico legou à humanidade.

Representantes do Governo da Grécia, bem como personalidades da cultura de todo o mundo, principalmente após o final da Segunda Guerra Mundial, têm intensificado esforços diplomáticos junto às autoridades britânicas para que seja feita a devolução dos mármores do Partenon a seu lugar de origem.

Apresentamos, nas páginas seguintes, uma nota para a presente edição, de Georges Papandreou, Ministro das Relações Exteriores da Grécia, manifestando a posição que o governo de seu país, independentemente de qualquer filiação partidária, têm adotado em relação à questão dos mármores.

Entendemos que a questão dos mármores, o seu debate e os seus desdobramentos são peças do diálogo entre nações no quadro singular da construção da Comunidade Européia.

A manutenção dos mármores no Museu Britânico equivale à cristalização simbólica de um momento histórico: o auge do colonialismo imperial britânico. No século XIX, a espoliação dos tesouros culturais e das relíquias que a arqueologia descobria, pelas potências da época, Inglaterra e França, era fato corriqueiro.

A presença das esculturas do Partenon em solo britânico é um símbolo desse período. Entendendo esse fenômeno, fica evidente o apego da elite britânica aos mármores: trata-se do o apego ao passado imperial da Inglaterra, explicável em parte pelo orgulho das contribuições do engenho inglês à civilização nos últimos séculos.

Mas a moderna nação grega, integrada à Comunidade Européia, orgulhosa do impressionante legado de seus antepassados à cultura universal, tem amplas razões para reivindicar o retorno das esculturas que ornaram a fachada do templo mais emblemático de seu passado.

A disputa não parece fácil de resolver, pois as duas nações defendem suas glórias ancestrais: uma, as da criação, outra, as da conquista. A Grécia reclama, em nome de sua paternidade, que os mármores retornem à Acrópole de Atenas e que lá sejam apreciados pelos visitantes como parte integrante de seu patrimônio e de sua história. A Inglaterra contesta, como fariam pais adotivos na posse de uma criança que não é sua: dizendo que acolheu as peças quando estavam sujeitas à destruição e que sempre cuidou delas muito bem.

O desenlace deste conflito, que está por se definir, dará um vislumbre do futuro que as nações do Velho Mundo pretendem construir no âmbito da Comunidade Européia, e de até aonde irá a capacidade de consideração e respeito que as diferentes nacionalidades terão umas com as outras. Na verdade, o desprendimento e a generosidade de uma nação poderosa, como a britânica, seria um gesto de pública virtude e rara beleza. Difícil de imaginar, mas não impossível. Sonhar é preciso.

Stylianos Tsirakis
Odysseus Editora

Nota do Ministro das Relações Exteriores da Grécia sobre a volta dos Mármores do Partenon

O Partenon, símbolo permanente da democracia ateniense, representa a civilização grega clássica em seu ápice. A Acrópole onde ele se localiza era o epicentro sagrado da antiga Atenas, ao redor do qual se reuniam todos os monumentos importantes da antiga pólis - a Ágora, a Pnyx, os teatros. Um dos primeiros monumentos inseridos pela Unesco na Lista do Patrimônio Mundial, o Partenon é universalmente reconhecido não apenas como um monumento único na história da arquitetura, mas também como uma das maiores contribuições gregas ao patrimônio cultural global.

Para o povo da Grécia, o Partenon é o templo em que o coração da Grécia começou a bater e onde sua alma continua a viver. No intuito de restaurar sua integridade, os Mármores do Partenon, atualmente no Museu Britânico, deveriam retornar ao lugar a que pertencem. Quando os mármores foram retirados do Partenon pelo sétimo conde de Elgin, há quase dois séculos, foi o mesmo que cortar a cabeça da Estátua da Liberdade e exibi-la orgulhosamente em outro país. O Partenon não foi construído por Péricles como um armazém de esculturas independentes. Tampouco os frisos do Partenon eram meramente decorativos; eles foram concebidos e criados sob a supervisão do renomado escultor Fídias como um elemento fundamental do projeto do templo. Chegou a hora de devolver os mármores do Partenon ao seu ambiente histórico e cultural original: Atenas.

Há outro motivo por que a restauração do Partenon é tão importante agora. Em 2004, a Grécia será a anfitriã dos Jogos Olímpicos, uma celebração internacional do bom espírito esportivo e do multiculturalismo, a que comparecerão milhares de cidadãos de todo o mundo. Um novo Museu da Acrópole está sendo construído no local para comemorar esse evento. Abrigar os mármores do Partenon nesse novo museu irá restaurar a integridade do Partenon, na medida em que as esculturas serão expostas contra o pano de fundo do próprio templo.

Em certo sentido, os Jogos Olímpicos são um regresso ao lar. Nós fomos os anfitriões das primeiras olimpíadas modernas em 1896. Hoje queremos trazer de volta a essência dos Jogos Olímpicos revivendo algumas das antigas tradições associadas aos ideais olímpicos, que incluem cooperação, reconciliação e jogo limpo. Por exemplo, nós reinterpretamos a tradição da trégua olímpica, um sagrado cessar-fogo mantido durante os jogos, como novo instrumento de resolução de conflitos para o mundo moderno. Visto que as olimpíadas apelam especialmente à juventude, isso pode ser útil para aliviar o sofrimento de centenas de milhares de crianças que têm a vida dilacerada por conflitos em todo o mundo.

Desse modo, o retorno dos mármores do Partenon para os Jogos Olímpicos é uma grande oportunidade não só para a Grécia, mas também para o patrimônio cultural comum. É uma grande oportunidade para a Grécia e a Inglaterra fazerem uma poderosa declaração ao mundo – uma declaração de reconciliação harmoniosa, pondo fim a séculos de imperialismo cultural. A Inglaterra ganharia uma exposição internacional positiva ao participar desse regresso ao lar. Essa questão não se restringe mais a um debate entre os governos da Grécia e da Inglaterra; é uma questão entre dois povos que pertencem à mesma comunidade de valores, a União Européia. Preservar e proteger o Partenon não é matéria exclusivamente grega, mas universal. Embora esse caso seja de importância universal, ele é também único. Ele não precisa estabelecer um precedente. A Grécia até se ofereceu para criar réplicas exatas dos mármores do Partenon para o Museu Britânico.

A reunificação do Partenon é antes de tudo uma questão moral; considerações históricas e legais são de importância secundária. Restaurar os mármores ao seu contexto original reforçará a importância simbólica do Partenon para a democracia e liberdade de toda a humanidade. A Inglaterra pode confirmar sua antiga amizade com a Grécia, como também seu compromisso com a justiça e o patrimônio cultural, ao possibilitar que essas obras de arte retornem e tenham sua integridade restaurada.

George A. Papandreou
Ministro das Relações Exteriores da Grécia
Janeiro de 2004

Esta obra foi impressa nas oficinas
da Gráfica Palas Athenas, com miolo em papel pólen soft,
capa em papel supremo na tipologia Agaramond para a
Editora Odysseus em abril de 2004